国学经典

宋 涛／主编

深厚的历史背景和丰富的文化内涵

中华成语故事

辽海出版社

【 第五卷 】

《中华成语故事》编委会

目　录

炳烛之明……………………………………… 905

博闻强记……………………………………… 905

不耻下问……………………………………… 906

不落窠臼……………………………………… 907

不求甚解……………………………………… 907

不识车轭……………………………………… 908

仓颉造字……………………………………… 909

曹冲称象……………………………………… 909

掾者作奏……………………………………… 910

当垆卖酒……………………………………… 910

刀穿单衣……………………………………… 912

道学相骂……………………………………… 913

独尊儒术……………………………………… 913

短小精悍……………………………………… 914

焚膏继晷……………………………………… 915

狗尾续貂……………………………………… 917

顾名思义……………………………………… 918

怪哉冤虫……………………………………… 919

韩斡画马……………………………………… 920

汗牛充栋……………………………………921

郝隆晒书……………………………………921

囫囵吞枣……………………………………922

槐子悬枝……………………………………923

黄羊祭灶……………………………………923

豁然开朗……………………………………925

击瓮救童……………………………………925

简册帛书……………………………………926

将勤补拙……………………………………927

绝妙好辞……………………………………928

刻烛击钵……………………………………929

口耳之学……………………………………930

洛阳纸贵……………………………………931

马头草檄……………………………………932

妙笔生花……………………………………932

名不虚传……………………………………933

名人酒徒……………………………………933

排沙简金……………………………………934

徘徊歧路……………………………………935

七步作诗……………………………………935

强作解人……………………………………936

取长补短……………………………………937

入木三分……………………………………938

入室操戈……………………………………938

身有至宝……………………………………940

十年读书……………………………………941

十行俱下……………………………………941

食古不化 ………………………………… 942

食肉寝皮 ………………………………… 943

推敲推敲 ………………………………… 944

唯业公羊 ………………………………… 945

闻一知十 ………………………………… 945

问一得三 ………………………………… 946

无益反损 ………………………………… 947

五行俱下 ………………………………… 947

燃烛而行 ………………………………… 948

秀才康了 ………………………………… 949

悬梁刺股 ………………………………… 950

学而不厌 ………………………………… 952

压倒元白 ………………………………… 952

沿河求石 ………………………………… 953

晏子使楚 ………………………………… 955

倚马可待 ………………………………… 956

郢书燕说 ………………………………… 956

映月读书 ………………………………… 957

朱衣点头 ………………………………… 958

捉刀代笔 ………………………………… 959

自出机杼 ………………………………… 959

爱莫能助 ………………………………… 960

霸陵呵夜 ………………………………… 961

霸王别姬 ………………………………… 962

白虹贯日 ………………………………… 963

白马清流 ………………………………… 964

自首为郎 ………………………………… 965

中华成语故事

目录

败军之将 …………………………………… 966

阪上走丸 …………………………………… 967

宝珠穿蚁 …………………………………… 968

别无长物 …………………………………… 969

冰消瓦解 …………………………………… 969

病卧牛衣 …………………………………… 970

长门买赋 …………………………………… 971

长卿多病 …………………………………… 973

楚囚相对 …………………………………… 973

处女遇盗 …………………………………… 974

风餐露宿 …………………………………… 975

风声鹤唳 …………………………………… 976

风中残烛 …………………………………… 977

冯唐易老 …………………………………… 977

凤鸟不至 …………………………………… 978

公冶非罪 …………………………………… 979

功败垂成 …………………………………… 980

功亏一篑 …………………………………… 980

苟延残喘 …………………………………… 982

孤苦伶仃 …………………………………… 982

瓜田李下 …………………………………… 984

火烧眉毛 …………………………………… 985

击缺唾壶 …………………………………… 985

娇生惯养 …………………………………… 985

家徒四壁 …………………………………… 986

将信将疑 …………………………………… 988

尽善尽美 …………………………………… 989

井井有条 ……………………………………… 990

景差为相 ……………………………………… 991

立锥之地 ……………………………………… 991

呕心沥血 ……………………………………… 992

蓬头垢面 ……………………………………… 993

披星戴月 ……………………………………… 995

疲于奔命 ……………………………………… 995

气息奄奄 ……………………………………… 997

千载难逢 ……………………………………… 998

青蝇吊客 ……………………………………… 999

倾筐倒箧 ……………………………………… 999

穷愁著书 ……………………………………… 1000

穷酸饿醋 ……………………………………… 1002

穷途之哭 ……………………………………… 1003

曲突徙薪 ……………………………………… 1003

燃眉之急 ……………………………………… 1004

忍辱负重 ……………………………………… 1005

尸居余气 ……………………………………… 1006

食玉炊桂 ……………………………………… 1007

死生存亡 ……………………………………… 1007

四分五裂 ……………………………………… 1008

四面楚歌 ……………………………………… 1009

铤而走险 ……………………………………… 1010

同舟共济 ……………………………………… 1012

万死一生 ……………………………………… 1013

王猛卖畚 ……………………………………… 1014

望门投止 ……………………………………… 1015

危如累卵 …………………………………………… 1016

危在旦夕 …………………………………………… 1017

味如鸡肋 …………………………………………… 1019

瓮中捉鳖 …………………………………………… 1019

无妄之灾 …………………………………………… 1020

心如死灰 …………………………………………… 1021

形单影只 …………………………………………… 1022

摇摆不定 …………………………………………… 1023

遇事生风 …………………………………………… 1024

轵道之灾 …………………………………………… 1024

置之度外 …………………………………………… 1026

众叛亲离 …………………………………………… 1026

简子放生 …………………………………………… 1027

狡生梦金 …………………………………………… 1028

狼狈为奸 …………………………………………… 1030

老奸巨猾 …………………………………………… 1031

郦况卖友 …………………………………………… 1031

禽兽不如 …………………………………………… 1032

穷兵黩武 …………………………………………… 1033

穷斯滥矣 …………………………………………… 1034

去瘿而死 …………………………………………… 1035

劝虎行善 …………………………………………… 1036

雀儿肠肚 …………………………………………… 1037

雀入僧袖 …………………………………………… 1038

鹊巢鸠占 …………………………………………… 1038

丧心病狂 …………………………………………… 1039

杀父篡位 …………………………………………… 1040

伤风败俗 …………………………………………… 1041

上下其手 …………………………………………… 1042

剃眉卒岁 …………………………………………… 1042

天罗地网 …………………………………………… 1043

为富不仁 …………………………………………… 1044

为虎作伥 …………………………………………… 1045

心怀叵测 …………………………………………… 1045

幸灾乐祸 …………………………………………… 1046

以强凌弱 …………………………………………… 1047

郑袖不妒 …………………………………………… 1049

指鹿为马 …………………………………………… 1050

烛邹主鸟 …………………………………………… 1051

助纣为虐 …………………………………………… 1052

专横跋扈 …………………………………………… 1053

擢发难数 …………………………………………… 1053

阿留守柳 …………………………………………… 1055

矮榻缺足 …………………………………………… 1055

安于故俗 …………………………………………… 1056

拔苗助长 …………………………………………… 1057

抱薪救火 …………………………………………… 1058

暴虎冯河 …………………………………………… 1059

背道而驰 …………………………………………… 1060

鄙人弃玉 …………………………………………… 1062

博士买驴 …………………………………………… 1062

卜妻为袴 …………………………………………… 1063

不懂装懂 …………………………………………… 1063

不合时宜 …………………………………………… 1064

中华成语故事

目录

徒读父书 …………………………………………… 1065

聪明自误 …………………………………………… 1066

翠鸟移巢 …………………………………………… 1067

错死了人 …………………………………………… 1067

打草惊蛇 …………………………………………… 1068

戴嵩画牛 …………………………………………… 1068

单豹好术 …………………………………………… 1069

当断不断 …………………………………………… 1070

倒绷孩儿 …………………………………………… 1070

盗盗殴殴 …………………………………………… 1071

道士救虎 …………………………………………… 1072

颠倒黑白 …………………………………………… 1073

雕鸟哺雏 …………………………………………… 1074

东吴招亲 …………………………………………… 1074

断章取义 …………………………………………… 1075

罚人吃肉 …………………………………………… 1076

播吾之迹 …………………………………………… 1077

放虎归山 …………………………………………… 1077

飞蛾扑火 …………………………………………… 1079

焚鼠毁庐 …………………………………………… 1080

妇人之仁 …………………………………………… 1081

割肉相啖 …………………………………………… 1082

猛狗酒酸 …………………………………………… 1083

狗乃取鼠 …………………………………………… 1083

固执己见 …………………………………………… 1084

桂饵金钩 …………………………………………… 1084

汉阴丈人 …………………………………………… 1085

好大喜功 …………………………………………………… 1086

何足挂齿 …………………………………………………… 1087

鹤亦败道 …………………………………………………… 1088

猴子搏矢 …………………………………………………… 1088

猴子救月 …………………………………………………… 1089

画饼充饥 …………………………………………………… 1090

画里真真 …………………………………………………… 1091

毁钟掩耳 …………………………………………………… 1092

讳不识字 …………………………………………………… 1093

假阶救火 …………………………………………………… 1093

蒋干盗书 …………………………………………………… 1095

驳象虎疑 …………………………………………………… 1096

进寸退尺 …………………………………………………… 1096

荆人畏鬼 …………………………………………………… 1097

举措失当 …………………………………………………… 1097

举鼎绝膑 …………………………………………………… 1098

拒谏饰非 …………………………………………………… 1099

刻画无盐 …………………………………………………… 1099

空中楼阁 …………………………………………………… 1100

口尚乳臭 …………………………………………………… 1101

劳而无功 …………………………………………………… 1102

两败俱伤 …………………………………………………… 1102

辽东白豕 …………………………………………………… 1103

临渴掘井 …………………………………………………… 1104

菱生山中 …………………………………………………… 1105

六只脚快 …………………………………………………… 1106

龙蛙喜怒 …………………………………………………… 1106

鲁人徙越 …………………………………………… 1107

驴鸣犬吠 …………………………………………… 1108

买椟还珠 …………………………………………… 1109

买鳖亡鳖 …………………………………………… 1110

氓作氓怖 …………………………………………… 1111

帽缨系好 …………………………………………… 1112

蒙人叱虎 …………………………………………… 1115

梦中受辱 …………………………………………… 1115

米从何来 …………………………………………… 1116

明年同岁 …………………………………………… 1117

墨守成规 …………………………………………… 1118

目不见睫 …………………………………………… 1118

沐猴而冠 …………………………………………… 1119

牛膝鸡爪 …………………………………………… 1120

弄巧成拙 …………………………………………… 1120

蚍蜉撼树 …………………………………………… 1121

匹夫之勇 …………………………………………… 1122

剖腹藏珠 …………………………………………… 1123

欺软怕硬 …………………………………………… 1124

齐王赐药 …………………………………………… 1128

千辛万苦 …………………………………………… 1129

前途亦雨 …………………………………………… 1130

炳烛之明

典出《说苑·建本》："晋平公问于师旷曰：吾年七十欲学，恐已暮矣！"

师旷曰："何不炳烛乎？"

平公曰："安有为人臣而戏其君乎？"

师旷曰："盲臣安敢戏其君乎？臣闻之，少而好学，如日出之阳；壮而好学，如日中之光；老而好学，如炳烛之明。炳烛之明，孰与昧行乎？"

平公曰："善哉！"

晋平公询问师旷说："我今年 70 岁了，想要学习，恐怕已经晚了罢！"

师旷说："您为什么不点燃蜡烛来照明呢？"

晋平公说："哪里有当人臣的戏弄他的国君呢？"

师旷说："盲臣哪里敢和国君开玩笑呀！臣听说：少年而好学习，像早晨温和的阳光；壮年而好学习，有如中午的太阳光；老年而好学习，好似点燃了蜡烛照起亮光来。点燃了蜡烛照起亮光，还有谁会在昏暗中摸索着行进呢？"

晋平公说："好极了！"

这篇历史传说，说明为学不分老少，活到老学到老，永远受益。不要借口年老，认为学不到什么知识了；应该发奋有为，珍惜时间，抓紧学习。

博闻强记

典出《史记·屈原贾生列传》：屈原者，名平，楚之同姓也。为楚怀王左徒。博闻强志（同"记"），明于治乱，娴于辞令。

战国时，楚国有一位伟大的爱国诗人叫屈原。他出身于楚国的王族，有高度的文化教养和卓越的政治才能。楚怀王时，官至左徒、三闾大夫，曾直接参与楚国内政外交的重大决策，颇得信任。由于当时统治楚国的贵族集团腐朽顽固，贪婪好利，而屈原则坚持"联齐抗秦"的外交路线和"立法图治""选用贤才"的政治措施，因此遭到反动的贵族集团的排挤和打击。开始，他遭谗去职，继而被流放。

在长期的流放生活中，屈原仍然十分关心自己的祖国和人民的命运。但眼见楚王昏庸，奸臣当道，楚国已无可挽回地败落了，他怀着悲愤的心情，写下了不少光辉的诗篇，如《离骚》《天问》《怀沙》等，揭露楚国黑暗混乱的现实，谴责反动贵族集团祸国殃民的罪行，陈述自己的政治理想。公元前278年，秦国大举攻楚，破楚都，楚君逃亡，楚国面临亡国的危机。屈原感到悲愤绝望，投汨罗江而死。

对于屈原的一生，特别是在政治上的宏伟抱负和深远的预见，《史记》作者司马迁深感敬佩和同情。屈原传记的一开头，司马迁就写道，屈原见多识广，记忆力强，懂得古往今来治乱兴亡的道理，熟悉交际应酬的语言，是个了不起的人物。

"博闻强记"形容一个人见闻学识广博，记忆力强。

不耻下问

典出《论语·公冶长》：子贡问曰："孔文子何以谓之'文'也？"子曰："敏而好学，不耻下问，是以谓之'文'也。"

春秋时，卫国有一个叫孔文的大夫，死后被谥为"文"。子贡就这件事询问孔子说："孔文子凭什么谥为'文'？"孔子回答说："他聪明灵活，爱好学问，并且谦虚下问，不以为耻辱，所以用'文'字做他的谥号。"

"不耻下问"的意思是不以向学识、地位不如自己的人请教为耻。

不落窠臼

典出《红楼梦》第七十六回：这"'凸'、'凹'二字，历来用的人最少。如今直用作轩馆之名，更觉新鲜，不落窠臼。"

《红楼梦》中描写的大观园里，有座凹晶馆。山的高处叫凸碧，山洼处叫凹晶。有一年的中秋节晚上，林黛玉和史湘云一块儿在大观园里赏月。史湘云对林黛玉说："这山凹里靠近水池边有座凹晶馆。山的高处叫凸碧，山洼靠水池处叫凹晶。这'凸'、'凹'二字，历来用的人最少，现在用来作轩馆的名子，更觉新鲜，不落窠臼。你可知道，这两个一上一下，一明一暗，一高一矮，一山一水，完全是为了赏月而设。我们到凹晶馆赏月去吧。"林黛玉说："老实告诉你吧，这两个字，还是我拟的呢。"

后人用"不落窠臼"比喻不落俗套，有独创风格。多指文章、艺术作品。

不求甚解

典出晋·陶潜《五柳先生传》：好读书，不求甚解。

从前有这样一个人，不知叫什么名字，因为他住宅旁边有五棵柳树，所以大家都叫他五柳先生。五柳先生有些沉默寡言，不大喜欢说话，但是他对各种问题都喜欢思考，对各种社会现象都留心观察，并且有他独到深刻的见解。不大喜欢说话，并非他的天性，只要遇到知己，他可以慷慨激昂地抒发胸中的积闷，抨击官场的劣迹、社会的弊端。他"好读书"，但"不求甚解"，一心领会它的精要之处；一旦解除了一个疑团，懂得了一些新的道理，便乐得手舞足蹈，有时甚至连饭都忘记吃了。五柳先生尤其可贵之处是不羡慕名利，不愿低三下四奉迎拍马，对那些仗势压人高高在上的官僚，他极为轻蔑鄙视，总是避而远之。由于他不愿与世浮相处，所以隐居故里。

"不求甚解"在这里是指读书只领会要旨，不在文句上下功夫。

后人用"不求甚解"来说明学习不够认真，不求深入了解，或了解情况不深入。

不识车轭

典出《韩非子》：郑县人有得车轭者，而不知其名，问人曰："此何种也？"对曰："此车轭也。"俄，又复得一，问人曰："此是何种也？"对曰："此车轭也。"问者大怒，曰："曩者曰车轭，今又曰车轭，是何众也？此女欺我也！"遂与之斗。

郑县有个人，这天，偶尔捡到一个车轭。

他不知道叫什么，就问人说："这是什么东西呀？"那人回答说："这是车轭。"

不一会儿，他又捡了一个车轭，照旧又问那人说："这是什么东西呀？"人家又告诉他说："这是车轭。"

他听了大怒，喊道："先前说是车轭，现在又说是车轭。那里会有这么多车轭？这分明是你存心欺哄我！"于是，就和人家打了起来。

后人用"不识车轭"的这个典故讽刺那些不仅不善于学习，而且愚蠢得可笑、蛮横得不可一世的人。

仓颉造字

典出《淮南子·本经训》：昔者仓颉作书，而天雨粟，鬼夜哭。

汉高诱注：仓颉始视鸟迹之文造书契，则诈伪萌生；诈伪萌生，则去本趋末，弃耕作之业，而务锥刀之利。天知其将饿，故为雨粟；鬼恐为书文所劾，故夜哭也。鬼或作兔，兔恐见取豪（毫）作笔，害及其躯，故夜哭。

黄帝时期，有一个史官叫仓颉，他观察鸟兽的足迹受到启发，而创造了文字。传说他创制文字时，天上降下粟米，鬼在夜间哭泣。因为天恐怕人们学会文字后，都去从事商业而放弃农耕，将要饥荒。鬼怕人们学会文字后，会作疏文弹劾它们，所以才在夜间哭泣。还有一种说法，是兔在夜间哭泣。因为兔子害怕人们学会文字后，取兔子身上的毫毛做笔，危及它们的性命，所以才在夜间哭泣。

"仓颉造字"就是从这个故事来的。人们用它形容创造文字。

曹冲称象

典出《三国志·魏书·曹冲传》：邓哀王冲，字仓舒。少聪察岐嶷，生五六岁，智意所及，有若成人之智。时孙权曾致巨象，太祖欲知其斤重，访之群下，咸莫能出其理。冲曰："置象大船之上，而刻其水痕所至，称物以载之，则校可知矣。"太祖大悦，即施行焉。

曹冲，字仓舒，是曹操的妃子所生，自幼聪明伶俐，十分有智慧。五六岁时，他所表现的智力，达到了成年人的水平。有一次，孙权赠给曹操一只大象，曹操想知道这只大象到底有多重，问部下有什么办法称一称。可是，人们都感到无计可施。曹冲说："把象牵到大船上，在船舷边标出吃水线，然后把大象牵下船，把称过的东西放到船上，直到船下沉到所刻记号为止，这样就可以验出大象的重量了。"曹操听了很高兴，马上吩咐部下按曹冲说的方法去办。

"曹冲称象"就是从这个故事来的。人们用它称颂人年幼聪慧。

掾者作奏

典出《笑林》：桓帝时，有人辟公府掾者，倩人作奏记文。人不能作，因语曰："梁国葛龚先善为记文，自可写用，不烦更作。"遂从人言写记文，不去葛龚名姓。府君大惊，不答而罢。

东汉桓帝时，有个人被召用为太守衙门属官，他胸无文才，刚到职便请人代写一篇奏事的呈文。

所求的那人也写不出来，对他说："早先梁地人葛龚，呈文写得很好，完全可以抄用，不必重写。"他听从了这人的话，翻出古书一字不差地誊写了一份，连葛龚的姓名也原封不动地抄上去，呈交太守。

太守一看大惊失色，一言未发就罢免了他。

后人用"掾者作奏"这个典故讥笑那些无知的蠢人，照抄照搬别人的东西，不能解决实际问题，是毫无用处的。

当垆卖酒

典出：《史记·司马相如列传》。

西汉时，临邛县的卓王孙，富甲一方。有一天，他宴请宾客，请来了

著名的才子司马相如。在宴席上，司马相如凭借自己的才华和风度，吸引住了卓王孙寡居在家的女儿卓文君。宴席之后，卓文君怀着仰慕的心情，背着父亲私自逃奔到司马相如那里。为了避免父亲的追赶，两人又连夜逃到成都。不料到了成都，卓文君才发现风度翩翩的司马相如，竟是家徒四壁，一贫如洗。

卓王孙得知女儿私奔，不禁勃然大怒，发誓说："想不到我女儿如此不争气！我不忍心杀她，但她休想得我一分钱！"

卓文君在成都住了一段时间，感到闷闷不乐，就对司马相如说："我们住在成都，生活如此艰难，不如回临邛去，我从亲戚那里借点钱来维持生活，犯不着过这种苦日子。"于是，她同司马相如一起回到临邛城。

到了临邛，司马相如卖了车马，买了一间酒屋，做起卖酒的生意。司马相如穿着一条破烂裤子和长工酒保一起造酒，有时还把酒缸搬在街中洗刷。卓文君则站在酒台边卖酒边收钱。卓王孙知道后，感到无脸见人，就躲在家里闭门不出。

后来，卓王孙的叔父、弟弟都劝他说："既然卓文君已嫁给司马相如，司马相如虽然贫穷，但一表人才，又有才学，今后一定会有所作为的。"卓王孙这才分出一部分钱给两人。

后人用"当垆卖酒"或"文君当炉"比喻有学问的人做生意。

刀穿单衣

典出《三国志·魏书·曹冲传》：时军国多事，用刑严重。太祖马鞍在库，而为鼠所啮，库吏惧必死，议欲面缚首罪，犹惧不免。冲谓曰："待三日中，然后自归。"冲于是以刀穿单衣，如鼠啮者，谬为失意，貌有愁色。太祖问之，冲对曰："世俗以为鼠啮衣者，其主不吉。今单衣见啮，是以忧戚。"太祖曰："此妄言耳，无所苦也。"俄而库吏以啮鞍闻，太祖笑曰："儿衣在侧，尚啮，况鞍悬柱乎？"一无所问。

曹操有个小儿子，叫曹冲，字仓舒。曹冲自幼聪慧过人，深得曹操的欢心。可惜，曹冲年仅 13 岁就病死了，曹操十分伤心。

当时，国家战乱多事，用刑十分严酷。有一次，曹操的马鞍放在仓库里，被老鼠咬破了，守库的官吏恐惧万分，觉得自己一定要被处死，想把自己反绑起来向曹操请罪，但又担心不免一死。曹冲对库吏说："等到第三天中午，你再去请罪。"曹冲于是用刀戳破了自己的单衣，就像被老鼠咬破的一样，然后又装作遇到了不称心的事，面带愁容。曹操问他为什么闷闷不乐？曹冲回答道："世上的人都认为，如果被老鼠咬破了衣服，衣服的主人是不吉利的。现在我的单衣被老鼠咬破了，所以我感到担忧。"曹操安慰他说："这些说法是没有根据的，你不要为这件事感到愁苦。"不一会儿，库吏前来禀报老鼠咬坏了马鞍的事。

曹操笑着说："我儿的衣服放在自己身边，尚且被老鼠咬破了，何况马鞍挂在柱子上，能不被咬吗？"他对此一点都不追问。

"刀穿单衣"就是从这个故事来的。人们用它比喻儿童聪明智慧。

道学相骂

典出《笑林》：两人相诟于途，甲曰："你欺心！"乙曰："你欺心！"甲曰："你没天理！"

乙曰："你没天理！"一道学闻之，谓门人曰："小子听之，此讲学也。"门人曰："相骂，谓何讲学？"曰："说心说理，非讲学而何？"曰："既讲学，何为相骂？"曰："你看如今道学辈，哪个是和睦的？"

有两个人在路上互相斥骂，甲说："你欺心！"乙也说："你欺心！"甲骂道："你没有天理！"乙也骂道："你没有天理！"

有一个道学先生听见了，对他们的门徒们说："小子们听着，他们2人是在讲学呀！"

门徒们说："互相斥骂，怎么能称作讲学呢？"

道学先生说："他们2人说'心'、说'理'，不是讲学是什么？"

门徒们说："既是讲学，为什么要互相对骂？"

道学先生说："你看现今的道学先生们，哪一个是互相和睦的？"

后人用这则典故借两人"相诟于途"，深刻地讽刺了道学先生互相争论的实质——迂腐浅薄、没有真才实学。

独尊儒术

中国真正结束春秋战国以来的百家争鸣局面的朝代，并不是秦，而是西汉。汉武帝在军事上取得巨大成就之后，进一步实行学术思想的统一。他接受了董仲舒的建议，罢黜百家，独尊儒术。

董仲舒是个精通儒家学说的学者，曾在汉景帝时当过博士官。他看到汉朝建立以来经历了多次皇室王公的叛乱，认为应当宣传大一统的思想，巩固皇帝的中央集权；他改造了由孔子创立的儒家学说，并把这种学说和阴阳五行等中国传统哲学结合在一起，使原来的儒学变成一种带有宗教迷信色彩、专为封建制度服务的理论。董仲舒提出：人间万物，是依据上天的意志存在和变化的。而皇帝是上天意志的代表，他的权力是上天授予的。百姓服从皇帝，实际上是服从天道。在天道之下，君臣、父子、夫妻、兄弟之间，都必须严格遵守上下尊卑的礼节，绝不可违背这种礼节。违背了就要遭到上天的谴责。董仲舒还向汉武帝建议，除了儒家学说以外，其他学说都不符合历史的发展，有碍皇帝的权威，因此儒家以外的学说都应禁止，只有儒家的《诗》《书》《礼》《易》《春秋》才可作为教育学生的经典。

董仲舒的这些理论很合汉武帝的口味，他下诏在政府设立专授儒家经典的五经博士，读书人只有通过五经的考试才能做官。这样，儒家的经书成了官场的敲门砖，其他学说自然没有人再去学习。就这样，儒家学说从汉武帝开始，统治了中国封建社会 2000 多年。

短小精悍

典出《史记·游侠列传》：解（郭解）短小精悍，不饮酒。

在封建社会里，由于统治阶级的残酷压迫，人民大众生活于水深火热之中。因此，他们产生了一种愿望：希望能在急难的时候，有仗义的人敢于挺身出来援救他们。顺应人民大众的这种愿望，自周末到汉代，社会上曾经出现了一批不顾统治阶级的法律、道德的压制，轻生重义，排难解纷，扶危济困的人物，称为"游侠"。

游侠之士的仗义行为受到了广大人民的崇敬。但是，统治阶级却把他们视为暴徒而横加杀害。统治阶级的一些代言人也对他们污蔑和诋毁。《史记》作者司马迁在这个问题上和统治阶级的代言人具有迥然不同的观点。他不但给他们立传，而且给以很高的评价和热烈颂扬。在司马迁记述的汉代游侠中，有一个叫郭解的人，字翁伯。此人身材短小精悍，善于克服自己的缺点，是一位"以德报怨""厚施而薄望"和"不矜其功"的游侠。许多游侠都把郭解引为自己的榜样。后因郭解杀人，全家被杀。司马迁十分惋惜郭解这样的人竟未能善终。

司马迁在描写郭解的外貌时，用了"短小精悍"，原指身躯短小而有精悍的气概。后来，人们常用"短小精悍"形容文章或言语等简短有力。

焚膏继晷

典出唐《进学解》：国子先生晨入大学，招诸生立馆下，诲之曰："业精于勤，荒于嬉；行成于思，毁于随。方今圣贤相逢，治具毕张。拔去凶邪，登崇俊良。占小善者率以录，名一艺者无不庸。爬罗剔抉，刮垢磨光。盖有幸而获选，孰云多而不扬？诸生业患不能精，无患有司之不明。行患不能成，无患有司之不公。"

言未既，有笑于列者曰："先生欺余哉！弟子事先生，于兹有年矣。先生口不绝吟于六艺之文，手不停披于百家之编。纪事者必提其要，纂言者必钩其玄。贪多务得，细大不捐。焚膏油以继晷，恒兀兀以穷年。……然而公不见信于人，私不见助于友，跋前踬后，动辄得咎。暂为御史，遂窜南夷。三年博士，冗不见治。命与仇谋，取败几时。冬暖而儿号寒，年丰而妻啼饥。头童齿豁，竟死何裨。不知虑此，反教人为？"

唐代文学家韩愈才华横溢，可是仕途坎坷，很不得意。元和七年（812年），韩愈从职方员外郎再次被贬为国子学博士。此后，他仿照汉代东方朔《答客难》、扬雄《解嘲》、班固《答宾戏》的形式，以设问的形式写了《进学解》这篇文章，假借文中虚拟的"诸生"之口，发泄自己郁郁不得志的心情，表白自己的远大抱负，同时含蓄地讽刺了当时的执政者。

韩愈清晨走入太学，招呼各位弟子站在校舍前面，教导他们说："学业精深来自勤奋攻读，学业荒废是由于玩乐无时；道德行为之美在于多作反省，品德的败坏由于一味放纵自己。当今，圣贤之君得到贤良之臣相辅佐，一应法律政令无不完备。铲除凶恶奸邪之徒，提拔和推崇优秀的人才。只要有一点德行的，全都录取，凡有一技之长的，无不任用。搜罗选拔，训练造就人才。只有侥幸被录用的，哪有品学兼优而得不到任用的呢？怕只怕各位学生的学业不够精熟，不怕主管官员不能明察；怕只怕品行修养不够完善，不怕主管官员不公平。"

话未说完，队列中有人笑了起来，说："先生欺骗我吧！我从业于先生，到如今已有好几年了。先生不停口地念六经之文，不停手地翻阅百家之作。阅读典籍必定作出提要；阅读记载古人言行的书籍，一定要弄清它的旨意。博览群书务求必得，不论大小知识，一概兼收并蓄。经常夜以继日，点灯熬油地开夜车学习，一年到头地辛勤劳碌，刻苦用功。先生对学业可以说是勤奋了。然而，先生办公事得不到别人的信任，办私事得不到朋友的帮助，进退两难，动不动就受到指责。刚当上御史就被贬到边远的南方。做了 3 年国子学博士的闲官，无法施展自己的政治才能。拿自己的命运和仇敌打交道，不断受到挫折和打击。冬天天气尚暖和，先生的儿女就因穿衣服少而喊冷了，年成丰收，先生的妻子却因粮食不足而喊叫饥饿。先生的头发也没了，牙齿也掉了，这样下去，到死又有什么益处呢？您不知想想这一切，却反过来教训别人吗？"

"焚膏继晷"就是从这个故事来的。焚：烧，点着。膏：油脂，指灯火。晷：日影。

"焚膏继晷"的意思是，点亮灯烛，用灯光接续日光。人们用它形容夜以继日地用功读书或努力工作。

"业精于勤"也是从这个故事来的。它的意思是，学业的精深造诣在于勤奋。

"行成于思"也是从这个故事来的。行：做事；思：思考。"行成于思"的意思是，事情所以成功是由于多作思考。

"刮垢磨光"也是从这个故事来的。它的意思是，刮除污垢，磨出亮光。人们用它比喻努力使旧事物重显光辉。也可用它比喻仔细琢磨，精益求精。

"钩玄提要"也作"钩元提要"，也是从这个故事来的。人们用它指作文章能探索精微，举出要义。

"动辄得咎"也是从这个故事来的。辄：就，总是。咎：罪过。它的意思是，一有举动就常常得罪人或受到责备。人们用它形容处境困难，常被人无理指责。

狗尾续貂

典出《晋书·赵王伦传》：同谋者超阶越次，不可胜纪……每朝会，貂蝉满座。时人为之谚曰："貂不足，狗尾续。"

貂是一种哺乳动物，即是貂鼠。这种貂鼠多产在我国的辽东和朝鲜一带，身体和形状与鼬相似，毛色都是黄色和黑色，口角有黑须，四肢比较其他一般动物短小，而前肢更比后肢短些，尾长多毛。从前富贵人家很喜欢采用这种貂鼠的皮毛做衣服取暖，所以貂鼠的皮革，可以说是皮革中珍贵的一种。《晋书·赵王伦传》里有这样两句："貂不足，狗尾续。"这两句话是用来讥讽赵王伦封爵太滥，凡参加篡位的同谋者，不论身份，一律加封爵位。赵王伦于魏嘉平初年，被封为乐亭侯，后拜为谏议大夫。他与孙季勾结，谋害了太子之后，又制造了个宣帝命他早入西宫的神话。舆论造够之后，就带兵 5000 自端门而入，僭即帝位。自此以后，他便滥封官爵，不管有功无功，只要投合他心意的人，都一一加官晋爵。由于爵位太多，所封官员的帽子上的貂尾就不够了，实在无法，只好用狗尾来代替。正如一件珍贵的貂皮，续上一条狗尾巴充数一样。貂鼠的皮革是何等珍贵，但续上一条下贱的狗尾巴，这样怎能相称呢？当时人们对这种怪现象很不满意，就讽刺地说："貂不足，狗尾续。"

后人便用"狗尾续貂"来比喻用次品续在珍品之后，多指文艺作品后来续写的不如原来的好。

顾名思义

典出《三国志·魏书·王昶传》：语曰："如不知足，则失所欲。"故知足之足常足矣。览往事之成败，察将来之吉凶，未有干名要利，欲而不厌，而能保世持家，永全福禄者也。欲使汝曹立身行己，遵儒者之教，履道家之言，故以玄默冲虚为名，欲使汝曹顾名思义，不敢违越也。

王昶，字文舒，三国时期晋阳人。魏文帝（曹丕）登基当了皇帝之后，王昶曾任散骑侍郎、洛阳典农和兖州刺史。魏明帝即位后，王昶被加封为扬烈将军，赐爵关内侯。他虽然在京外做官，却时刻心系朝廷，关心国家法制建设，著有《治论》20 多篇。同时，著有《兵书》10 余篇。

王昶注意教育下一代。他给侄子、儿子起名字的时候，都选用谦虚朴实的字眼儿，以体现出正派的为人之道。他起的名字是：

侄子名默，字处静；

侄子名沉，字处道；

儿子名浑，字玄冲；

儿子名深，字道冲。

这些名和字，都同浑厚深沉、淡泊寡欲、清静无为有关系。为什么要起这一类的名字呢？王昶在写给侄子、儿子的信中，再三教导说："人们常说：'如果不知满足，反而要失去所要得到的东西。'所以，只有知足的人，才能永远感到满足。回顾以往事业的成败，观察未来事情的吉凶，未有求名逐利、贪而不足的人，能够于世有功、保持家业，永远保全福祉俸禄的。我想教你们学会安身立命、恭行实践，遵循儒家的教诲，履行道家的理论，所以用沉静无为、淡泊虚静的字眼儿给你们起名字，以使你们看到名称就联想到它的含义，从而在行动上不敢有所违背。"

"顾名思义"就是从这个故事来的。它的意思是，看到名称就联想到它的含义。

怪哉冤虫

典出《太平广记》：汉武帝幸甘泉，驰道中有虫，赤色，头、牙、齿、耳、鼻尽具。观者莫识，帝乃使东方朔视之，还对曰："此虫名怪哉。"昔时拘系无辜，众庶愁怨，咸仰首叹曰："怪哉！怪哉！"盖感动上天，愤所生也，故名"怪哉"。此地必秦之狱处。即按地图，信如其言。上又曰："何以去虫？"朔曰："凡忧者，得酒而解，以酒灌之当消"。于是使人取出置酒中，须臾糜散。

秦始皇统一六国后，建立起中央集权统治，推行严刑峻法。无辜百姓也常常被关在狱中，饱受折磨。

到了西汉时期，有一次汉武帝乘车前往甘泉宫。行至长平坂道中，走在前面的随从发现大路上有一种奇怪的虫，全身红得发紫，长着类似人的头和眼睛、嘴巴、牙齿等。众人感到惊奇，赶紧跑去报告汉武帝，汉武帝派了些有学问的人去察看，但谁也说不出这是什么虫。

汉武帝有一个臣子叫东方朔，最为聪明博学。他也跟着汉武帝出来了，在后面的车中。汉武帝派人叫东方朔去看虫，东方朔说："这是因为秦代拘禁无辜的老百姓在狱中，众人心中忧愁，糊里糊涂地吃了官司，都仰头叹息'怪哉'。这种虫就是忧冤之气所结，名叫怪哉。这个地方一定是秦代的监狱。"汉武帝派人去拿地图来对照，这里果然是秦代设监狱的地方。

汉武帝又问东方朔，该用什么方法对付这种虫，东方朔说："大凡人有忧愁，都喜欢用酒来化解。这种虫是忧冤所结，想来用酒也可消解。"汉武帝命人取了酒来。随从们将虫捉来放到酒里，果然一会儿就消散了。大家都佩服东方朔无所不知，真是奇才。

后人用"怪哉冤虫"的典故比喻人有怨怼，郁结难消。

韩斡画马

唐朝画家韩斡长于画马，被誉为有唐以来画马的第一人。

韩斡幼年时家境贫寒，在一家酒店里做酒童。一天，他到诗人王维家去要酒钱，因久等无聊，便在地上画着人儿马儿玩。王维出来见了很惊奇，认为这孩子很有点画画的天才，就每年送他钱供他学画。韩斡一连学了10余年，画得很出色，尤其是画马，堪称一绝。天宝初年，召入内廷为供奉。当时，陈闳画的马很著名，玄宗命他跟陈闳学画马，他不肯，玄宗非常奇怪，问他为什么，他回答说："陛下马棚内的马，都是臣的老师，韩斡画马，反对模仿，愿意师法自然。"玄宗听了，大为赞赏。

据传，建中初年，有一个人牵了一匹伤了前足的马找兽医医治。这匹马的毛色骨相和当地马的样子都不一样，兽医和他开玩笑说："我从未见过这样的马，这马的样儿，简直和韩斡画的马儿一样。"恰好，韩斡来了，就问韩斡是否像他画的马，韩斡仔细看了半天，惊奇地说："真有点儿像我所画的马。”韩斡回到家中，再看自己刚画完的那匹马，前足正是有一点儿缺，才知道是他画的马通灵变活了。

汗牛充栋

典出唐·柳宗元《河东先生集·陆文通先生墓志》：其为书，处则充栋宇，出则汗牛马。

唐代时，有一个叫陆质的学者，字伯冲，谥文通。他对于孔子的《春秋》很有研究，曾讲学 20 年，著书 10 年，编有《春秋集注》《春秋辩疑》《春秋微旨》等书，对当时和后世的学者有一定的影响。

陆文通死后，文学家柳宗元写了一篇悼念他的墓表《陆文通先生墓志》。在这篇墓表里，柳宗元写道：孔子作《春秋》已经 1000 多年了，多少人焦思苦虑地研究了它，为它注解、评议，发表了各种各样的意见，并且互相争论，各以为是，写出的有关书篇，如果堆在屋子里，要满及整屋，高及栋梁；如果用牛马来运，牛马也要累得满身大汗。接着，柳宗元就介绍了陆质对于《春秋》研究的独到之处，说了一些赞扬的话。

后人用“汗牛充栋”形容藏书很多。

郝隆晒书

典出《世说新语·排调》：郝隆七月七日出日中仰卧。人问其故？答曰：“我晒书。”

注转引崔寔《四月民令》曰：“七月曝经书及衣裳。”故郝隆因此自谓晒书，亦兼用边韶“腹便便，五经笥”之语耳。

晋代，民间有一个习俗：农历七月七日这一天，家家晒衣物。这对有钱人家来说，未尝不是一个炫耀豪富的好机会，可是对穷人来说，却是一个难堪的日子。所以，有些性情狂放的读书人，拿不出华贵的衣物晾晒，就把一些破旧的东西挑得高高的，使之迎风招展，以显示自己愤世嫉俗、与众不同。郝隆（字佐治，汲郡人，曾任征西参军）在农历七月七日这一天，别人家都出外晒衣物，而他却走出室外，袒腹躺在庭院中，大晒其肚皮。别人问他干什么？郝隆回答："我晒肚子里的书。"

郝隆为什么产生袒腹晒书的念头呢？原来，东汉陈留的一个才思敏捷、出口成章的才子边韶（字孝先，汉桓帝时期任尚书令），曾说过："腹便便，五经笥。"意思是说："大肚子圆圆啊，是容纳五经的好盛器。"郝隆受此启发，袒露肚皮，号称晒书，也是为了炫耀自己的满腹经纶，是个才子。

"郝隆晒书"就是从这个故事来的。人们用"郝隆晒书""晒书""晒腹"指很有学问，好像肚子里装满书籍。

囫囵吞枣

典出《湛渊静语》：客有曰："梨益齿而损脾，枣益脾而损齿。"一呆弟子思久之，曰："我食梨则嚼而不咽，不能伤我之脾；我食枣则吞而不嚼，不能伤我之齿。"狎者曰："你真是混沦吞却一个枣也。"遂绝倒。

有个客人说："梨子对牙齿有益处，却损害脾脏；枣子对脾脏有好处，却损害牙齿。"一个呆头呆脑的青年人想了很久，猛然醒悟地说："我如果吃梨子，就只嚼不吞，那就不能伤害我的脾脏了；我如果吃枣子，就只吞不嚼，那就不会伤害我的牙齿了。"有个熟人跟他开玩笑说："你真是囫囵吞下个枣子啊。"满座的人都笑得前俯后仰。

"你真是囫囵吞下一个枣"这个成语比喻不求甚解。

槐子悬枝

典出《启颜录·子在，回何敢死》：隋侯白机辩敏捷，尝与杨素并马。路旁有槐树，憔悴欲死。

素曰："侯秀才理道过人，能令此树活否？"

曰："取槐子悬树枝即活。"

素问其说。

答曰："《论语》云：'子在，回何敢死。'"

隋朝侯白机智巧辩、才思敏捷，有一次和杨素并马而行。路旁有一棵槐树，枯萎得快死了。

杨素说："侯秀才论理说道、天才过人，那么，你能让这棵槐树重新活过来吗？"

侯白说："拿一个槐树子悬挂在枯槐枝上，它就会活了。"

杨素问他道理何在：

侯白回答说："《论语》上有句话说：'子在，回何敢死！'"

这则寓言辛辣地嘲讽了咬文嚼字、望文生义的人。当时正在流传着"半部《论语》治天下"的说法，侯白以"槐子悬枝"，取义"子在，回何敢死？"给泥古士大夫塑造了一副荒唐滑稽的形象，这确实是机辩敏捷的表现。

黄羊祭灶

在我国北方地区曾流传着这么一句俗语："腊月二十三，家家祭灶，送神上天。"这"神"就是指灶神、灶王爷。据说，每年的腊月二十三那天，是灶王爷升天的日子，所以家家户户都热热闹闹地送他上天。

相传，灶神名叫祝融，是远古时候的一个火官。死后被封为火神，到了人间就称为灶神。

灶神的任务是每年升天一次，向玉皇大帝汇报人间的事情。每家每户的事情，无论大小，他都一一讲给玉皇大帝听，玉皇大帝听了之后，就根据他所讲的事情来实行奖惩。如果有人做了好事，玉帝就赐福给他，让他升官发财，儿孙满堂；如果谁做了恶，玉帝就要惩罚他，让他受尽穷苦，断子绝孙。这样一来，灶神的职权可不小。因此人们为了讨好他，让他多说好话，在每年腊月二十三他升天那天，都要隆重地祭祀他，供他好吃的好喝的。于是，在供奉的灶神画像上，有人在他嘴上抹上蜜糖，让他到玉帝那里多说些甜言蜜语；有人在他嘴上抹些年糕，把他的嘴封住，让他到玉帝那里开不了口；还有人甚至在他嘴上洒些酒，让他喝醉，到玉帝那胡言乱语，这样玉帝就不信他的话了。

总之，人们为了让灶王爷好事多说，坏事隐瞒，想尽了千方百计。然而，古时候最隆重的祭礼要数黄羊祭灶。这种祭礼来源于一个传说故事。

西汉时，有个叫阴子方的人，在腊月二十三那天，大清早就起来烧火做饭。当他刚一拨开火，忽然，火膛里跳出一个人来。此人身材高大，穿着黄色大袍，披散着一头黄发，留着长长的红胡须，面如红土，两眼似欠。原来是灶神现形了。阴子方见了，赶紧跪下，连连叩拜。灶神祝福了他几句后，又跳回火膛里去了。

正巧，阴家养了只肥壮的黄羊，阴子方立即把黄羊杀了，摆在灶王爷像前隆重地祭祀起来。从那以后，阴家渐渐发了。过了3辈以后，更是人财两旺。别人听说以后，也跟着杀黄羊祭灶，以求得灶王爷的保佑，发财做官。于是，黄羊祭灶的风俗流传开了。

可是，过了一段时间后，人们发现尽管杀了许多黄羊给灶王爷吃了，贫穷的还是照样贫穷。于是，黄羊祭灶的风俗又渐渐被淘汰了。以后，人们也只买些糖果，放几挂鞭炮送送灶王爷，不指望富贵，只求他在玉皇大帝跟前少说坏话，多美言几句就够了。

豁然开朗

典出晋·陶潜《陶渊明集·桃花源记》：初极狭，才通人。复行数十步，豁然开朗。

东晋时候，出现了一位有名的文学家姓陶名潜，字渊明，世号靖节先生。陶渊明出身士族，但到他时，家世已经衰落。他青年时代怀着建功立业的壮志，再加上为贫困的生活所迫，曾几次出仕。但由于不肯与士族社会同流合污，政治抱负得不到施展，于 41 岁弃官，过着躬耕隐居的生活。

由于当时战乱不止，人民渴望安定。陶渊明受到人民这种愿望的感染，在 57 岁时，作了《桃花源》一诗并为此作记。

在《桃花源记》中，陶渊明假借一个武陵（今湖南常德）人的奇遇，说发现了一个与世隔绝的地方。此处刚进去时很狭窄，只能通过一个人，又走了几十步，忽然变得又开阔又敞亮。原来，这是一个山清水秀，鸡犬相闻，人们安居乐业的世外桃源。

"豁然开朗"原来只是写景的，形容一下子出现了开阔明朗的境界。

后人用"豁然开朗"的这个典故比喻一下子领悟了某种道理。

击瓮救童

典出《宋史·司马光传》：光生七岁，凛然如成人，闻讲《左氏春秋》，爱之，退为家人讲，即了其大指。自是手不释书，至不知饥渴寒暑。群儿戏于庭，一儿登瓮，足跌没水中，众皆弃去，光持石击瓮，破之，水迸，儿得活。其后京、洛间画以为图。

司马光（1019—1086 年），字君实，北宋陕州夏县（今山西夏县）人，杰出的史学家，宋仁宗（赵祯）宝元年间（1038—1040 年）进士，宋神宗（赵顼）时，任御史中丞。宋神宗熙宁（1068—1077 年）年间，王安石推行新法，司马光极力反对，被贬。宋哲宗（赵煦）即位，司马光入朝为相，尽改新法，恢复旧制。著有《资治通鉴》《司马文正公集》等。

司马光长到 7 岁时，就很稳重练达，像个成年人似的。听人讲解《左氏春秋》一书，就产生了浓厚的兴趣，回来对家里人讲述，掌握了书中的大概内容。从此以后，他手不释卷，刻苦钻研，到了不知饥渴冷热的程度。有一次，一群孩子在庭院里玩耍，有一个小孩爬上一只大瓮，一失足，跌进瓮中，被水淹没了。所有的孩子都害怕了，纷纷跑了。这时，司马光拿起石头把大瓮击破，瓮中的水流出来，那个落水的小孩得救了。

"击瓮救童"就是从这个故事来的，形容儿童机智聪明。

简册帛书

简册，作为最早的书，它的历史作用不可低估。因为都是用竹木材料做成的，又相当笨重，即使一部内容不太多的书也要有几捆。战国时有位学者叫惠施，家里收藏的书很多，足有五大车。常常用以形容某个人知识渊博的成语"学富五车"，就是从这儿来的。惠施每逢外出旅行，总要带一些书，必须用车子装载，实在是费力气。秦始皇每天批阅的公文，按重量说至少要120 多斤。这样的书，写起来困难，读起来也实在不方便。

编简用的绳子，无论是丝的还是皮的，翻来翻去，很容易磨断。绳子一断，简册的顺序打乱，重新整理起来相当麻烦。

大约在春秋战国时代，与简册盛行的同时，又出现了一种"帛书"，那是写在丝织品上的书。

据《晏子春秋》记载，春秋时齐景公给管仲封地所颁发的证书就是写在帛上的。战国初期的思想家墨子曾多次提到"书于竹帛"，就是说把事情记在竹简和丝帛上。这些都证明在当时帛书和简册已并行使用了。

和简册比较，帛书有许多长处。丝帛轻柔绵薄，幅面宽大，容易书写、携带和保存，能够随文章的多少而裁截。帛书是用一根轴作为中心，把书从一头开始卷到另一头而成一卷的，有些大部头的书往往分成许多卷。今天我们还经常用"卷"来区分一部书的内容，"卷"这个名词就是从帛书的装帧形式沿用下来的。帛书的形式，除了卷轴式，也还有折叠式的。无论哪种形式，展开阅读都比简册方便，也没有易断绳子、难以收拾的麻烦。但是，帛书也有它的短处，因为原料少、价格贵、产量低，一般人买不起，只有朝廷和贵族之家才有条件用它。帛书和简册虽然同时并用，但帛书的流行远远不如简册普及，更谈不上将简册取而代之了。

可以说，帛书和简册都属于我国古代正规书籍的范围，都是书史上最早的书种。如何既保持帛书的优点，又避免它的缺点，使书籍适应社会发展和文化生活的需要？纸书的出现解决了这个问题。

将勤补拙

典出唐代诗人白居易《自到郡斋，公经旬日，方专公务，未及归游，偷闲走笔题二十四韵》诗：救烦无若静，补拙莫如勤。

825年，唐敬宗李湛任命大诗人白居易为苏州刺史。当时的苏州已是一个交通发达，商业繁盛人口众多的重镇。白居易被派到此任职，深感自己肩负着重大的责任。

到职以后，白居易顾不上一洗旅途的疲劳，更顾不上去玩赏苏州的名胜古迹，马上投入了紧张的工作。他召集下属，询问公务，调查研究，制定治理措施，每天从早忙到晚，有时甚至工作到深夜。白居易喜好饮酒和音乐，但到苏州以后，由于公务繁忙，往往10天来滴酒不沾口，个把月不听一次音乐。

后来，白居易给他的朋友写了一首诗，谈了自己当时的心情，诗中写道：自己笨拙，担当不起苏州刺史这样的重任，除了用勤奋来补救外，没有其他办法。白居易以"将勤补拙"、勤政爱民的举动深得苏州人民的爱戴和崇敬。

"将勤补拙"指用勤奋补救笨拙，含自谦之意。

绝妙好辞

典出《世说新语·捷悟》：魏武尝过曹娥碑下，杨修从，碑背上见题作"黄绢幼妇，外孙齑臼"八字。魏武谓修曰："解不？"答曰："解"。魏武曰："卿未可言，待我思之。"行三十里，魏武乃曰："吾已得。"令修别记所知。修曰："黄绢，色丝也，于字为绝，幼妇，少女也，于字为妙。外孙，女子也，于字为好。齑臼，受辛也，于字为辞。所谓'绝妙好辞'也。"魏武亦记之，与修同，乃叹曰："我才不及卿，乃觉三十里。"

东汉时，会稽郡上虞县有一个孝女，叫曹娥。她的父亲曹盱能歌善舞，据说能迎来神仙。东汉顺帝汉安二年（143年）农历五月五日，曹盱迎取伍君神，乘船沿江溯流而上，不幸被洪水吞没，连尸体都找不到了。当时，曹娥年仅14岁，悲号痛哭，十分想念父亲。她把一个瓜放到江上，说："如果父亲的尸体在这里，瓜儿你就沉下去。"她等了17昼夜，也哭了17昼夜，瓜儿突然下沉了，曹娥立即投到江里，死去了。

上虞县的县令度尚很同情她，为她改葬，并命弟子邯郸淳为她撰文立碑，这就是有名的曹娥碑。

魏武帝曹操曾经路过曹娥碑下，主簿杨修（字德祖）跟随着。曹操见碑背上题刻着"黄绢幼妇，外孙齑臼"8个字，感到困惑不解，不知道是什么意思，就问杨修说："你懂得这是什么意思吗？"杨修说："我知道它是什么意思。"曹操说："你先不要说，等我考虑考虑。"向前走了30里路以后，曹操才说："我已经弄明白了。"叫杨修把自己的想法写下来，杨修说："这8个字，是另外4个字的隐语。'黄绢'，是有颜色的丝，暗指'绝'字；'幼妇'，说的是少女，暗指'妙'字；'外孙'，是女儿的儿子，暗指'好'字；'齑臼'，就更有说道了。'齑'，是细切的酱菜或腌菜，而且带有辛辣味儿。把它放在臼里，臼就要承受辛辣之物。'受'和'辛'合起来就是'辞'。所以，'黄绢幼妇，外孙齑臼'8个字的隐语是：'绝妙好辞'。"曹操已经把自己的见解记下来了，与杨修的说法相同。曹操感叹地说："我的才智远不如您，走了30里路，才想出来啊！"

"绝妙好辞"就是从这个故事来的：人们用"绝妙好辞""黄绢辞"、"幼妇辞"形容极妙的文辞。

"愚智三十里"也是从这个故事来的。人们用它形容不同人之间的才智相差很大。

刻烛击钵

典出《南史·王僧孺传》：萧文琰，兰陵人。丘令楷，吴兴人。江洪，济阳人。竟陵王子良尝夜集学士，刻烛为诗，四韵者则刻一寸，以此为率。文琰曰："顿烧一寸烛，而成四韵诗，何难之有！"乃与令楷、江洪等共打铜钵立韵，响灭则诗成，皆可观览。

南朝齐国的竟陵王萧子良礼贤下士，敬重人才，萧文琰（兰陵人）、丘令楷（吴兴人）、江洪（济阳人）等一班文人才子都聚集在他的门下，吟诗作赋，显露自己的才华。有一次，竟陵王萧子良在夜晚召集学士们饮宴，吟诗作赋。为了判断谁的诗才敏捷，萧子良在燃烧的蜡烛上刻有记号，规定在点燃 1 寸蜡烛时间内，要写成四韵 8 句诗，以此为时间标准。文士萧文琰说："烧完 1 寸蜡烛作出四韵 8 句诗，有什么难的！"于是，他与丘令楷、江洪等人以敲击铜钵为时间标准作诗，铜钵的响声停止时，他们就写好了诗。

"刻烛击钵"就是从这个故事来的。钵：盛物器具。人们用"刻烛击钵""击钵催诗""刻烛赋诗"等形容文思敏捷，作诗迅速。也可用以形容文人集会赋诗。

口耳之学

典出《荀子·劝学》：小人之学也，入乎耳，出乎口。

《劝学》是荀况阐述自己的教育思想的一篇文章。荀况认为，人的知识不是天生的，而是后天学习、教育与环境影响而取得的。学习是没有止境的，要"锲而不舍""用心一也"，不要死读书，也不要浅尝辄止，杂而不专。

荀况写道：君子对于学习，听在耳里，记在心中，体现在一举一动上，因此他的即使是极细小的一言一行，都可以作为别人学习的榜样。小人对于学习，听在耳里，说在嘴上。嘴和耳之间的距离不过 4 寸，听在耳里说在嘴上怎么能利于自己品德的提高呢？古代的人，学习是为了提高自己；现在的人，学习是为了给别人看。君子学习，是为了陶冶自己的精神、情操；小人学习，则是为了到处卖弄，讨人喜欢。所以，别人没有问就去告诉人家叫做急躁，问一个问题而告诉别人两个问题叫做啰唆。因此，君子回答问题也要适度。

根据荀况的这些论述，后人引申出"口耳之学"这句成语，指耳朵听进去后，只挂在嘴上说说，而自己全无受益的学问。现常用来指从道听途说中知道的片断知识。

洛阳纸贵

我国西晋时的首都设在洛阳，那里风景优美，名士云集。其中有一位文学家叫左思，他从小时候就刻苦用功，博览群书，写得一手好文章。不过左思其貌不雅，一些文人在背后议论纷纷，大有不屑一顾的意思。

左思成年以后，想写一篇记叙三国时期魏、蜀、吴的都城洛阳、成都、南京繁荣景象的文章，名称他也早就想好了，叫做《三都赋》。左思四处搜集材料，翻阅古书，之后便不分白天黑夜，冥思苦想地写作起来。这件事传到大文学家陆机的耳朵里，他不以为然地说："我很早的时候就想写一篇《三都赋》，不过觉得困难不少，迟迟没有动笔。如今有个无名书生居然敢来抢先，这也好，等他写完了，正好用来封我那些酒坛子。"

左思听到这些刻薄、挖苦的话，一点儿也不在意，反倒更加努力，锲而不舍。花去整整 10 年工夫，左思终于写成了《三都赋》。

那时的文学家皇甫谧读到左思的《三都赋》，不住拍案叫绝，连连夸赞，并为这篇文章写了序言。另一个文学家张载还亲自向人们推荐《三都赋》，说文章安排如何精巧，文笔如何优美。

这下子轰动了洛阳城，因为当时还没有发明印刷术，大家都纷纷跑到纸店买纸抄写。据史书上记载，文人学士互相传抄《三都赋》要用好多好多纸，几乎快把纸店的纸抢光了。商人们见到有利可图，就趁机抬高纸价，一时间闹出"洛阳纸贵"的局面。这个关于纸的趣闻，已经成为一句成语，来专门比喻好的文章风行一时。

马头草檄

典出《旧唐书·薛收传》：秦府记室房玄龄荐之于太宗，即日召见，问以经略，收辩对纵横，皆合旨要。授秦府主簿，判陕东道大行台金部郎中。时太宗专任征伐，檄书露布，多出于收，言辞敏速，还同宿构，马上即成，曾无点窜。

薛收，字伯褒，是隋朝内史侍郎薛道衡的儿子。薛收在 12 岁时，就写得一手好文章。隋炀帝（杨广）大业（605—618 年）末年，郡里推举薛收为秀才，但是他不肯答应。

当时，天下英雄豪杰并起，要推翻隋朝的统治。薛收隐遁于首阳山，待机而起。秦府记室房玄龄向李世民推荐薛收，唐太宗当天就召见他，询问治国平天下的方略，薛收纵横捭阖，讲得头头是道，很符合唐太宗的心意。唐太宗授予他秦府主簿的官职，并兼任陕东道大行台金部郎中。当时，唐太宗集中精力征战讨伐，征召或声讨一类的文书、捷报、布告等等，大都是由薛收起草写成的。薛收草拟文稿时写得特别快，有时在马上写成，如同事先写好的一样，文句都不需要改动。

"马头草檄"就是从这个故事来的。檄：檄文，古代征召或声讨一类的文书。人们用"马头草檄"形容文思敏捷。

妙笔生花

典出五代王仁裕《开元天宝遗事·梦笔头生花》。

唐代诗人李白是继屈原之后的我国古代的又一伟大的浪漫主义诗人。他的诗歌在我国文学史上闪耀着灿烂的光芒。传说，他少年时代曾做过一梦，梦见他的笔头上生了花。后来便天才赡溢，文思敏捷，斗酒百篇，超群出众。

而今天看来，李白在诗歌创作上的伟大贡献，绝非得力于梦，而是他丰富的经历和刻苦学习的精神所铸成的。

后人把"梦见笔头生花"说成"妙笔生花"，用来称赞别人杰出的写作天才。

名不虚传

薛道衡是北朝人，他诗做得很好，名气极大，他在做官时，齐国去邀请他观光。他到了齐国，住了半年，那天刚巧是正月，当时正月的初七，称为人日，他就在那一天做了一首纪念人日的诗。齐国有人看到他的诗，念着头两句："立春才七日，离家已半年。"接着就批评他说："人家都说这个人很会作诗，他诗中所说的是什么话呀！"后来看到后两句："人归落雁后，思发在花前。"不禁大加赞赏道："真是名不虚传。"

后人指一个人既然有了名气，一定总有些本领，绝不会是虚传的。现在凡是人家做事有好的表现，总是用"名不虚传"4字来恭维。

名人酒徒

东晋偏安江南约100年，当时最流行的风俗是清谈。有人不务世事、高谈空论。有人放浪形骸，饮酒高歌。竹林七贤中的刘伶就是纵酒放荡最出名的一个。

刘伶当时在东晋做建威将军，每天都要饮一石酒。有时不醉，有时微醉，酒醒以后又继续饮五斗。刘伶一想喝酒就向其妻要，他的妻子很不赞成刘伶这样狂饮，就对他说："喝酒非养生之道。"劝他戒酒，刘伶回答说："你的意见很对，我发誓从此戒酒，今天你给我买五斗酒，饮最后一次。"刘伶拿到五斗酒以后，又说："天生刘伶，以酒为名，一饮一石，五斗解醒，妇人之言，慎莫可听。"说完又狂饮起来。

当时，如刘伶这样嗜酒的不乏其人，下面略单一二。

晋末宋初的陶渊明是闻名遐迩的田园诗人，他辞官以后就住在庐山的栗山与里山之间的一块大石头旁。这块大石可坐 10 人，在此可仰视瀑布，他在兴致来时坐在大石上饮酒，酒醉后就仰卧在大石上。他的朋友颜延之顺路来看他。就与他同饮。见他生活困顿，临走留下 2 万钱让他买米，而陶渊明得到钱却又送给酒家了。

据说吴兴太守陆纳与大司马桓温是酒友。陆纳问桓温的酒量，桓温说："饮酒三升就会醉，吃肉不过十块。"陆纳临行时邀桓温喝酒，桓温欣然接受。陆纳只带来酒一斗，鹿肉一块，同坐的人怪他带的酒肉太少。陆纳则说："桓公的酒量只有三升，我的酒量只有二升，所以只带一斗酒来。"说完，宾客们才觉得陆纳为人的确率真，他只管自己和约好的酒友。

排沙简金

典出《世说新语·文学》：孙兴公云："潘文烂若披锦，无处不善；陆文若排沙简金，往往见宝。"

东晋大文学家孙绰（字兴公）说过这样一段话："潘岳（字安仁）的文章写得好，灿烂多彩，宛如披着锦绣，没有一个地方不好；陆机（字士衡）的文章虽然不是全篇都好，但自不乏精彩之处，好像排除沙粒，选择金子一样，往往发现宝贝。"

"排沙简金"就是从这个故事来的。排：排除；简：挑选。"排沙简金"

的意思是排除沙粒，挑出金子。人们用它比喻精心筛选，去粗取精。

徘徊歧路

典出唐·骆宾王《为徐敬业讨武曌檄》：若其眷恋穷城，徘徊歧路，坐昧先几之兆，必贻后至之诛。请看今日之域中，竟是谁家之天下。

武则天控制了唐代政权以后，便准备建立大周王朝，自己好当女皇。唐朝开国功臣李绩的长孙徐敬业洞察此事后，便以扬州为根据地，起兵反对武则天。

徐敬业为了扩大影响，发展势力，号召人们起来推翻武则天，就请当时的文学家骆宾王帮他写了一篇声讨武则天的檄文。

骆宾王在檄文中一件一件地数了武则天的罪状之后，就号召皇亲国戚都起来反对武则天。檄文的最后严正地告诉他们说："若其眷恋穷城，徘徊歧路，坐昧先几之兆，必贻后至之诛。请看今日之域中，竟是谁家之天下。"意思是：如果你们还留恋自己的城池，迟迟不选择自己的道路，贻误早日立功的机会，就一定要按违命而论处。请你们认识清楚，今天的中国，究竟是哪一家的天下。

后人用"徘徊歧路"来表示在岔路上徘徊，比喻犹豫不决。

七步作诗

典出《世说新语》文学第四：文帝尝令东阿王七步中作诗，不成者行大法。

应声便为诗曰："煮豆持作羹，漉菽以为汁。萁在釜下燃，豆在釜中泣。本自同根生，相煎何太急！"

帝深有惭色。

魏文帝曾经命令东阿王在七步之中做成一首诗，如果做不成就要对他施行杀头大法。

东阿王应声做成一首诗道："蒸煮大豆制作豆羹汤，过滤大豆渗为豆汁。豆秸在锅底下燃烧，大豆在锅中哭泣；豆秸、大豆本是同根所生，为什么煎煮得这样急呢！"

魏文帝听后，脸上表现出非常羞惭的颜色。

"七步诗"揭露兄弟之间互相倾轧，比喻贴切，形象生动。尽管诗不见于曹植本集，却流传很广，脍炙人口，这大概是这篇寓言的功劳吧。郭沫若在《论曹植》（见《历史人物》）中对"七步诗"颇不以为然。他说："曹丕如果要杀曹植，何必以逼他作诗为借口？子建才捷，他又不是不知道，而且果真要杀的话，诗作成了也依然可以杀，何至于仅仅受了点讥刺而便'深渐'？所以这诗的真实性实在比较小……借煮豆为喻，使人人能够了解，是这首诗所以普遍化了的原因。但站在豆的一方面说，固然可以感觉到其的煎迫未免过火，如果站在萁的一方面说，不又是富于牺牲精神的吗？我因而作了一首'反七步诗'，以为本文的煞尾：'煮豆燃豆萁，豆熟萁已灰。熟者席上珍，灰作田中肥。不为同根生，缘可甘自毁？'"抄录于此，仅供参考。

强作解人

典出《世说新语·文学》：谢安年少时，请阮光禄道"白马论"。为论以示谢，于时谢不即解阮语，重相咨尽。阮乃叹曰："非但能言人不可，正索解人亦不可得！"

晋代谢安（320—385年，字安石，阳夏人）在少年时代，曾向阮裕（字思旷，曾任金紫光禄大夫，又称阮光禄）请教"白马论"。阮裕的学识并不广博，但是对一些疑难问题善于钻研，并且长于归纳、提炼，再难的问题，经他言简意赅地讲出来，既深刻，又明白，真是鞭辟入里。谢安请他讲"白马论"，倒是找准了对象。所谓"白马论"，就是战国时期公孙龙学派提出的"白马非马"的名辩命题。这个命题，揭示事物与概念之间、个体与一般之间的差别，包含事物皆是可分的思想。阮裕认真地讲给谢安听，可是当时谢安不能立即理解阮裕所讲的内容，但又好像有所领悟似的，一再仔细探问。阮裕感叹说："不但能讲'白马论'的人不可得，能理解'白马论'道理的人也不可得了。"

"强作解人"就是从这个故事来的。人们用它讽刺不懂真义而妄发议论的人。

取长补短

典出《孟子·滕文公上》：今滕，绝长补短，将五十里也，犹可以为善国。

战国时代，滕文公做太子时，曾去各国访问。有一次，他去楚国路经宋国时，会见了孟子。孟子给他讲了一些人性本是善良的道理，又勉励他要以尧舜之道来治理天下。滕文公回国时又在宋国会见了孟子。孟子怕他还不明白人性本善和以仁政治理天下的道理，又给他讲了文王、周公的治国之道。当谈到滕国还是可以治好时，他说："现在的滕国，如果截长补短，将近有50万平方里的国土，如能以仁政来治理天下，滕国还能成为一个好国家。"他停了一下接着说："但如不振作精神去痛除积弊，那也就难说了。"滕文公听了孟子这番议论未置可否，只是微微笑了一笑。

文中的"截长补短"是那时丈量土地的方法，相当于现在的"切角补弯"。

后人把"绝长补短"说成"取长补短"，用来表示虚心学习别人的长处，用以弥补自己的短处。

入木三分

典出《书断·王羲之》：王羲之书祝版，工人削之，笔入木三分，言其笔力强健也。

这句成语的来源，出在一个我国历史上极有名的大书法家身上。东晋时代，会稽有一个叫王羲之的人，他做过右将军，所以人们叫他"王右军"。他是我国杰出的大书法家，在历史上享有极高的评价，又有人叫他"书圣"。他写的字既很秀丽，又很苍劲。这是非常不容易的，一般总是秀丽的字显得柔软，苍劲的字显得僵硬，而他竟能脱尘出俗，便见得他书法的功力之深，而这完全是由于他勤学苦练出来的。他即使在休息的时候，也揣摩字体的结构、间架和气势。心里想着，手也随着在衣襟上画着，时间久了，竟把衣服都画破了。

据说有一次，他把字写在木板上，拿给刻字的人照着雕刻，这人先用刀削木板，却发现他的墨迹印到木板里面去有三分深。

用毛笔写字在木板上，而能将笔迹印至三分之深，那当然是一种不足信的传说，但从这传说中可以见到这位"书圣"所写的字，笔力之雄劲，已到了炉火纯青的地步。后来的人就根据这个故事的情节，引申成"入木三分"这句成语，用来形容人们写文章或说话非常深刻。

入室操戈

典出《后汉书·郑玄传》：时任城何休好《公羊》学，遂著《公羊墨守》《左氏膏肓》《谷梁废疾》。玄乃发《墨守》、针《膏肓》、起《废疾》。

休见而叹曰："康成入吾室，操吾矛，以伐我乎！"

后汉时北海有个叫郑玄（字康成）的人，是一个很勤学的读书人，曾入大学读书，学会了些经学的普通学问。后来又去向当时的大名家马融学习，当他学成离开时，马融曾感慨地说："郑生东去，吾道东矣。"他回乡后，专心研究学问，后来与一个叫何休的研究经学的人为友。

何休著有《公羊墨守》（公羊，传名，公羊高著；墨守，指墨子善守城，喻固守成见）、《左氏膏肓》（左氏，指左丘明所著"左传"；膏肓，喻疾病无法医治）、《谷梁废疾》（谷梁，传名，周时谷梁赤著；废疾，罢病也）3篇关于这些传的意见的文章，郑康成见了何休的文章后，便作了"发墨守"（发，发扬也）、"针膏肓""起废疾"3篇文章，来反驳何休的见解。何休看了郑康成的文章后，很感叹地说："康成兄呀！你真可算是进我的屋，拿我的武器向我进攻了！"意即：用我的学说来攻击我的意思。

这段故事见于《后汉书》的《郑玄传》，原文是："入吾堂，操吾矛以伐吾乎！"后来的人便将何休的这句话引申为"入室操戈"（戈，武器名，是古人常用的一种武器）一句成语，用来比喻学会了别人的本领就用这本领来反击人的这种情况。

入室操戈

身有至宝

典出《龙门子凝道记·先王枢》：西域贾胡有持宝来售，名曰瓓者，其色正，赤如朱樱，长寸者，直逾数十万。龙门子问曰："可疗饥乎？"曰："否。""可已疾乎？"曰："否。""能逐厉乎？"曰："否。""能使人孝弟乎？"曰："否。"曰："既无用如是，而价数十万，何也？"曰："以其险远，而获之艰深也。"龙门子大笑而去，谓弟子郑渊曰："古人有云：黄金虽重宝，生服之则死，粉之人目则眯。宝之不涉于吾身者尚矣。吾身有至宝焉，其值不待数十万而已也。水不能濡，火不能爇，风日不能飘炙；用之则天下宁，不用则身独安，乃不知夙夜求之，而唯此为务，不亦舍至近而务至远者耶！"

西域的一个经商的胡人，拿着一件名叫瓓的宝玉前来出售。宝玉的颜色像樱桃一样鲜红，直径不过一寸，价值却超过了数十万。

龙门子问道："可以充饥吗？"回答说："不可。""可以治病吗？""不可。""能够驱灾免祸吗？""不能。""能够使人孝悌吗？""不能。"龙门子然后说："既然如此无用，为什么价值高达数十万呢？"胡商说："因为它藏于险峻的地方，很难获得。"

龙门子听了大笑，拂袖离去，对弟子郑渊说："古人曾经讲过，黄金虽然贵重，但生吞下去，人就会死去。它的粉末进入眼里，人就会变瞎。宝物对我们自身没有什么好处，如此，那么要它干什么呢！其实，人类自身就有无价之宝，它的价值绝不止数十万；而且水不能淹没它，火不能烧毁它，风吹日晒也不能损伤它；应用它可以使天下安宁，不用它也可以保重自身。这样宝贵的东西居然不知勤奋探求，而专为寻找瓓一类的宝物去忙碌奔波，不也是舍近求远吗？"

后人用"身有至宝"的这个典故告诫人们，要特别重视人才的使用。人是最宝贵的，人的聪明才智是比任何珠宝都贵重的。

十年读书

典出《宋书·沈攸之传》：攸之晚好读书，手不释卷，《史》《汉》多所谙忆，常叹曰："早知穷达有命，恨不十年读书。"

南北朝时期，宋朝有一个人叫沈攸之，字仲达，在前废帝（刘子业）景和元年（465年）出任豫章王刘子尚车骑中兵参军，封为东兴县侯，食邑500户，不久又升迁为右军将军，增加食邑百户。可是，此时宋朝已进入多事之秋，朝廷陷入骨肉相残、君臣互疑的一片混乱中。到宋明帝时，混乱愈益加剧，除了宋明帝自己的儿子，其余残存的诸弟（宋文帝子）和诸侄（宋孝武帝子）几乎全被杀绝。被疑忌的文武大臣，有的被杀，有的带城镇投降魏国。472年，宋明帝死，子苍梧王继位，内乱更加炽烈。479年，萧道成灭掉宋朝，建立齐朝。

在这种混乱的政治背景下，沈攸之时而受信任，时而遭排挤，时而飞黄腾达，时而一落千丈，时而被称作忠臣，时而又被叫做逆贼。他的心完全变冷了。

沈攸之晚年喜好读书，手不释卷，《史记》《汉书》中记载的史实，他都烂熟于心，他常常感叹地说："早知贫穷和发达是命中注定的，何不长期埋头经典，苦读钻研学问呢？"

"十年读书"就是从这个故事来的。人们用它形容长期埋头苦读，钻研学问。

十行俱下

典出《梁书·简文帝纪》：太宗幼而敏睿，识悟过人，六岁便属文，高祖惊其早就，弗之信也，乃于御前面试，辞采甚美。高祖叹曰："此子，吾家之东阿。"既长，器宇宽弘，未尝见愠喜。方颡丰下，须发如画，眄睐则目光烛人。读书十行俱下。九流百氏，经目必记；篇章辞赋，操笔立成。

南朝时期，梁简文帝萧纲（503—551年），字世缵，小字六通，是梁武帝萧衍（464—549年）的第三个儿子。萧衍死后，萧纲被立为皇帝。萧纲死后被追尊为简文皇帝，称作太宗。

萧纲幼年聪明睿智，见识过人，6岁便会写文章，父亲萧衍感到奇怪：这么小的孩子便能写出文章来？他不相信真有此事，于是把儿子叫到面前测试。结果，儿子写了文章，而且辞藻甚美。萧衍感叹道："我这个三儿子，真是我家的东阿王曹植啊。"萧纲长大后，气度恢宏，喜怒不形于色。方面颊，圆下巴，须发黑漆、整齐，两眼炯炯有神，左右顾盼时显得光彩照人。他读书十分聪敏，凡是儒家、道家、阴阳家、法家、名家、墨家、纵横家、杂家、农家等9个学术流派的著作和诸子百家的书籍，他经目不忘，牢记在心。各类文章辞赋，援笔立成。

"十行俱下"就是从这个故事"读书十行俱下"一语而来的。人们用它形容读书十分聪敏。

食古不化

典出《西轩客谈》：前辈说作诗文记事虽多，亦恐不化，余意亦然。谓如人之善饮食者，肴蔌脯醢，酒茗果物，虽是食尽，须得其化，则清者为脂膏，人只见肥美而已；若是不化，少闲吐出，物物俱在，为父亦然。

《玉几山房画外录》：可见定欲为古人而食古不化，画虎不成、刻舟求剑之类也。

有一本叫《西轩客谈》的书，里面讲到读书和作文的问题时，有一个很好的譬喻，说："前辈们说，一般人作诗作文，所记的事情虽然很多，恐怕未必都能理解。……譬喻好饮食的人，鲜肉呀咸肉呀蔬菜呀，美酒呀名菜呀水果呀，虽是大吃大饮，但也得能消化，把有营养的物质吸收进去，人便变得脂润健美。若是吃了而不能消化，不一刻全都吐了出来，肉呀蔬菜呀果物呀，仍是原样不变，像没有吃过一般。写文章的事，也和饮食的这种情况一样。"

食古，意即读古书；不化，即是不消化，也就是不理解。食古不化，讲虽然多读古书，但不能理解和使用。这是个很好的譬喻，读书一定要能"化"（理解），"化"了之后才能随自己的意旨来使用，变为自己的东西；否则，将读过的东西原封不动地搬出来，自己既运用失当，别人也不了解你的意思。正如后来有一本讲绘画的书《玉几山房画外录》所说：作画贵能自成风格，若一定要照着古人的作品来画而"食古不化"，结果画虎不成反类犬。

后人用"食古不化"比喻对所学的知识理解得不深不透，不能把它变成自己的东西。

食肉寝皮

典出《左传》襄公二十一年：食其肉，而寝处其皮矣。

晋国有个州绰，此人聪敏、勇敢而又善战。有一次，齐晋两国在平阴打仗，州绰获胜，并生俘了齐国勇士殖绰和郭最。后来，州绰的好友栾盈与晋国当权的范宣子有矛盾，栾盈被囚，州绰因此出奔齐国。

有一天早朝，齐庄公指着殖绰、郭最说："他们是我的勇士啊！"州绰心中不服，便说："大王认为他们是勇士，谁又敢说不是呢？不过在平阴一战，他们是被我生俘过的。"

不久，庄公准备封一批勇士，其中有殖绰、郭最，但却没有州绰。为此，州绰很不满意地对庄公说："前次齐晋之战，我从平阴打到了齐国的都城，在都城的东门从容不迫地数点过东门的门板，难道还不算勇敢吗？"庄公解释说："你那时是替晋国打我们齐国啊！你到我们齐国来还不久啊！"州绰十分恼怒地说："我在齐国虽是新仆，但殖绰、郭最被我生俘时，他们好比禽兽一般，我恨不得'食其肉，而寝处其皮矣'（意思是：吃他们的肉，把他们的皮剥下来垫着睡觉），那算什么英雄！"齐庄公不管州绰如何恼怒，还是没有封他为勇士。

后人把"食其肉，而寝处其皮"简缩成"食肉寝皮"（寝皮：把皮剥下来当褥子），用来表示仇恨极深。

推敲推敲

典出《诗话总龟》：贾岛初赴举，在京师，一日于驴上得句云："鸟宿池边树，僧敲月下门。"又欲着"推"字，炼之未定，于驴上吟哦，引手作推敲之势，观者讶之。时韩退之权京兆尹，车骑方出，岛不觉行至第三节，尚为手势未已。俄而左右拥之尹前，岛具对："所得诗句'推'字与'敲'字未定，'神游象外，不知回避。'退之立马久之，谓岛曰：'敲'字佳。"遂与并辔而归，共论诗道，留连累日，因与岛为布衣之交。

唐朝时候，有一个读书人，名叫贾岛。有一次，他骑着一匹毛驴赴京都考试。有一天夜晚，路经一个树林，四周十分静寂，树林中有一间寺院，在月色下，景色很优美。贾岛大有感触，诗兴大发，吟出二句非常得意的句子：鸟宿池边树，僧推月下门。

第二天上路，走了一段，他忽然觉得那第二句诗中的"推"字用得不妥当，因为既然在月下，寺门一定已经闭上，那又怎么能推得门呢？这在情理上是说不过去的。于是他想不妨把"推"字改为"敲"字。不久，他又觉得"敲"字也不妥当，因为在那幽静的月下，传来一阵阵的敲门声，太煞风景了。结果，他无法取舍，就在驴背上做起手势来，推一下，敲一下，看哪个字适合。这时，大尹（官名）韩愈（字退之，唐邓州南扬人，大文学家）的队伍从对面过来，贾岛的心思全在诗歌上，根本没有注意回避，韩愈的左右侍者认为贾岛冲犯朝廷官员，把他捉到韩愈面前。韩愈责问他为什么走路不小心，贾岛知道是当朝大文学家韩愈，便将自己苦思着"推""敲"2字无法取舍的经过向韩愈说了。韩愈听了，想了一下，对贾岛说"我认为用'敲'字好些。"后来，韩愈不仅没有将贾岛问罪，并且和他一起谈论起诗来了。

后人于是用"推敲推敲"来比喻斟酌字句，反复琢磨。

唯业公羊

典出《笑林》：有甲欲谒见邑宰，问左右曰："令何所好？"或语曰："好《公羊传》。"后入见，令曰："君读何书？"笑曰："唯业《公羊传》。"试问："谁杀陈佗者？"甲良久对曰："平生实不杀陈佗。"

有个人将要拜见县令。事先他问县令的随从："县令大人喜欢什么呢？"有人告诉他说："县令最喜欢《公羊传》这部书！"

后来见到县令，叙谈之中县令问他："先生现在读什么书呢？"他趁机答道："专一攻读研究《公羊传》。"县令考问他说："谁是杀害陈佗的凶手呢？"这人从来没有读过《公羊传》，一听县令发问，以为是谈论一件人命案，目瞪口呆了半天才说："我这辈子确实没有杀过陈佗。"

后人用"唯业公羊"的这个典故告诉我们不懂装懂，就会闹出笑话，在知识的问题上来不得半点虚假。

闻一知十

典出《论语·公冶长》：子谓子贡曰："女（同"汝"）与回也，孰愈？"对曰："赐也何敢望回？回也闻一以知十，赐也闻一以知二。"子曰："弗如也，吾与女弗如也。"

春秋时期，孔子有两个学生，都比较有才能。一个是子贡，能言善辩，积极参与政治活动，在鲁、卫等国当过大官。另一个是颜回，他生活俭朴，聪明好学，有较高的道德修养。颜回不幸早死，孔子极度悲伤。

有一次，孔子问子贡说："你和颜回两个人相比，谁更好一些？"子贡回答说："我端木赐（子贡为字，端木为姓，赐为名）怎么敢和颜回相比呢？颜回听到一件事就可以推知 10 件事；我呢，听到一件事只能推知两件事。"孔子说："是不如他，我同意你说的，你是不如他。"

"闻一知十"就是从这个故事来的。它的意思是说，听到一点知识就能懂得许多道理。用来形容聪明过人，善于类推，能够举一反三。

问一得三

典出《论语·季氏》：陈亢退而喜曰："问一得三：闻《诗》，闻《礼》，又闻君子之远其子也。"

春秋时，孔子有个亲生儿子叫孔鲤，字伯鱼。当时，在孔子的学生中，有些人认为孔子在教学上不一定把全部知识都传授给学生，还有人怀疑孔子对自己的儿子可能教的更多一些。

有一天，孔子的学生陈亢问伯鱼："您在老师那里听到过什么特别的教导吗？"伯鱼回答说："没有。有一天，他（孔子）一个人站在那里，我快步经过庭院。他问我：'学过《诗》吗？'我说：'没有。'他说：'不学《诗》，（在官场中）就不会说话。'我回去就学《诗》。又有一天，他又是一个人站在那里，我从他面前快步经过庭院。他问我：'学过礼吗？'我说：'没有。'他说。'不学礼，就站不住脚。'我回去后就学礼。我只知道这两件事。"

陈亢听了孔鲤的回答，心里很高兴。他说："我提一个问题，得到三点收获：了解到学《诗》的道理；了解到学礼的道理；又了解到君子不偏向自己的儿子。"

后人用"问一得三"比喻问的少，得到的多。

无益反损

典出《笑禅录》：举：《坛经》云："诸佛妙理，非关文字。"说：一道学先生教人只体贴得孔子一两句言语，便受用不尽。有一少年向前一恭，云："某体贴孔子两句极亲切，自觉心广体胖。"问："是哪两句？"曰："食不厌精，脍不厌细。"颂曰：自有诸佛妙义，莫拘孔子定本；若向言下参求，非徒无益反损。

有一个道学先生本身就是半瓶子醋，他教育他的学生说："只要懂得孔老夫子的一两句言语，就会受用不尽。"话刚讲完，有一个学生上前深鞠一躬说："老师说得太好了，我对孔老先生的两句话感到非常亲切。"这位先生问："是哪两句话啊？"学生说："食不厌精，脍不厌细。"

后人用这则寓言强调对于经典著作的言论不能寻章摘句，机械执行，否则无益反损。道学先生教人只要能体会孔子一两句话便受用不尽，他们把孔子由凡人捧为神人，认为孔子的言论一句顶一万句，完全是欺人之谈。

五行俱下

典出《后汉书·应奉传》：奉少聪明，自为童儿及长，凡所经履，莫不暗记。读书五行并下。为郡决曹史，行部四十二县，录囚徒数百千人。及还，太守备问之，奉口说罪系姓名，坐状轻重，无所遗脱，时人奇之。

东汉，有一个人叫应奉，字世叔，汝南南顿人。应奉从小就很聪明，他自孩提时代起直到长大成人，凡所经历的事，无不记得清清楚楚。读书时五行并读，神速而敏捷。他在郡里当治狱官时，到所属的 42 个县巡视，考核囚徒数百上千人。回郡以后，太守问得很详细，应奉一一说出罪犯的姓名，及每人所犯罪过的轻重情节，没有一点遗漏，人们觉得他的记忆力太不平常了。

据说，有一次应奉和同事许训一起到京师去。从乡里出发以后，许训把一路上见过的长吏、宾客、亭长、吏卒、奴仆等人都暗地里登记下来，要试一试应奉的记忆力。从京师回到郡里以后，许训把那个长长的姓名登记簿拿给应奉看，应奉说：“上次在颍川纶氏都亭吃饭时，一个姓胡的亭长带着名叫禄的仆人，给我们送水浆喝，为什么没有登记上呢？”听了他的话后，在座的人都大吃一惊，被他那惊人的记忆力所折服了。

“五行俱下”就是从这个故事来的。人们用它形容读书特别神速敏捷。

燃烛而行

典出《赞刘谐》：有一道学，高屐大履，长袖阔带，纲常之冠，人伦之衣，拾纸墨之一二，窃唇吻之三四，自谓真仲尼之徒焉。时遇刘谐。刘谐者，聪明，见而哂曰：“是未知我仲尼兄也。”其人勃然作色而起，曰：“天不生仲尼，万古长如夜，子何人者，敢呼仲呢而兄之？”刘谐曰：“怪得羲皇以上对人尽日燃纸烛而行也！”

有个道学先生，脚登高底大鞋，甩着长袖，拖着宽带，头戴一顶三纲五常的帽子，身穿一件伦理道德的衣裳，从故纸堆里来一两句儒家经典，陈词滥调，念诵不已，自以为是货真价实的仲尼弟子。

有一次，他正好碰到刘谐。刘谐是个聪明而有学问的人，看见他这副样子，嘲笑地说："你这样实际是不了解我仲尼老兄。"道学先生气得变了脸色，站起来说："'天下生仲尼，万古长如夜'，你算什么人，竟敢直呼夫子的名字而称兄道弟！"刘谐说："噢，怪不得羲皇以前的圣人不分昼夜整天点着灯笼走路啊。"

后人用"燃烛而行"的这个典故告诉人们，对人对事，要实事求是，不能言过其实，更不能漫天夸大，就会露出破绽，被人击败。像这个道学者把孔子漫天夸大，"天不生仲尼，万古长如夜"，被刘谐一击，就再无回手的余地了。

秀才康了

典出《诬斋闲览》：柳冕秀才性多忌讳，应举时，同辈与之语，有犯"落"字者，则忿然见于词色。仆夫误犯，辄加杖楚。常语"安乐"为"安康"。忽闻榜出，亟遣仆视之。须臾，仆还，冕即迎问曰："我得否乎？"仆应曰："秀才'康'了也。"

有个名叫柳冕的秀才，生性乖僻，颇多忌讳。

一年适逢乡试，应考举人。同场的考生与他闲谈，无意中说了"落"的同音字，他认为犯了"落第"的忌讳，愤然作色，溢于言表。

他的仆人，误犯了忌讳，更是拳打脚踢，棍棒相加。因此，仆人处处留意，事事小心，常常把"安乐"说成"安康"。

考试后，听说已经放榜，柳冕急不可耐，吩咐仆人赶快去看。不一会儿，仆人返回。他怀着希望和担忧的心情，远远迎上前去，高声问道："我中了吗？"仆人唯恐犯忌，战战兢兢地说："秀才'康'了！"

后人用"秀才康了"这个典故告诉人们，事物是客观存在的，并不以人们的主观意志为转移。这位秀才形而上学猖獗，唯心主义十足，恐怕落第，连个"落"字也不许人家说，结果还是"落"了。仆人的一个"康"字，真是极尽讽贬的绝妙之词。

悬梁刺股

典出《太平御览》卷三六三引《汉书》：孙敬字文宝，好学，晨夕不休。及至眠睡疲寝，以绳系头，悬屋梁。

《战国策·秦策一》：（苏秦）说秦王书十上而说不行。黑貂之裘弊，黄金百斤尽，资用乏绝，去秦而归。嬴縢履蹻，负书担囊，形容枯槁，面目犁黑，状有愧色。归至家，妻不下纴，嫂不为炊，父母不与言。苏秦喟叹曰："妻不以我为夫，嫂不以我为叔，父母不以我为子，是皆秦之罪也。"乃夜发书，陈箧数十，得太公阴符之谋，伏而诵之，简练以为揣摩。读书欲睡，引锥刺其股，血流至足。曰："安有说人主不能出其金玉锦绣，取卿相之尊者乎？"期年，揣摩成，曰："此真可以说当世之君矣！"于是乃摩燕乌集阙，见说赵王于华屋之下，抵掌而谈。赵王大悦，封为武安君。受相印，革车百乘，锦绣千纯，白璧百双，黄金万镒，以随其后，约从散横，以抑强秦。

战国时，楚国有一位贤士，名叫孙敬，他到洛阳求学，为了勤于学习，怕睡眠困扰，所以把头发悬挂在梁上，如果读书读得疲困，眼睛一闭上，睡着了，头必然要低下来。头一低，那悬在梁上的头发，自然会把他拉醒，他就可继续读书。

战国年间，苏秦的家里并不富有，他曾拜当时名学者鬼谷先生为师，学得了一套治国平天下的理论，想献身用事。

那时秦惠文王励精图治，招揽贤才。苏秦应募前往，贡献出他治国安邦大计。秦惠文王未能采用他的计划，他只得怏怏地回到洛阳。家中父母见这儿子没出息，连工作也找不着，直对他叹气，老婆更不必说了，坐在纺车上织布，不用正眼看他。他肚子饿极了，只得厚着脸皮，向嫂嫂讨一碗饭吃。嫂嫂对他也没有好脸色，厉声地说："还吃饭哪？连烧饭的柴火都没有了！"苏秦被抢白得几乎流出泪来。

他回到自己房中，仰屋兴叹："一个人贫穷的时候，妻不认为他是丈夫，嫂不认为他是小叔子，父母不认为他是儿子，我有什么可说的呢！"

悬梁刺股

于是他发奋读书，夜里读书困倦的时候，他就用锥子扎自己的大腿防止瞌睡，血一直流到足踝，当然痛得睡不着觉了，就这样夜以继日地研究，一年有成。最后，苏秦终于发达了，他在秦国贡献出一统天下的政略没有获得成功，他立刻改变政略，说服山东（太行山之东）六国（齐、楚、韩、赵、魏、燕）联合起来结成了一条"合纵"的战线，一致反抗秦国，不让秦国出潼关一步。

因此，苏秦佩带了六国相印，从楚国回赵，仪仗队摆了有几里路长，骑兵步卒，执戈持盾，围绕在苏秦座车之旁，车前车后，旌旗蔽天。各国诸侯派来的专使，随节获送，俨如一个国君出巡。当苏秦车驾经过洛阳自己家门时，苏秦的嫂嫂、弟弟、老婆，看到这副威仪，吓得俯卧在地，头都不敢抬。从前那副势利相，现在变成可怜虫了。苏秦回到赵国后，赵肃侯立即封他为武安君。

后人用"悬梁刺股"形容刻苦自学。

学而不厌

典出《论语·述而》：学而不厌，诲人不倦，何有于我哉？

孔子在教学上有丰富的经验，常常和学生们一道研讨问题。他一走入学生群中，学生们总是提出各种问题来请教他，而孔子总是耐心地给学生解答。一天上课之余，一个学生问孔子道："老师，你苦口婆心地教导我们，希望我们将来有所出息，根据目前我们的实际情况，你觉得哪些问题应该引起我们注意，哪些事情是你最忧心的呢？"孔子和善地看了看这个学生然后说："品德没有很好地培养，学问没有很好地深钻巩固，听到说要做好事，却不身体力行，自己有了缺点，却不立即改正，这些都是我的忧虑。"接着另一个学生问道："老师，我们学得的知识怎样才能巩固呢？"孔子回答说："（学了之后，要经常复习）才能把学得的知识巩固下来，才会越学越有兴趣。"孔子给学生解答问题恳切又耐心，释去了学生脑海中一个又一个的疑问，大家很受感动，情不自禁发出了感叹：老师真好啊！老师不但在学习上不知疲倦，而且在教导我们上又这样耐心，真是难能可贵啊！孔子听了学生们的赞扬，谦逊地说："学而不厌，诲人不倦，何有于我哉？"（意思是：学习努力不厌弃，教导别人不知疲倦，这些事我做到了哪些呢？）

后人用"学而不厌"表示专心学习，不知疲倦，不知满足。

压倒元白

典出五代王定保《唐摭言》卷三：汝士其日大醉，归谓子弟曰："我今日压倒元、白。"

唐敬宗（李湛）宝历（825—827年）年间，宰相杨嗣复在家中大宴宾客，著名的诗人元稹、白居易都应邀出席，大家在酒席上当场赋诗。刑部侍郎杨汝士最后写，也写得最好，元稹、白居易看后都很吃惊。

压倒元白

那天，杨汝士喝得大醉，回家后对子弟说："我今天压倒元、白。"

"压倒元白"就是从这个故事来的。人们用它形容诗人出众，超过同时代著名作家。

沿河求石

典出《阅微草堂笔记》：沧州南，一寺临河干，山门圮于河，二石兽并沉焉。阅十余岁，僧募金重修，求二石兽于水中，竟不可得。以为顺流下矣，棹数小舟，曳铁钯，寻十余里无迹。一讲学家设帐寺中，闻之，笑曰："尔辈不能究物理。是非木，岂能为暴涨携之去？乃石性坚重，沙性松浮，湮于沙上，渐沉渐深耳。沿河求之，不亦谬乎？"众服为确论。一老河兵闻之，又笑曰："凡河中失石，当求之于上流。盖石性坚重，沙性松浮，水不能冲石，其反激之力，必于石下迎水处，啮沙为坎穴，渐激渐深，至石之半，石必倒掷坎穴中。如是再啮，石又再转，转转不已，遂反溯流逆上矣。求之下流，固慎，求之地中，不更慎乎？"如其言，果得于数里外。然则天下之事，但知其一，不知其二者多矣！可据理臆断欤？

在沧州南面，有一座寺庙临河建起，山门倒塌在河里，两个石狮都沉到河心去了。过了10多年，庙里的和尚打算募化一些金钱重新修建，便叫人到河中寻找那两个石狮，竟然没能寻到。都以为石狮是顺河流到下游去了，便划了几只小船，拖着铁钯，找寻了10多里地，也没发现石狮的踪迹。

有一位讲学先生正在寺庙中设帐讲学，听说这件事，笑着说："你们这些人不会研究物理。石狮又不是屑片子，难道能被暴涨的洪水冲带而去吗？石头的性质是坚硬沉重的，而沙子的性质是松软浮动的，石头埋没在沙堆里，一定是渐沉渐深了。沿着下游的河水去寻找石狮，不是神经错乱了吗？"众人认为这是正确的说法，都是十分佩服。

有一位老河兵听说了这件事，又笑着说："凡在河里丢下石头，都应当到上游去寻找。这是因为，石头的性质坚硬沉重，沙子的性质松软浮动，流水不能冲动石头，但冲激石头的反激力量，必定是在石头底下迎水的地方，它冲刷着沙子形成了坑穴，而且渐激渐深，到了石头下大半空着时，那石头必定要向前倒落到坑穴当中。像这样，水的激流再冲刷沙坑，石头又再倒转，转了又转，一直转个不停，于是那石头就反倒逆流而上了。因此，到下游去寻找石头，固然是神经错乱；到地底下去寻求石头，岂不更是神经错乱吗？"大家按着老河兵的话去寻找，果然在上游的好几里外找到了石狮。

这样看来，天下的事情只知其一，不知其二的人多着哩！难道可以按照个人的理解胡乱猜测吗？

后人用这则寓言说明实践出真知。老河兵的正确判断，来源于他对水流现象的丰富实践经验；讲学先生是凭书本理论吃饭，一般人又是单凭主观猜测，所以都是"只知其一，不知其二"，结果既解决不了实际问题，又闹出了大笑话。这个教训是深刻的。沉重的石头掉在流水中，不往下冲，反而向上溯，看来十分奇特，却合乎科学道理。那些光凭教条、空谈理论、依据臆断的人，可以休矣！

晏子使楚

典出《晏子春秋·内篇杂下》：晏子使楚。楚人以晏子短，为小门于大门之侧而延晏子。晏子不入，曰："使狗国者从狗门入，今臣使楚，不当从此门入。"傧者更道，从大门入。

见楚王。王曰："齐无人耶？使子为使。"

晏子对曰："临淄三百间，张袂成阴，挥汗成雨，比肩继踵而在，何为无人！"

王曰："然则子何为使乎？"

晏子对曰："齐命使，各有所主。其贤者使使贤主，不肖者使使不肖主。婴最不肖，故宜使楚矣。"

齐国的晏子，出使到楚国去。楚国人认为晏子身材矮小，想奚落他一顿，事先特地在大门旁边开了个小门。晏子到了，楚人请晏子从小门进去。晏子不肯进去，说："只有出使狗国的人，才从矮小的狗洞中爬进去。今天，我是出使堂堂的楚国，不应当从这张狗门进去。"招待他的人只得换一条路，让晏子从大门进去了。

晏子拜见楚王。楚王说："齐国没有人吧？怎么派遣你做使者！"

晏子回答说："齐国的都城临淄横街竖巷，鳞次栉比，人来人往，熙熙攘攘，人们张开袖子，可以遮住半边天；大家甩一把汗，整个天空就会像下雨一样，喧腾的人流中，人们肩并着肩，脚挨着脚，怎么会没有人呢！"

楚王说："既然如此，那么为什么要派遣你这样的人？"

晏子回答说："我们齐国派遣使者，各有一定的对象。哪个国家的君主贤明，就派有远见卓识的使者到那里去；哪个国家的君主昏庸，就派不学无术的使者到那里去。我晏婴最没有出息，所以最适宜出使到楚国来。"

倚马可待

典出南朝·宋·刘义庆《世说新语·文学》：唤袁倚马前令作，手不辍笔，俄得七纸，殊可观。

晋朝有个袁虎，少年时家境清贫，但学习抓得很紧，从不懈怠。为了维持生活，袁虎常去帮人运货。一次，

倚马可待

他替人拉船至牛渚，夜舶江边，眼见风清月朗，不禁感慨油生。他情之所至，兴之所发，于是吟成五言咏史诗一首，闻者皆奇。当时，西安豫州刺史谢尚正在牛渚江边，闻知袁虎诗出不凡，遂同舟共论诗文。谢尚深爱袁虎之才，便推举他做了个参军。后来袁虎又到桓宣武府做记室，桓宣武对袁虎的文笔也很欣赏。有一次，桓宣武出征，袁虎跟从。一天，桓宣武令袁虎拟个公文，袁虎奉命后就倚在马旁，顷刻间写满了7张纸。这篇公文内容充实，条理清楚，文字畅达。

后人把这个故事概括为"倚马可待"，用以表示文思敏捷，下笔成章。

郢书燕说

典出《韩非子·外储说左上》。

古时候，有个人从楚国的郢都写信给燕国的相国。这封信是在晚上写的。

写信的时候，烛光不太亮，此人就对在一旁端蜡烛的仆人说："举烛"（把蜡烛举高一点）。可是，因为他在专心致志地写信，嘴里说着举烛，也随手把"举烛"两个字写到信里去了。

燕相收到信以后，看到信中有"举烛"2字，琢磨了半天，自作聪明地说：这"举烛"2字太好了。举烛，就是倡行光明清正的政策；要倡行光明，就要举荐人才担当重任。燕相把这封信和自己的理解告诉了燕王，燕王也很高兴，并按照燕相对"举烛"的理解，选拔贤能之才，治理国家。燕国治理得还真不错。

郢人误书，燕相误解。国家是治了，但根本不是郢人写信的意思。这真是一个穿凿附会的典型例子。

后人用"郢书燕说"比喻穿凿附会，曲解原意。

映月读书

典出《南史·孝义传》：江泌，字士清……少贫，昼日斫屐为业。夜读书，随月光，光斜则握卷升屋，睡极堕地则更登。

南朝齐江泌，小时家穷。白天，他要帮助家庭搞些手工业来维持生活。晚上，人们休息了，他却抓紧时间来学习。屋子里没灯光，他把书本拿到屋子外面，利用月光学点东西。月光是要移动的，慢慢地西斜了，江泌就搬梯

映月读书

子来，搁在墙脚下，站在梯子上念书；跟着月亮下坠，他也一级一级升高，一直爬到屋顶。有时，他白天工作累极了，晚上精神支持不住，看看书本，人渐渐地迷糊起来，眼睛闭上了，一下子，人从梯子上摔下来，江泌摔痛了，也摔醒了，神志反而振作起来。于是，他拾起地上的书本，好像没这回事似的，身上的泥土也不挥掉，又赶紧爬上了梯子，继续一句一句地读下去。

后人用"映月读书"形容勤奋读书。

朱衣点头

典出明·陈耀文《天中记》卷三十八引《侯鲭录》：欧阳修知贡举日，每遇考试卷，坐后常觉一朱衣人时复点头，然后其文入格……始疑侍吏，及回顾之，一无所见。因语其事于同列，为之三叹。尝有句云："文章自古无凭据唯愿朱衣一点头。"

宋代人欧阳修（1007—1072年），字永叔，号醉翁，晚年又号六一居士，庐陵（今江西吉安）人。宋仁宗天圣八年（1030年），他考中进士，从此在地方和中央做官。他在要求改革弊政的同时，又着手改革文风，在北宋的文学革新运动中做出了卓越的贡献。

欧阳修做主考官时，每当科举考试后阅读考生的卷子，经常觉得自己的座位后边站着一个穿红衣服的人，时时点头。凡是他点了头的卷子，必定合格。开始，欧阳修怀疑是

朱衣点头

侍吏在背后捣鬼，待他回头看时，空无一人。他把这件怪事对同僚们说了，大家不免为之再三感叹。所以，后来曾有人吟下这样的诗句："唯愿朱衣一点头。"

"朱衣点头"就是从这个故事来的。人们用"朱衣点头"表示文章被考官看中入选。

捉刀代笔

典出南朝宋刘义庆《世说新语·容止》：魏王雅望非常，然床头捉刀人，此乃英雄也。

东汉末年，曹操挟持汉献帝，把持朝政。有一次，曹操将要接见匈奴的使者，但他认为自己相貌丑陋，不能够在匈奴使者面前显示威武，就让崔季珪代替。这个崔季珪长得眉清目秀，一表人才，《三国志·魏书》说他"声姿高畅，眉目疏朗，须有四尺，甚有威重"。

接见这一天，崔季珪穿戴起曹操的衣帽，曹操自己却握刀站在崔季珪座位的旁边。接见以后，曹操派人去问这个使者："您觉得魏王（曹操）这个人怎么样啊？"匈奴使者回答说："魏王的威望非常高，然而在座位旁边握刀的人，才是英雄啊！"曹操听了以后，派人杀掉了那个使者。

根据这个故事，后人演变而称代人作文为"捉刀"并引申出"捉刀代笔"这句成语，指替人代笔写文章。

自出机杼

典出《叔苴子》外编卷二：昔王丹吊友人之丧。有大侠陈遵者，亦与吊焉。赙助甚盛，意有德色。丹徐以一缣置几而言曰："此丹自出机杼也。"遵大

自出机杼

惭而退。

今学士之文，其能为王丹之缣者几何哉？

从前，王丹去吊友人的丧。大侠陈遵也参加吊丧。陈遵资助的东西很多，露出骄傲得意的神色。王丹慢慢地把一匹细绢放在几上，向友人的灵位拜着说："这是我亲手从织布机上织出来的。"陈遵看自己的礼物没有一件是自己做的，就十分惭愧地退走了。

现在学士们的文章，能像王丹自织的细绢一样的又有多少呢？

这个故事说明：贵在独创，做事看问题一定要有自己的见解和主张。

爱莫能助

典出《诗经·大雅·烝民》：爱莫助之。又见明冯梦龙《警世通言·王安石三难苏学士》：子瞻左迁黄州，乃圣上主意，老夫爱莫能助。子瞻莫错怪老夫否？

宋朝文学家苏东坡在宰相王安石手下当门生时，自恃敏慧，不够虚心谨慎，因而被降为湖州刺史。他在湖州任满后回到京城，便去拜谒老师。恰逢王安石昼卧未醒，只得在书房等候。

苏东坡见宰相的书桌上有一素笺，上有诗二句："西风昨夜入园林，吹落黄花满地金。"他兴之所发，不能自已，提笔在素笺上续诗二句道："秋花不比春花落，说与诗人仔细吟。"苏东坡题诗后，便离去了。

午休后，王安石来到书房，看到苏东坡写下的诗句，恶其轻薄之性不改，便密奏天子，降苏东坡为黄州团练副使。苏东坡明

爱莫能助

知因续诗触犯了王安石而贬官，但不得不前去谢恩。苏东坡到大堂拜见宰相，王安石待以师生之礼。他对苏东坡说："子瞻左迁黄州，乃圣上主意，老夫爱莫能助。子瞻莫错怪老夫否？"苏东坡赶忙回答说："晚学生自知才力不及，岂敢怨老太师！"王安石笑道："望你到了黄州，认真学习，以增长知识。"苏东坡点头，拜辞而去。

苏东坡到黄州后将近一年，时当重九之后，连日大风，一日风息，他到后园赏菊，只见满地铺金，枝上全无一朵，惊得目瞪口呆，半晌无语。这时他才醒悟道："以前只说老师揭我短处，公报私仇，谁知他并没有错，倒是我错了。我辈一定要牢记，切忌不可轻易笑人！"一年任期满后，苏东坡到京拜伏于地，向老师赔罪。王安石因重其才，乃奏过天子，复了苏东坡翰林学士的官职。

后人用"爱莫能助"表示虽对人同情，但无力帮助。

霸陵呵夜

典出《史记·李将军列传》：（广）还至霸陵亭，霸陵尉醉，呵止广。广骑曰："故李将军。"尉曰："今将军尚不得夜行，何乃故也！"止广宿

亭下。

西汉时有一个名将叫李广，他与匈奴打过70多次仗，屡立奇功，声名显赫。匈奴人很怕他，称他为"汉朝的飞将军"。有一次李广作战失败，被匈奴人抓去当了俘虏。他虽想办法逃了回来，但按当时的法律是犯了大罪，该被杀头。但皇帝念他功劳大，只是罢了他的官，贬为平民，闲居在蓝田南山中，一去数年。

李广喜欢射箭，隐居时，也经常与友人一起外出射猎。有一回，他误将草中的石头当做老虎，一箭射去，竟将箭深深地射入石中。李广真不愧为一代名将，箭术精湛，神力惊人。

一天晚上，李广带了一个随从出去射猎，又和别的人喝了不少酒，夜深了才往回走，归途中路过霸陵亭，遇上了霸陵县尉。县尉也喝了酒，醉醺醺的。当时的规定是夜晚不准在外行走，县尉就呵斥李广，不准他再往前走。李广的随从很不服气，就对县尉说："你知道这是谁吗？这是原来的李将军啊！"县尉却不买账，他大声叫道："就算是现任的李将军，也不能违反规定夜间行路，更何况是原来的李将军呢。"

在一个小小的县尉面前，名满天下的李广没有办法，只好与随从在霸陵亭住了一夜，第二天才返回家中。

后人用"霸陵呵夜"的典故形容失势后受到欺凌冷遇，也用来抒写失势后的郁闷心情。

霸王别姬

典出《史记·项羽本纪》：项王军垓下，兵尽食尽，汉军及诸侯兵围之数重，夜间汉军四面皆楚歌，项王乃大惊曰："汉皆已得楚乎？是何楚人之多也！"

秦末楚汉相争，西楚霸王项羽被刘邦几十万大军围困在垓下，刘邦的士兵愈来愈多，围了一层又一层。而项羽的士兵不断逃亡，此时的项羽，才真正感到日暮途穷，万念俱灰。

当夜幕降临时，项羽痛苦地坐在大帐下。突然，他听到一阵"呜呜"的笛声随风飘来，那笛声忽高忽低，如泣如诉，好不令人凄惨！啊，这声音多么熟悉！不就是楚国的音乐吗？为什么汉兵中有那么多的人懂楚国音乐？难道楚国的土地全被他们占领了？这时，他听到兵营中传来痛哭的声音。完了！完了！楚军快灭亡了！项羽只好长长地叹息。

他叫醒正在睡觉的美人虞姬，要她起床来陪伴他。两人默默地坐着，你看看我，我看看你，眼泪像珍珠似地掉下来。半晌，项羽起身说："来，我唱楚歌，你跳楚舞。"接着，项羽就唱了起来："力能拔山啊气盖当世，时道不利啊骏马不奔驰。无可奈何啊无可奈何，虞姬呀虞姬，你又怎么办？"这歌声慷慨凄凉，催人泪下。虞姬再也跳不下去了，靠在项羽的身边，跟着反复地唱起来，唱了一会儿，虞姬无法忍受这样的痛苦，就拔剑自杀了。而项羽站在一旁，呆若木鸡，只有眼中的泪水不断地往外涌出。

手下的将士见了，都失声痛哭起来。

后人用"霸王别姬"这个典故形容英雄末路时的悲壮情景，又用"四面楚歌""垓下之围"等典故形容穷途受困，四面受敌，处境孤危。

白虹贯日

典出《史记·邹阳列传》：昔者荆轲慕燕丹之义，白虹贯日，太子畏之。

战国时，燕国太子丹想刺杀秦始皇，物色了一个叫荆轲的刺客。一天，荆轲对太子丹说："感谢太子对我的热情款待，我愿竭诚为太子去刺杀秦王。但我想了很久，用什么方法去取信秦王、接近秦王呢？我想，最好带上燕国督亢地区的地图和樊将军的头颅去秦国，这样，秦王必然接见我，我就可以利用这个机会杀死秦王。"

太子丹犹豫地说："樊将军得罪了秦王，从秦国逃出来投奔我，他的一家人因此被秦王杀害了。我怎么忍心割下他的头颅呢？看是不是有其他的方法？"

等太子丹走后，荆轲私下见樊将军，骗他自杀，取得了头颅，用一个盒子把它装好，然后又在赵国购得一把锋利无比的匕首，淬上毒药。于是，荆轲带着樊将军的头颅、燕国督亢的地图和赵国匕首准备出发。

临行的那天，燕太子丹见荆轲不愿动身，就对他说："荆大侠，太阳就快下山了，不知你是否愿意在今天出发？"荆轲一听，不高兴地说："我本想等一个朋友，但迟迟不来。既然太子催促，那我就动身吧！"说完，荆轲愤然登上车子，不辞而别。这时，太子丹仰望天空，发现一道白色长虹横跨在蓝天之下，他不禁全身猛地一震，叹息说："这次行动一定要失败啊！白虹是不祥的预兆！"

后来荆轲刺杀秦王失败了，太子丹沮丧地说："唉，我早就知道了！"

后人用"白虹贯日"表示不祥的征兆。

白马清流

典出《新五代史·李振传》：（李）振尝举进士咸通、乾符中，连不中，尤愤唐公卿，及裴枢等七人赐死白马驿，振谓太祖曰："此辈尝自言清流，可投之河，使为浊流也。"太祖笑而从之。

唐朝末年，封建势力纷纷割据，天下大乱。有一个叫李振的人，本是唐朝廷的金吾卫将军，他看到形势骤变，就投靠了实力雄厚的割据者朱温（朱全忠）。李振替朱温出谋划策，杀死了唐昭宗（李晔），又杀掉了唐朝的一些旧臣。

李振对唐朝的一些旧臣怀有仇恨。他在唐懿宗咸通（860—874 年）年间和唐僖宗（李儇）乾符（874—879 年）年间，一连几度下科场考进士，都没有考中。所以，他特别嫉恨朝廷里的公卿大臣。等到朱温下令在白马驿杀死裴枢等 7 个大臣

白马清流

时，李振恶狠狠地对朱温说："这些人自称是清高有名的士大夫，既然如此，就应该把他们投进黄河，把他们这些'清流'变成'浊流'。"朱温大笑，听凭李振摆布去了。

朱温建立(后)梁朝，当上了梁太祖。李振也当上了户部尚书，红了一阵子。

"白马清流"就是从这个故事概括而来的。人们用"白马清流"指清高有德的官吏被害。

白首为郎

典出汉班固《汉书》

汉代有一个人叫颜驷，他年轻时担任了郎官。许多年过去了，经历了文帝、景帝，一直到武帝当朝，与他同时做官的人都高升了，而颜驷却还是一个小小的郎官。

有一次，汉武帝乘车经过郎署。他看见了颜驷，觉得很奇怪。这个人年纪这么大，须眉花白，满头银发，却只是一个郎官。武帝便问他："你叫什

么名字，什么时候开始做郎官的？"颜驷回答："我姓颜名驷，江都人。从文帝时就是郎官了。"武帝又问他："怎么你这么多年没有得到提升呢？"颜驷感叹道："我的运气不好呵。从前文帝喜欢文官，而我却是习武的。到了景帝时，他又喜欢长得英俊的，而我的样子偏偏又生得丑。等到陛下您即位，又喜欢提拔年轻人，我却已经老了，连头发眉毛都白了。就是因为我生不逢时，老是遇不上机会，从未得到过提拔，所以我现在也还只是一个郎官。"

汉武帝听了颜驷的话，很同情他的遭遇。又见他衣服不整的落魄样子，十分感叹。于是，汉武帝就下了一道圣旨，将颜驷从一个持戟守卫宫殿门的小郎官提升为会稽都尉。

后人用"白首为郎"或"白发郎官"的典故形容生不逢时，得不到赏识和升迁。

败军之将

典出《吴越春秋·勾践入臣外传》：范蠡曰："臣闻……败军之将，不敢语勇。"又见《史记·淮阴侯列传》：广武君辞谢曰："臣闻败军之将，不可以言勇；亡国之大夫，不可以图存。"

楚汉相争时，汉将韩信用背水之阵击败了赵军并俘虏了赵国的广武君李左车。韩信知道李左车是个人才，便向他请教攻燕伐齐的策略。李左车开始不愿说，他对韩信说："我听说打了败仗的

败军之将

将军，没有资格谈论自己的勇敢；亡了国的臣子，不能希望保存自己的生命。"后见韩信诚心求教，才阐述了自己的见解并被韩信采纳。

后人用"败军之将"这个典故比喻打了败仗的将军，后常用以讽刺失败的人。

阪上走丸

典出《汉书·蒯通传》：为君计者，莫若以黄屋朱轮迎范阳令，使驰骛于燕赵之郊，则边城皆将相告曰："范阳令先下而富贵"，必相率而降犹如阪上走丸也。

秦朝末年，群雄纷纷割据。原陈胜的部将武臣在夺取赵地后，自号武信君，兵强马壮，引起了赵地周围割据势力的震恐。

一天，一个叫蒯通的人来到范阳城，对范阳令徐公说："我是范阳的老百姓，听说足下快要死了，所以前来吊丧，但是，我也向你祝贺，祝贺你见到我来就会不死。"徐公惊异地说："你凭什么说我要死呢？"蒯通说："足下为秦国当了10多年的范阳令，不知冤杀了多少人，砍断了多少手足！现在天下大乱，秦国的统治就要结束了，他们难道不报复吗？"

徐公一听，果然害怕起来，连忙又问："为什么见到你就会不死呢？"蒯通说："我来之前，见过了武信君。我对他说，范阳令徐公一心想投靠你，如果你用隆重的礼节对待徐公，然后派出使者四处宣传，其他的城市一定会纷纷投降，就像泥丸在斜坡上滚动一样。这样，你可以不费一兵一卒得到许多地方。武信君接受了我的建议，并派我来见足下。所以，现在足下如果不想死，就只有投靠武信君。"

徐公听后，顿时感到眼前有了一条生路，感激地说："麻烦您回去通报武信君，就说我已经投降了他。"

蒯通回去后，武信君派来100辆马车、200名骑兵，带着封侯的印迎接徐公，周围的割据势力知道后，很快就有30多座城市相继投降武信君。

后人用"阪上走丸"形容形势发展很快，就像斜坡上滚弹丸一样。"阪"：斜坡；"走"：飞快地滚动。

宝珠穿蚁

典出清·马啸《绎史》卷八。

春秋时期，孔子有一次离开卫国，要到陈国去。在路上，孔子看到有两个女子在采桑。孔子一时兴起，就对两个女子吟了一句诗："南桃窈窕花枝长。"一个女子随口应道："夫子游陈必绝粮。九曲明珠穿不得，归来问我采桑娘。"

孔子到了陈国，不受欢迎。陈国和蔡国的大夫还派兵将孔子围困，并送去一颗九曲明珠让孔子用线穿过去，若穿不过则不解围。孔子和他的学生们无论如何也不能将线穿进，于是他派了最得意的学生颜回和子贡返回来路，去向采桑女请教。

颜回和子贡到了女子家，其家人谎称女子外出了，并奉上一瓜招待两人，聪明的子贡看出这是一个哑谜，他说："瓜，子在内，女子肯定在家里。"采桑女见他猜破自己的哑谜，方才出来见客。

采桑女对两人说："要穿九曲明珠，可用一个办法，把蜜糖涂在珠孔口一边。然后将一只蚂蚁用线拴上，让它去钻没有蜜糖的那边。蚂蚁闻到蜜时，就会拼命地钻过去。若还不肯钻，就用烟熏它。"

孔子按照采桑女说的办法，果然将那颗九曲明珠穿上了线，得以从围困中解脱出来。

后人用此典故形容遭到困厄得以解脱，也可用来咏吟宝珠。

别无长物

典出《晋书·王恭传》：恭曰："吾平生无长物。"南朝宋刘义庆所著《世说新语·德行》中说：王恭对曰："丈人不悉恭，恭作人无长物。"

东晋时期，有一个叫王恭的人，字孝伯，他做过大官，曾经担任过丹阳尹、中书令、太子詹事等职。王恭生活非常简朴、清廉，为官正直、敢言。

有一次，王恭随父亲光禄大夫王蕴，从盛产竹子的会稽（今浙江绍兴）到了东晋都城建康（今江苏南京），他的同族王忱去看望他。两人坐在一张6尺长的竹席上，亲密地交谈。王忱很喜欢这领竹席，他心想，王恭从盛产竹子的会稽来到这里，一定带了不少这样的席子。于是便开口向王恭要这张竹席。王恭爽快地答应了，派人把竹席送给王忱。因为王恭只有这一张竹席，所以以后他只好在草席上读书、吃饭。

王忱知道这个情况以后，非常吃惊，感到很过意不去。他找到王恭，非常抱歉地对他说："我原来以为你有好几张竹席，所以才开口和你要了一张，实在没有想到你只有这一张。"王恭回答说："您太不了解我，我王恭在生活上没有什么追求，从来就没有什么多余的东西。"王忱听后，对王恭的廉洁简朴的美德，更加敬佩。

成语"别无长物"即由以上记述演化而来。长物：指多余的东西。这句成语形容此外再也没有多余的东西了，空无所有。"别无长物"亦称"一无长物""身无长物"等。

冰消瓦解

典出《隋书·杨素传》：公以深谋，出其不意，雾廓云除，冰消瓦解。

581年，北周丞相杨坚夺取了北周政权，建立了隋朝。为了消灭南方的陈朝，统一全国，杨坚命大将杨素为信州（今重庆奉节）总管，加紧建造战船，训练士兵，伺机南下灭陈。589年，隋军大举南下，一举灭掉陈朝，活捉了陈后主叔宝。杨素因功封为越国公。

杨素为人阴险，军纪很严。在他的军中，只要军令一出，将士们稍有违抗便遭杀身之祸；英勇杀敌的，能及时得到封赏。因此，他经常赢得战斗的胜利。文帝杨坚的儿子杨广很赏识杨素的才能，千方百计地把他笼络为私人势力。604年，杨广杀父篡位。消息传出，引起了宗室大臣的反对。汉王杨谅在并州（今山西太原）起兵对抗。杨素闻讯后，亲自率军还击。杨素的兵力虽处在劣势，但他声东击西，巧妙地运用了战略战术，很快打到并州城下，杨谅被迫投降。

捷报传到京城以后，炀帝杨广十分高兴，亲自写了一道诏书，向杨素表示祝贺和慰劳。诏书中，杨广夸将杨素足智多谋，勇敢善战，兵到之处，"雾廓云除，冰消瓦解"。杨素回京后，被任为太子太师，第二年又升为司徒，改封楚国公。

人们常用"冰消瓦解"比喻完全消失或崩溃。

病卧牛衣

典出《汉书·王章传》：初，章为诸生学长安，独与妻居。章疾病，无被，卧牛衣中，与妻诀，涕泣。其妻呵怒之曰："仲卿！京师尊贵在朝廷人谁逾仲卿者？今疾病困厄，不自激昂，乃反涕泣，何鄙也！"

汉代，有一个人叫王章，字仲卿，泰山巨平人。他在青年时代擅长文学，并因此当了官。后来，当了谏议大夫，在朝廷里直言敢谏，挺有名气。元帝初年，被提拔为左曹中郎将，与御史中丞陈咸相友善，两人同中书令石显不和，被石显陷害，王章被罢了官。成帝即位后，征召王章为谏议大夫，后来

病卧牛衣

又当上京兆尹。当时，帝舅大将军王凤掌管朝政，王章上书说王凤不可重用，结果得罪了王凤。王凤恼羞成怒，陷害王章，使他含冤而死。

当初，青年时代的王章在长安求学，只与妻子一起居住。一次，王章得了疾病，因贫穷无被，睡在乱麻编成的为牛御寒的"牛衣"中，他觉得自己快要死了，就与妻子诀别，哭泣起来。他的妻子生气了，斥责他说："仲卿！现在京师朝廷中的达官贵人中，有哪一个比你有才学？现在得了病，又贫困，你不自己振奋起来，反而哭哭啼啼，是多么没志气啊！"

"病卧牛衣"就是从这个故事来的。牛衣：为牛御寒之物，用麻或草编成，如蓑衣之类。人们用"病卧牛衣"形容士人生活贫困，又得了病，贫病交加。

长门买赋

典出《文选·司马相如〈长门赋〉序》：孝武皇帝陈皇后，时得幸，颇妒；别在长门宫，愁闷悲思。闻蜀郡成都司马相如，天下工为文，奉黄金百斤，为相如文君取酒，因于解悲愁之辞，而相如为文以悟主上，陈皇后复得亲幸。

长门买赋

汉武帝小时候，很喜欢姑母的女儿阿娇，并说若得她做媳妇，要造金屋给她住。后来汉武帝果然与阿娇成婚，立阿娇为皇后。陈皇后仗着汉武帝的宠爱，性格日益娇贵。但后来武帝又宠爱卫夫人，陈皇后非常嫉恨。有一段时间，卫夫人经常生病；有几次还差点死掉。汉武帝细查原因，发现陈皇后因为嫉妒卫夫人，在后宫中请女巫施行巫术。武帝于是大怒，下了一道圣旨，将陈皇后贬于长门宫。

陈皇后贬居长门宫后，非常孤寂痛苦。她回想起当年汉武帝"金屋藏娇"的许诺，觉得也许还可以使武帝回心转意。她听说蜀郡成都有一个才子叫司马相如，是天下写文章的妙手，她想到了一个好办法。

陈皇后派人给司马相如送去黄金百斤，请他为自己写一篇文章来打动汉武帝。司马相如果然为她写了一篇《长门赋》，赋中诉说了陈皇后居长门宫后的悲哀与愁苦，以及她对汉武帝的思念之情。文辞美妙，婉曲动人。

汉武帝读了司马相如写的《长门赋》，很受感动。于是他赦免了陈皇后，与她和好如初。

后人用"长门买赋"的典故形容妇女失宠，心境愁苦忧闷。或用"千金赋""卖赋千金"等称誉文章美妙、价值很高。

长卿多病

典出《史记·司马相如列传》：相如口吃而善著书。常有消渴疾。与卓氏婚，饶于财。其进仕宦，未尝肯与公卿国家之事，称病闲居，不慕官爵。

司马相如说话口吃，不擅辞令，但写得一手好辞赋，善于著书立说，写有《子虚赋》《上林赋》《美人赋》和《大人赋》等，在社会上享有一定的声誉。他患有糖尿病，身体欠佳。与卓文君结婚后曾一度贫寒，但继而富有钱财。他当官为宦之时，不肯参与官僚之间的闲杂事，也不愿意管理国家的政务，以病为理由长期休养，不想升官发财。

"长卿多病"就是从这个故事来的。一般说来，人们用"长卿多病"形容文人身体欠佳，疾病在身，但是有的时候，可用来比喻文人因仕途坎坷而造成疾病缠身。

楚囚相对

典出《左传》成公九年：晋侯观于军府，见钟仪，问之曰："南冠而絷者谁也？"有司对曰："郑人所献楚囚也。"

又见《世说新语·言语》：过江诸人，每至美日，辄相邀新亭藉卉饮宴。周侯中坐而叹曰："风景不殊，正自有山河之异！"皆相视流泪。唯王丞相愀然变色曰："当共戮力王室，克复神州，何至作楚囚相对！"

春秋时，楚国进攻郑国，诸侯都来援救。郑国把捉到的一个楚国人钟仪献给晋国。晋景公指着被缚着的钟仪问下属道："他是什么人？"下属回答说："他是郑国送来的楚囚。"

西晋末年，国内十分混乱。北方的匈奴、羯、鲜卑、氐和羌等民族乘机分据中原，争战不休。中原的士大夫，相率过长江，至建康（今南京之南）避难，每逢天气好的日子，这些人常集聚在新亭（今南京西郊），坐在草地上赏花饮酒，周侯（字伯仁）坐在正中，叹息说："风景依旧，但山河变色！"大家都相视流泪。王丞相（名导，字茂弘）十分悲哀地说："我们应尽力为皇室效忠，收服国土，总不能一点办法都没有呀！"这最后一句的原文是：何至作楚囚相对泣耶！

因此后来便将王导所说的话引申为"楚囚相对"一句成语，来比喻处境窘迫而毫无办法的人。

处女遇盗

典出《荀子·富国》：处女婴宝珠，佩宝玉，负戴黄金，而遇中山之盗也，虽为之逢蒙视，诎要桡腘，君卢屋妾，由将不足以免也。

有个少女，脖子上挂着宝珠，腰间佩有玉环，身上带着很多黄金，在山中遇见了盗贼。强盗见财起意，持刀抢劫。少女被吓得魂不附体，不敢正视，急忙弯腰下跪，苦苦哀求，表示愿给强盗作婢妾，然而，强盗还是把她杀了。

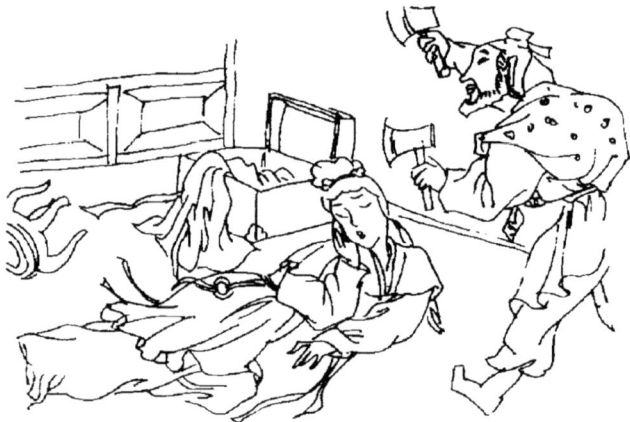

处女遇盗

后人用"处女遇盗"的这个典故告诫人们：对强盗，对恶人，只能针锋相对地进行斗争。绝不能妥协退让，屈膝投降，幻想敌人的善心、怜悯；否则，就会遭到类似这位少女的可悲下场。

风餐露宿

典出宋苏轼《游山呈通判承议写寄参寥师》：遇胜即徜徉，风餐兼露宿。又见清吴敬梓《儒林外史》第一回：王冕一路风餐露宿，九十里大站，七十里小站，一径来到山东济南府地方。

元朝末年，有一个非常光明磊落的人名叫王冕，他7岁时死了父亲，只靠他母亲做些针线活供他到村学去读书。他只读了3年书，就因生活所迫去给隔壁的秦老爹家放牛。在放牛期间，秦老爹给他的点心钱，他一个也不用，积攒起来买书。每天，他都是一边放牛，一边用心苦读，这样过了三四年，他便学到了许多知识，明白了不少道理。有一天，王冕坐在草地上，看见湖里十来枝荷花清水滴滴，煞是好看，便下定决心要学会画荷花。于是，他用积下的钱托人买胭脂铅粉，学画荷花。初时，他画得不好，画了三四个月之后，那荷花精神颜色无一不好，像是湖里长的，又像是才从湖里摘下来贴在纸上的。从此，他以会画荷花而远近闻名。

本县知县得知王冕画荷花的技能出众，便要王冕给他画24幅花卉，王冕本不想画，但碍于秦老爹的情面只得给他画了。之后，知县为讨好老师危素，差人下乡要王冕去县衙一会，王冕因鄙视官场生活，根本不去。

风餐露宿

过后，知县又亲自下乡来请王冕，王冕仍避而不见。为此，秦老爹抱怨道："他是一县之主，你怎的这样怠慢他？"王冕回答说："时知县倚着危素的势力，在这里酷虐小民，无所不为。这样的人，我为什么要相与他？"接着王冕又对秦老爹说："今知县回去，一定会设计陷害我，我打算外出躲避几时，请秦老爹代为照顾我的母亲。"秦老爹道："你放心，一切包在我身上。"于是王冕拜辞了母亲和秦老爹，洒泪离别了家乡。

"王冕一路风餐露宿，九十里大站，七十里小站，一径来到山东济南府地方。"半年后，危素回朝当了官，时知县也升任去了，王冕才得以回到家乡。

后人用"风餐露宿"（风餐：在风里吃饭。露宿：在露天睡觉。）形容旅途或野外生活的艰苦。

风声鹤唳

典出《晋书·谢玄传》：决战淝水南，坚中流矢，临阵斩融。坚众奔溃，自相蹈藉投水死者不可胜计，淝水为之不流。余众弃甲宵遁，闻风声鹤唳，皆以为王师已至，草行露宿，重以饥冻，死者十七八。

前秦苻坚率领了百万大军，在淝水一带布阵。等待时机成熟，渡河攻击东晋。那时谢玄被封为建武将军，奉命率兵阻击前秦。谢玄采用突袭的战术，乘苻坚没有准备，亲自率领精兵8000，涉水渡河偷袭。当谢玄率领士兵像飞将军从天而降般地抵达苻坚阵地时，苻坚的兵将不知道来犯敌军的虚实，纷纷急着逃命。被谢玄的8000精兵，打得溃不成军。

"风声鹤唳"就是出于这个故事，形容疑惧惊慌，一有风吹草动就神经极度紧张。

风中残烛

刘因，字梦骥，元时睿城（今河北省容城县）人。他非常聪敏，并且肯下苦功读书。著作有《静修集》《四书集义精要》等。

他在幼年的时候就死了父亲，一向对母亲

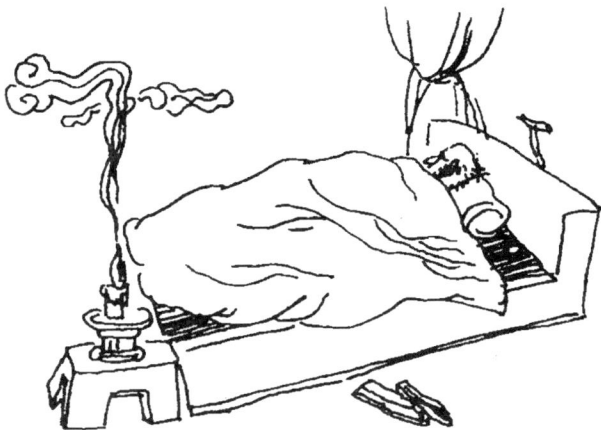

风中残烛

很孝顺，成人以后，曾在朝廷任右赞善大夫。后来他因为母亲生病，就辞去了官职，回家侍奉母亲。

不久，朝廷又叫他去做官，他却不愿意再去。有人问他为什么放弃做官的机会，他回答说："我母亲已经90岁了，好比是'风中残烛'，怎么可以远去贪图一时的富贵呢？"

"风中残烛"比喻在风中烧残的蜡烛，容易熄灭。人们用来形容老年人衰老，在世不久的用语。"风中残烛"也有人叫"风前之烛"。在比喻年老病弱、朝不保夕时又可说成"风烛残年"。

冯唐易老

典出《史记·张释之冯唐列传》：景帝立，以唐为楚相，免。武帝立，求贤良，举冯唐。唐时年九十余，不能复为官，乃以唐子冯遂为郎。遂字王孙，与余善。

西汉有一个老臣，名叫冯唐。他因孝行著称，被推举为朝廷郎中令管辖下的中郎署署长，侍奉汉文帝。有一次，汉文帝乘辇（当时是用人拉的车子）经过郎署，看到冯唐已经一大把年纪了，客气地称他为"父老"（老者的通称），问他家住哪里？是怎样来做郎官的？等等。冯唐虽然年迈，但是挺富有朝气，敢于直言劝谏，批评当时法制。文帝对他有时生气，有时喜欢，竟任他为车骑都尉，管理京师地面和各地方政府的车战之士。

汉文帝死后，汉景帝即位。景帝任冯唐为楚相，后来免了职。汉景帝死后，汉武帝即位。武帝下诏访求贤良方正直言敢谏之士，冯唐又被举荐上来了。冯唐当时已经90多岁，不能再就任官职了。汉武帝就任用冯唐的儿子冯遂为郎官。冯遂字王孙，也是一个难得的人才，他同《史记》的作者司马迁是好朋友。

"冯唐易老"就是从这个故事来的。人们用它表示身体衰老，不能再有所作为。也可用以感叹光阴似箭，人已老去，难以有所作为。

凤鸟不至

典出《论语·子罕》：子曰："凤鸟不至，河不出图，吾已矣夫！"

传说在舜的时代和周文王的时代，出现过一种神鸟（即凤鸟），它的出现，象征着"圣王"将要出世。同时还流传着一种说法：上古伏羲时代，黄河中有龙马背负八卦图而出。它的出现也象征着"圣王"将要出世。

凤鸟不至

春秋时期的孔子，对

这些传说是相信的。他空有满腹经纶，不被君主重用，因而不免满腹牢骚，认为春秋时期的形势并不那么好。他说："凤鸟不来了，黄河也不出现八卦图了，我这一生完了！"

"凤鸟不至"就是从这个故事来的。人们用它感慨生不逢时，无法实现抱负。

公冶非罪

典出《论语·公冶长》、南朝皇侃《义疏》。

春秋时期，有一个人叫公冶长，他是孔子很赏识的学生，不仅十分聪明，还懂得鸟语。

有一次，公冶长从卫国返回鲁国，走到两国交界处，听见鸟儿们相互招呼，前往清溪吃死人肉。走不多远，公冶长看见一个老婆婆在路上哭，问她哭什么，她说："我儿子前不久出去了，至今没有回来，恐怕已经死了，不知他在什么地方。"公冶长说："我方才听见鸟儿们要到清溪吃肉，怕是您儿子吧？"

老婆婆前去一看，果然是她儿子死在清溪边。她将此事报告了村中官吏。村官想："如果公冶长没有杀人，他又怎么会知道此事呢？"于是将公冶长逮捕入狱。在狱中，公冶长解释自己没有杀人，而是能听懂鸟语，才知道死了人。狱吏说："那么我们就试试你，如真能听懂鸟语，就释放你；如果听不懂，就让你偿命。"

公冶长被关在狱中 60 天。一天，有麻雀飞到狱墙上叽叽喳喳地叫，公冶长听了，脸上现出笑容。狱吏问他笑什么，他说："麻雀叽叽喳喳地说，白莲水边有一辆装粮食的大车翻了，公牛折断了角，地上的粮食打扫不干净，麻雀互相招呼去啄食。"

狱吏不信，派人去看，果然同公冶长讲的一样。后来又发现他听得懂燕子的言语，于是方信他无罪，将他释放。

后人用"公冶非罪"的典故形容无辜蒙冤或入狱。

功败垂成

典出《晋书·谢玄传》：庙算有遗，良图不果，降龄何促，功败垂成，拊（通"抚"）其遗文，经纶远矣。

谢玄（343—383年），字幼度，晋代阳夏人，是谢安的侄子。383年，谢玄受征讨大都督谢安之命，率军抵抗前秦苻坚的百万大军。经淝水一战，把苻坚打得落花流水。他准备乘胜前进，实现统一北方的愿望。后因病去世，时年只有46岁。对他的死，人们都感到很惋惜。

《晋书·谢玄传》的作者对谢玄作了很高的评价。作者写道："由朝廷制定的克敌谋略还没有执行完毕，良好的战略目标还没有实现，可是老天给他的生存年龄是如此短促，使其宏伟的功业在即将成功之际遭到了夭折。抚摸着谢玄的遗文，可以清楚地看到，他筹划治理国家大事的志向，是多么远大啊！"

"功败垂成"就是从这个故事来的。它的意思是，事业即将成功时，却遭到了失败。常带有惋惜之意。

功亏一篑

典出《尚书·旅獒》：呜呼，夙夜罔或不勤，不矜细行，终累大德，为山九仞，功亏一篑。

周武王建立周朝，做了天子以后，四方各国都来朝拜他。当时距离周朝很远的地方有个小国叫西戎。西戎国派使臣来庆贺武王，并送给他一条大狗。这狗有4尺多高，是西戎的土产，武王高兴地收下了。这时候武王身边的太保召公对他说：

"这是您的圣德呀，四方都归服于您，无论远近，都把当地的土产、方物贡献给您。您也应该对他们分封赏赐，把珍宝、玉器赏给同姓之国，以表示信诚。玩物这东西是谈不上贵贱的，关键在于德行。无德，物也不值钱；有德，物才显得贵重。盛德要靠自己修养，圣主不可以沉浸在声色之中，把人当做玩物加以戏弄，会丧失德行；把稀罕物件当做玩物加以赏玩，会丧失志气。这就是'玩人丧德''玩物丧志'。犬马这类东西不是本地所生的，不应畜养它；珍禽异兽没有什么用途，也不该养它；远来的珍宝不要那么稀罕它，不要人家的东西，人家才会归服你。最要紧的是珍爱贤能之人，这是国家安稳的根本大计呀。君主应该随时积累德行，从早到晚都要想着德行，不能忽视细微的行为，大德都是从小德积累而来的。比如筑起一座九仞高的土山，要一筐土一筐土地堆积。当堆到差不多的时候，只差一筐土就达到九仞高了，可是这最后一筐土你没有加上去，结果就没有堆成。您是一个圣君，如果从这些方面加以注意，就可以世世代代稳坐天下……"

武王听信了召公的劝谏，从此以后专心治理朝政。

成语"功亏一篑"就是由此而来，原意是只差一筐土就没有堆成高山，含有惋惜的意思。后人用它比喻一件事只差最后一点未能完成。

从上面这个故事中还可以引出一句成语——"玩物丧志"。

《尚书·旅獒》中的原文是"玩人丧德，玩物丧志"。

玩：欣赏、玩弄；丧：失去；志：进取的志向。"玩物丧志"意思是醉心于玩赏某些物件或迷恋于一些有害无益的事情，就会丧失积极进取的志气。

苟延残喘

典出明马中锡《东田文集·中山狼传》：今日之事，何不使我早处囊中，以苟延残喘乎？

这是一则寓言故事。故事说：战国时候，赵简子在中山这个地方打猎，有只狼被射中了。这只受了伤的狼拼命地逃命。跑着跑着，碰见了一位墨家人物东郭先生。狼苦苦哀求东郭先生救它一命。它见东郭先生背着一个大口袋，便说："今天这种情形，你何不让我赶快钻进袋中，苟延残喘以保性命？"东郭先生经不住狼的哀求，把狼装入了袋中。等到赵简子追来询问狼的下落时，东郭先生推说不知道，骗走了赵简子。可是，狼从袋子里出来以后，竟要吃掉东郭先生。幸亏这时来了一个老农，才设计打死了这只恶狼。

后人用"苟延残喘"这个典故比喻暂时勉强维持生活。

孤苦伶仃

典出晋李密《陈情表》：生孩六月，慈父见背；行年四岁，舅夺母志。祖母刘，愍臣孤弱，躬亲抚养。臣少多疾病，九岁不行。零丁孤苦，至于成立。

263 年，司马昭派遣钟会、邓艾等灭蜀之后，第二年他的儿子司马炎就废除魏帝曹奂，建立了西晋王朝。晋武帝司马炎为安抚蜀汉士族，便对汉蜀的旧臣采取笼络收买的怀柔政策，征召他们去洛阳任职。时李密在徘徊犹豫之中，决定暂时不去。于是以尽孝祖母为名，写了上武帝的《陈情表》。他在《陈情表》中描写他幼年时的生活说："生孩六月，慈父见背；行年四岁，舅夺母志。祖母刘，愍臣孤弱，躬亲抚养。臣少多疾病，九岁不行。零丁孤苦，

孤苦伶仃

至于成立。既无伯叔，终鲜兄弟……茕茕子立，形影相吊。而刘夙婴疾病，常在床褥。臣侍汤药，未尝废离。……刘日薄西山，气息奄奄，人命危浅，朝不虑夕。臣无祖母，无以至今日；祖母无臣，无以终余年，母孙二人，更相为命。"意思是：我生下来才6个月，我慈爱的父亲便去世了。我4岁的时候，舅父劝我母亲改嫁，改变了我母亲守节的志向。祖母刘氏怜悯我孤苦孱弱，亲自把我抚养。我小的时候，常常生病，到了9岁还不能行走。孤单困苦，没有依靠。直到长大成人，还是上面没有叔伯，下面没有兄弟。……单身独立，只有形体和影子互相安慰。并且祖母刘氏早年就有疾病，常常躺在床上，不能行动，我侍奉汤药，不曾离开过她。……〔而今〕祖母刘氏的病日愈沉重，正像太阳快往西山落下去了一样。她人只有一丝儿气了，生命非常危急，早晨都很难料到她能不能活到晚上。我没有祖母，也就没有今天；祖母没有我，她也无法度过晚年。我们祖孙2人是相依为命的啊！

晋武帝看了他的《陈情表》后，为了维护其"以孝治天下"的幌子，就答应李密的请求，免于应征，并在生活上予以优厚的照顾。

"零丁孤苦"亦作"孤苦伶仃"。

后人用"孤苦伶仃"来形容困苦孤单，无依无靠。

瓜田李下

典出《乐府诗集·君子行》：君子防未然，不处嫌疑间。瓜田不纳履，李下不整冠。《北齐书·袁聿修传》：时邢劭为兖州刺史，别后，遣送白绸为信。聿修退绸不受，与邢书曰：“今日仰过，有异常行，瓜田李下，占人所慎；多言可畏，譬若防川。愿得此心，不贻厚贵。”

唐文宗（李昂）问工部侍郎柳公权近来外面对朝廷有什么议论，柳公权回答说：“自从你派郭枚做了分宁（今陕西分县）的主官以后，虽然有些人赞同，但也有些反对的意见。”文宗有点不高兴，又问：“郭枚是尚父的从子，太皇太后的季父，做官一向没有过失，以金吾大将的身份放任分宁小镇做主管，这还有什么不妥的地方呢？”柳公权说：“按照郭枚对国家的功劳，派做分宁的主官，这是合乎情理的。只是有的人说，郭枚是因为进献了两个女儿入宫才得到这样的官职。”文宗于是说明郭枚的两个女儿进宫，为的是参见太后，并不是献给他的。但柳公权说：“瓜田李下的嫌疑，怎能够使得人人都明白呢？”

柳公权便是唐代的书法家，他当时所说的“瓜田李下”，原是来源于古乐府《君子行》里的两句诗句：“瓜田不纳履，李下不整冠。”意思是说：在瓜田里整理鞋子，容易让人怀疑是偷摘瓜；在李树下面整理帽子，容易让人怀疑是偷摘李子，因而叫人在瓜田里不整理鞋子，在李树下不要整帽子。

后人用“瓜田李下”比喻容易招惹嫌疑的地方。

火烧眉毛

典出《五灯会元》：问："如何是急切一句？"师曰："火烧眉毛。"

有人问蒋山法寺禅师道："对于修行的人来说，应该怎样看待改过从善、求源悟本的紧迫性呢？"禅师非常简洁地答道："火烧眉毛。"

因为眉毛距眼最近，烧眉毛是看得见的最迫近的危险。

后人用"火烧眉毛"来比喻事情紧迫。

击缺唾壶

典出晋代裴启《语林》：王大将军每酒后，辄咏："老骥伏枥，志在千里，烈士暮年，壮心不已。"便以如意击珊瑚唾壶，壶尽缺。

晋代人王敦（字处仲）曾任大将军，立下赫赫战功。后来，王敦专擅朝政，晋帝怕他，对他不信任。王敦心中闷闷不乐，每当饮酒之后，就吟咏曹操《龟虽寿》一诗中的句子："老骥伏枥，志在千里，烈士暮年，壮心不已。"他一边吟诗，一边用手中的玉如意敲打唾壶，以致敲打出许多缺口。

"击缺唾壶"就是从这个故事来的。唾壶：盛接唾沫的痰盂。人们用"击缺唾壶"形容渴望发挥才能。也可用以形容有志不得伸展，胸中感慨苦闷。

娇生惯养

典出《红楼梦》第七十七回：自幼娇生惯养的，何尝受过一日委曲，如今一身重病，一肚子闷气，又没有亲爹娘，她这一走，是不能再见面了。

　　王夫人怕丫头们教坏了宝玉，于是来了一次大清洗，凡她认为不可靠的统统赶出去。一个名叫蕙香的丫鬟，聪明伶俐，只因她与宝玉是同日生的，王夫人便认定她是一个"没廉耻的货"，被赶了出去。芳官是个唱戏的，王夫人认定唱戏的女孩子更是狐狸精，被赶了出去。其余唱戏的女孩子们，一概不许留在园里，统统弄出去嫁人。晴雯是侍候宝玉的丫头，她什么罪也没有，只因长得特别漂亮，便安上"妖精"的罪名被逐。宝玉见晴雯正在重病，四五天水米不曾沾牙，硬被从炕上拉了出去，心中极为难受。当着王夫人的面，宝玉不敢多言，王夫人一走，他便倒在床上大哭起来。袭人劝宝玉道："哭也不中用……太太不过偶然听了别人的闲言，在气头上罢了。等太太气消了，你再求老太太，慢慢的叫进来，也不难。"宝玉说道："怎么我们私自开玩笑的话太太知道了呢？怎么太太单不挑你（指袭人）和麝月、秋纹的不是呢？"袭人听了这话，低头半日，无可回答。宝玉笑道："你是头一个出了名的至善至贤的人，他两个又是你陶冶教育的，焉得有什么该罚之处？"袭人细揣宝玉的话，知道宝玉怀疑她告了密，竟不好再劝，因而叹息到："天知道罢了！此时也查不出人来了，白哭一会子，也无益了。"宝玉听了，冷笑几声，然后说道，晴雯"自幼娇生惯养的，何尝受过一日委曲，如今一身重病，一肚子闷气，又没有亲爹娘，她这一走，是不能再见面了。"说着，越发心痛起来。

　　后人用"娇生惯养"（娇：宠爱。惯：纵容、姑息）形容从小过分受父母的宠爱和姑息，没有受到教育和锻炼。

家徒四壁

　　典出《汉书·司马相如传》：文君夜亡奔相如，相如与驰归成都。家徒四壁立。

司马相如是西汉辞赋家，字长卿，蜀郡成都（今属四川）人。他年少的时候喜爱读书、击剑。他原名犬子，后来，他羡慕蔺相如的为人，便改名为相如。他曾在汉景帝和梁孝王手下当过小官吏，梁孝王死后，回老家成都闲居。司马相如家境十分贫寒，生活非常艰难。

司马相如与临邛县令王吉交情很深，于是来到临邛，住在城外的客馆中。王吉经常恭敬地看望司马相如。临邛县一些大财主，见王吉非常敬重司马相如，因此都很想结识他。有一天，大财主卓王孙设宴，请王吉和司马相如一同前来赴宴。司马相如借病推却，王吉亲往相请，他才勉强前往。司马相如举止大方，风雅潇洒，使满座宾客为之倾倒。席间，王吉请司马相如弹琴，相如弹了几曲。卓王孙有个女儿名叫卓文君，新近死了丈夫，在家寡居。她很爱好诗文音乐，听到司马相如悦耳的琴音，见到司马相如的一表人才，产生了爱慕之情。司马相如也很喜欢卓文君的才貌。于是两人决心结成终身伴侣。

为了实现真挚的爱情，卓文君毅然冲破封建礼教束缚，星夜离家私奔司马相如。他俩相亲相爱，返回成都。到了成都老家，卓文君发现司马相如一贫如洗，"家徒四壁"，家中除了四周的墙壁，其余一无所有。大财主卓王孙对女儿的私奔非常愤怒，连一分钱也不肯给他们。为了维持生活，司马相如和卓文君返回临邛，开了一个小酒馆，文君卖酒，相如穿着短裤子打杂。

后经亲友劝说，卓王孙分给卓文君一部分财产，她便与司马相如又回到成都。

后来，司马相如以自己的才学得到汉武帝的赏识，官封中郎将，为开发西南边疆做出了贡献。成语"家徒四壁"即由此而来。徒：只；壁：墙壁。"家徒四壁"亦称"家徒壁立"，意思是说，家中贫乏，空无所有。

后来人们把司马相如家境贫困的"家居徒四壁立"，引申为"家徒壁立"或"家徒四壁"，比喻家中只见墙壁、空无所有的贫困情况。

将信将疑

典出唐李华《吊古战场文》：人或有信，将信将疑。

唐玄宗李隆基时，封建统治集团对内实行残酷的剥削和压迫，对外不断发动战争，天宝十四年（755年）又爆发了安史之乱。战争给

将信将疑

人们带来了灾难，不少人家妻离子散，家破人亡。当时，有一个叫李华的人，字遐叔。他21岁中进士，官至吏部员外郎。安禄山攻陷长安时，李华被俘，并被迫接受了凤阁舍人的官职。安史之乱平息以后，他被贬为杭州司户参军，后来辞职隐居。

李华目睹了战争给人民带来的灾难，写了一篇《吊古战场文》，借描写一个古战场的凄惨情景，对战争进行了谴责。文中写道：天下民众，谁无父母？谁无兄弟？谁无夫妇？他们生前没有受到帝王的什么恩惠，为什么要害他们呢？他们存亡死活，家里人都不知道。有人传来消息，家里人将信将疑。大军之后必有荒年，人民又要流离失所。怎样才能避免这种祸害呢？只有实行王道，使四夷各为天子守土。

后人用"将信将疑"指不敢轻信，有些相信又有些怀疑。

尽善尽美

典出《论语·八佾》《论语·述而》：子谓韶：“尽美矣，又尽善也。”谓武：“尽美矣，未尽善也。”

孔子 35 岁那年，鲁国国内发生动乱，君臣之间争权夺势，闹得百姓不得安生。孔子怕遭到灾祸，也带着少数几个弟子逃到齐国。

齐国的国君和大夫对孔子很尊敬，盛情地款待他，并且请他欣赏音乐。

有一天，齐国的乐人专门为孔子演奏“韶”的乐章，很得孔子的欢心。他听得入了迷，竟一连许多天都在回味着“韶”的音律，把肉的味道都忘记了。他一遍又一遍地说：

“真想不到呀，音乐感人之深竟能达到这样的地步！”

这时候有人问孔子说：

“先生，韶乐您欣赏过了，武乐您也听了，现在请您发表一下看法，是韶乐好呢？还是武乐好啊？”

孔子不加思索地说：

“当然是韶乐好呀，它的声音、旋律美极了，而且表达的意思也极好！至于武乐嘛，当然声音也是很不错的，但意思不够美呀……”

因为韶乐是虞舜时代的乐曲，孔子向往那个时代，所以极力赞美韶乐；武乐是周武王时代的乐曲，因为周武王的天子之位是由讨伐商纣而来，孔子不赞成，所以对武乐也有看法。

成语“尽善尽美”就是由此而来，意思是形式和内容、外表和实质都好到了顶点，后来人们用它形容事物达到最美好的境地。

井井有条

典出《荀子·儒效》：井井兮其有理也。一本作"井井兮其有条理也"。

荀况又称荀卿，是我国古代杰出的唯物主义哲学家之一，战国末期赵国人。战国末期，由于封建经济的发展，又经过长期的兼并战争，一个全国统一的局面正在形成。荀况的思想，反映了实现统一集权的进步要求，并从理论上为地主阶级建立中央集权制造舆论。他对春秋战国以来的各派学说进行了研究和总结，有批判，有吸收，提出了一套完整的理论。著有《荀子》一书，现存 32 篇。

《儒效》是荀况论述"大儒"与"俗儒"的对立，着重阐述"大儒"即荀况理想中的地主阶级政治家、思想家的政治作用的一篇文章。在这篇文章中，荀况尖锐地批判了以孟轲为代表的"俗儒"，借"大儒"来抒发自己致力于社会变革，实现统一天下的政治理想。他认为，只有重用"大儒"，才能达到"天下为一，诸侯为臣"的封建统一局面。但是，由于阶级和历史的局限性，荀况过分夸大了所谓"圣人"的作用，把"圣人"说得完美无缺、形象高大，是实现封建统一的决定因素。

荀况说：那些被称之为圣人的人们，办事是那样的井井有条，意志是那样的坚定不移，始终如一。他们安然自若，是那样长久不息；光明磊落，能够清醒地运用智谋；端正不邪，其行动是那样地符合礼义。……用最好的最完备的方法治理国家，任何事物都不能使他动摇，这就叫做圣人。圣人就是天下道的总汇。

后人用"井井有条"这个典故比喻有条有理。

景差为相

典出《说苑·政理》：景差相郑，郑人有冬涉水者，出而胫寒。后景差过之，下陪乘而载之，覆以上衽。晋叔向闻之曰："景子为人国相，岂不固哉！吾闻良吏居之，三月而沟渠修，十月而津梁成，六畜且不濡足，而况人乎？"

景差在郑国当相国时，有个郑国人在严冬季节，赤着双脚蹚水过河。待走出水面后，两条小腿已经冻僵了。

恰好景差坐车过来，连忙把这个人扶上自己随从的车子，又给盖上一件衣裳。

晋叔向听说后，议论道："景差身为相国，实在低能。我常听人讲，贤德的官吏所管辖的地方，三月就要疏通河沟渠道，到十月就得修复渡口桥梁，六畜尚且不再淌水，何况人呢？"

后人用"景差为相"这个典故告诉人们，作为一个地区或一个国家的领导人，为全体人民着想，应从根本上解决问题，而不能头痛医头，脚痛医脚。景差作为相国，如能教国人早把桥梁修好，全国的人民都不会在冬季涉水渡河了。

立锥之地

典出《史记·滑稽列传》：今秦失德弃义。侵伐诸侯社稷，灭六国之后，使无立锥之地。

春秋时，楚国著名艺人优孟与楚相孙叔敖很好。后来，孙叔敖得了重病，临死前叫来儿子说："我死后没有财产给你，你一定要受穷的，那时你就找优孟，说是孙叔敖的儿子。"说完就闭上了眼睛。

几年后，孙叔敖的儿子果然十分贫困，只好靠打柴度日。一天，他在路上碰见优孟，就对他说："我是孙叔敖的儿子，父亲临死前告诉我，贫困时找你。"优孟说："我替你想想办法吧。"

优孟回到家里，找来一套孙叔敖生前留下的衣服穿上，练习孙叔敖的言行举止，直到练得非常像，才去见楚庄王。楚庄王见了后，吃惊地说："孙叔敖，你不是死了吗？怎么还活着？"隔了一会儿，楚庄王又说："既然你还活着，那么还是当相国吧。"优孟说："我回家与妻子商量一下，如果她同意，3 天后来上任。"

3 天后，优孟又扮作孙叔敖的样子来见楚庄王。楚庄王问他说："你妻子的意见如何？"优孟摇摇头说："妻子叫我最好不要当相国，说我忠心耿耿，廉洁奉公，辅佐楚王你称霸天下，可现在儿子连锥尖那么一点儿土地也没有，穷得靠打柴为生，当这样的相国，还不如死了的好！"说完，优孟脱下孙叔敖的衣服，现出本来面目，又唱起了歌："山里的农夫苦啊，连食物也没有！贪婪的官吏钱多啊，竟不顾羞耻！奉公守法的官吏，一生没做过坏事，像孙叔敖那样，相国当来又做什么？"

楚庄王被优孟的表演深深打动，立即召来孙叔敖的儿子，封给他一块有 400 户人家的土地。

后人用"立锥之地"形容极小的地方，以"无立锥之地"形容穷得一无所有。

呕心沥血

典出《新唐书·李贺传》：（贺）为人纤瘦，通眉，长指爪，能疾书。每旦日出，骑弱马，从小奚奴，背古锦囊，遇所得，书投囊中。未始先立题然后为诗，如它人牵合程课者。及暮归，足成之。非大醉、吊丧日率如此。过亦不甚省。母使婢探囊中，见所书多，即怒曰："是儿要呕出心乃已耳。"

唐朝时有一个叫李贺的诗人，字长吉，是李唐宗室。自幼便很聪明，能诗能文，有"神童"之名。长大后，上京参加进士考试，由于文士们嫉妒他的才情，所以他受到种种压抑，结果落第，从此对功名冷淡，专心于吟诗作文。

他作起诗来，不先立题目，而是每天一早骑了一匹瘦马，叫个书童背了锦囊（丝织的手袋）跟在后面，遇到了好的题材，便即写成诗句，放在锦囊里，回到家里，才把它整理写成佳篇。

李贺身体向来不好，他母亲见他天天从早到晚地奔波，很是担心，故每天等到李贺回家，便要查看他的锦囊，若是见到诗句太多，便忍不住责骂他道："你这孩子如此下去，终有一天要连心血都呕出来！"唐宪宗时，李贺做了协律郎（调和乐器音律的官），据说某日白天他见到一个穿红衣的人拿了一块板，板上写着："上帝成白玉楼，召君作记。"（意思是：上帝建成了一座白玉楼，召你去写一篇记）便死了，那时还只27岁呢！

后来的人便根据这个故事中李贺母亲所说的话，演化为"呕心沥血"一句成语，用来比喻做一件事情苦思苦想，用尽心血。呕，吐也；沥，滴也；呕心沥血，即是用尽心思，连心和血都呕吐出来。

蓬头垢面

典出《元曲选·秋胡戏妻》：似这般蓬头垢面，不让人家笑话么？

巨野县鲁家庄有个寡妇刘氏。她身边只有一个儿子名叫秋胡。她的邻居罗大户有个女儿叫做梅英。经媒说合，秋胡与梅英结为夫妻。成婚之后，媒人因嫌谢礼太少，便从中挑拨。她对梅英说："姐姐一表人才，当初应选一个财主，有吃有穿，一生受用，而今嫁给这个秋胡，穷困艰苦，看你今后怎样过活？"梅英道："至如他釜有蛛丝甑有尘（意思是：就是他穷得锅底朝天，甑上有灰尘），我也愿意。"媒婆之言，梅英根本不听。

结婚不久，秋胡便从军服役去了。债主李大户趁机来向罗大户逼债，想借此机会把梅英弄到手。罗大户因无钱偿还，李大户便摆出一副财主的架势说："既无钱还债，就把你的女儿梅英嫁给我，以了此债。"他还造谣说："你女婿已经死了，你女儿又这么年轻，总不能老守活寡呀！若嫁给我李某，不但你女儿一生吃穿不愁，你这个当岳父的也可跟着享清福唯。"经他这么一说，罗大户便动心了。

罗大户来到刘家对刘氏说："秋胡已死，我女儿年轻，不能守寡！而今李大户要娶梅英，他自家牵羊担酒送礼来了。"刘氏无法，只得叫梅英梳妆打扮。她对梅英说："虽然秋胡不在家中，你是个年轻姑娘，也该梳梳头，收拾收拾呀！似这般蓬头垢面，不让人家笑话么？"梅英说道："你儿不在家已5载10年了，妇道人家也该识个好歹高低呀！"婆媳俩正在说话之间，李大户偕同罗大户及罗大户的老婆，带着一班人吹吹打打、鼓乐喧天地到鲁家庄娶亲来了。梅英对李大户的卑劣行为极为反抗，她坚决而愤怒地对他父母说："要儿改嫁，要等那日从西边升起！"此时李大户死皮赖脸地对梅英说："小娘子不要多言，我这模样可长得不丑呀。"梅英听了，好不气愤，啪的一声，一巴掌打在李大户脸上。并且骂道："你有钱，你有势，怎敢反我穷人欺，我虽穷，有骨气，你敢把我良家妇来调戏，滚滚滚，去去去，凤凰岂肯鸟鸦配。"李大户见势不妙，只好暂时退去，妄想另找机会报复。

事后不久，秋胡便告假回家探亲来了。

秋胡入伍后，屡立奇功，现在已官至中大夫了。他告假回家，走到自己的桑园时，看见梅英正在采桑，便更衣去戏弄他的妻子。他说："小娘子，左右无人，我央求你，采桑不如嫁郎，你就顺了我吧。"梅英怒骂道："你这厮，太无礼了。你待要偕比翼，你也曾听杜宇它那里口口声声撺掇先生，不如归去。"秋胡还要和他纠缠，被梅英痛骂了一顿。

梅英夫妻团圆之后，秋胡便令巨野县官严惩李大户。县官立即捉拿李大户归案，将他重打40大板，关押3个月，罚粮1000石，用于救济饥民。

后人用"蓬头垢面"表示头发蓬松散乱，脸上有很多污垢，用来形容头发很乱、脸上很脏的样子。

披星戴月

春秋时，鲁国有一个人姓宓名不齐，字子贱，他是孔子的弟子。有一次到单文地方去做县官，他坐在公堂上，一面弹着琴，一面吩咐他的僚属办理公事，自己从来不出衙门，却能把单文治理得很好。后来宓子贱离职，巫马子期去做单文的县官，巫马子期很勤劳，工作非常认真。他天还没有亮就披着星星出门，一直到月亮很高才回来。无论什么事情，不分日夜，都要亲自去办理，所以也把单文治理得很好。

巫马子期觉得自己治理单文，费了许多劳力和精神才能办理好，宓子贱整天只是坐在堂上弹弹琴，也能把单文治好，有点不明白其中的道理，于是跑去见宓子贱，问道："你每天只弹弹琴就能治理单文，我看你一点也不觉得劳苦呢？"宓子贱回答他说："我是任用能干的人，你是亲自去费精力的；任用能干的人替我办事，我自然就安逸了，你样样事情都要亲自去做，那自然就辛苦了。"子期说："噢！我的施政方法，实在还不够呢！"

由这个故事，后人把子期早上披着星出去，晚上戴着月回来，引申为"披星戴月"这句成语，形容早出晚归或连夜奔波，极其辛劳。

疲于奔命

典出《左传·成公七年》：巫臣自晋遗二子书曰："尔以谗慝贪婪事君，而多杀不辜，余必使尔罢于奔命以死。"

"罢"，是"疲"的古字，疲乏力竭的意思；奔命，是闻命令而疾走奔赴。

春秋时期，有一次楚国围攻宋国，获得了胜利。楚军班师回国以后，大将子重自以为有功劳，向楚庄王要申邑、吕邑两个地方的田地，作为对他的封赏。楚庄王答应了他的要求。可是掌管申邑的申公巫臣，却极力反对，他对楚庄王说：

"申邑和吕邑不能赏给子重呀，我们要靠这两个地方的赋税养兵，防御来自北方的敌人。没有了申邑和吕邑，晋国、郑国必然要来侵犯我们，那怎么办呢？"

楚庄王听信了申公巫臣的话，改变了主意。子重没有得到封赏，对申公巫臣非常怨恨。

后来，楚庄王死了，楚共王即位。这时候申公巫臣已经到了晋国，做了晋国的刑大夫。子重和子反合伙杀了巫臣的全部家族，并且夺去了所有财产、妻妾。巫臣得到这个消息，就从晋国给他俩写来一封信，信中说：

"你们这两个家伙戕害忠良，贪得无厌，杀了那么多无辜的人，实在可恶。你们等着吧，我必定叫你们奔波疲竭而死！"

于是，巫臣来到吴国，并且从晋国带来九乘车和二十五个人，教给吴国

疲于奔命

的士兵如何射箭，如何防守，如何排列阵势，如何攻打楚国。又叫自己的儿子为吴国通风报信，传递军事情报。经过一番准备以后，吴国出兵讨伐楚国，并且又向楚国的附属国巢地和徐地进攻，逼得子重来回急奔。吴兵攻占了楚国的州来城，子重又奔命来救。由于巫臣教会了吴兵作战的方法，吴兵在这一年内向楚国发动了7次进攻，楚国的子重、子反在这一年内，也奔命了7次。结果吴国扩大了许多地盘，成了强国。

"疲于奔命"现在多用它形容因为忙于奔走应付而弄得精疲力尽。

气息奄奄

典出晋李密《陈情表》：刘日薄西山，气息奄奄，人命危浅，朝不虑夕。臣无祖母，无以至今日；祖母无臣，无以终余年，母孙二人，更相为命。

263年，司马昭派遣钟会、邓艾等灭蜀之后，第二年他的儿子司马炎就废除魏帝曹奂，建立了西晋王朝。晋武帝司马炎为安抚蜀汉士族，便对汉蜀的旧臣采取笼络收买的怀柔政策，征召他们去洛阳任职。时李密在徘徊犹豫之中，决定暂时不去。于是以尽孝祖母为名，写了上武帝的《陈情表》。他在《陈情表》中描写他幼年时的生活说："生孩六月，慈父见背；行年四岁，舅夺母志。祖母刘，愍臣孤弱，躬亲抚养。臣少多疾病，九岁不行。零丁孤苦，至于成立。既无伯叔，终鲜兄弟……茕茕孑立，形影相吊。而刘夙婴疾病，常在床褥。臣侍汤药，未尝废离。……刘日薄西山，气息奄奄，人命危浅，朝不虑夕。臣无祖母，无以至今日；祖母无臣，无以终余年，母孙二人，更相为命。"意思是：我生下来才6个月，我慈爱的父亲便去世了。我4岁的时候，舅父劝我母亲改嫁，改变了我母亲守节的志向。祖母刘氏怜悯我孤苦屠弱，亲自把我抚养。我小的时候，常常生病，到了9岁还不能行走。孤单困苦，没有依靠，直到长大成人，还是上面没有叔伯，下面没有兄弟……单身独立，只有形体和影子互相安慰。并且祖母刘氏早年就有疾病，常常躺在床上，不能行动，我侍奉汤药，不曾离开过她。……而今祖母刘氏的病日愈沉重，正像太阳快往西山落下去了一样。她只有一丝儿气了，生命非常危急，早晨都很难料到她能不能活到晚上。我没有祖母，也就没有今天；祖母没有我，她也无法度过晚年。我们祖孙2人是相依为命的啊！晋武帝看了他的《陈情表》后，为了维护其"以孝治天下"的幌子，就答应李密的请求，免予应征，并在生活上予以优厚的照顾。

后人用"气息奄奄"来比喻人或事物接近死亡。

千载难逢

典出唐代韩愈《潮州刺史谢上表》：（亦作"千载一时"）当此之际，所谓千载一时不可逢之嘉会。

韩愈，是唐代的一位大文学家，字退之，河南河阳（今河南孟州市南）人。因自称郡望是昌黎（今河北昌黎），故后世也称他为韩昌黎。韩愈自幼好学，长大后通六经百家之学，但早年不得志。25岁中进士后，近30岁时才被宣武节度使董晋征为属官，以后官至吏部侍郎。中间几次受贬谪。

唐宪宗元和十四年（819年），韩愈因上表反对唐宪宗迎佛骨，被贬为潮州刺史。到任以后，他给唐宪宗上了《潮州刺史谢上表》，感激宪宗对他的宽恕。文中极力歌颂唐宪宗。他劝唐宪宗去泰山举行"封禅"仪式（这是古代帝王祭天地的一种最隆重的典礼，统治阶级可以借此抬高身价），并认为这是千载难逢的一个（抬高身价的）好时机。

后人用"千载难逢"即1000年也难逢到一次的这个典故比喻机会难得与可贵。

青蝇吊客

典出《三国志·吴书·虞翻传》注：翻放弃南方，云"自恨疏节，骨体不媚，犯上获罪，当长没海隅，生无可与语，死以青蝇为吊客，使天下一人知己者，足以不恨"。

虞翻（164—232 年），字仲翔，三国时期东吴会稽余姚人。他在孙策手下任过职，也在孙权手下效力，孙权任他为骑都尉。虞翻为人狂放不拘，敢于直言劝谏，常常惹得孙权不高兴。有一次，孙权与张昭谈论神仙之道。虞翻喝碎了酒，指着张照说："你们都是死人，却谈论什么神仙。世上哪有什么仙人！"孙权对虞翻怀恨已久，气不打一处来，就把虞翻流放到交州（广东、广西南部）。虽然身在流放当中，虞翻讲学不倦，门生多达数百人。又潜心钻研古籍，为《老子》《论语》《国语》作注。

虞翻被放逐到南方后，说："我悔恨自己忽略礼节，不会奴颜媚骨地巴结人，所以得罪了上方权势人物，命该长期流落在荒远之地了。我活着无人可以交谈，死后只有青蝇附体，作为吊唁的宾客，如果天下有一个人了解我，就足以无憾了。"

"青蝇吊客"这一典故就是从这个故事中"死以青蝇为吊客"一语而来的。它的意思是，生前无知己，死后也只有青蝇附身，作为吊唁的宾客。人们用它形容境遇悲凉，也可指死后寂寥。

倾筐倒箧

典出《世说新语·贤媛》：王右军郗夫人谓二弟司空、中郎曰："王家见二谢，倾筐倒庋；见汝辈来，平平尔。汝可无烦复往。"

晋朝太尉郗鉴很喜欢他的女儿，一心要替她选个好丈夫，听说司徒王导的儿子和侄子们都很优秀，就叫一个学生去替他的女儿做媒。这人把这意思当面和王导说了，王导请他到东边厢房里去看哪一个少年可以中意。这人看过后，回去告诉郗鉴说："王家的几位少年都很好。听说我要替你选女婿，个个都装模作样地走过来，极力想表现自己，只有一个人露着肚子躺在东边的床上，自由自在地吃东西，好像不知道这回事一样。"郗鉴一边听着，一边想着，忽然喜道："这正是我的好女婿呀？"他放心不下，又亲自去看，果然满意，便把女儿嫁给了这少年。这个少年便是王导的侄子，大名鼎鼎的大书法家王羲之。

郗氏和王羲之结婚后，有一天她回娘家去，对她的两个弟弟说："王家的人看见谢安和谢万来，立时把筐子里、柜子里收藏着的食物都拿出来招待……"

后来人们便根据这句话，凡是看见有人拿出了所有的东西，或说出了所有的话，就说他是"倾筐倒箧"。

穷愁著书

典出《史记·平原君虞卿列传》：虞卿既以魏齐之故，不重万户侯卿相之任，与魏齐间行。卒去赵，困于梁。魏齐已死，不得意，乃著书，上采《春秋》，下观近世，曰《节义》《称号》《揣摩》《政谋》，凡八篇。以刺讥国家得失，世传之曰《虞氏春秋》。

太史公曰："……虞卿料事揣情，为赵画策，何其工也！及不忍魏齐，卒困于大梁，庸夫且知其不可，况贤人乎！然虞卿非穷愁，亦不能著书以自见于后世云。"

战国时期，有一批依靠出谋划策在诸侯国之间游说、寻求官职的政客。

其中有一个人叫虞卿，在赵国当了上卿。可是，他碰上了一件很棘手的事情。

虞卿有一个朋友，叫魏齐，在魏国当丞相。魏齐和中大夫须贾陷害和毒打颇有才能的范雎，而范雎却死里逃生，当上了秦国的丞相。范雎决定发兵攻打魏国，下决心要杀掉魏齐。魏齐害怕了，急忙逃到赵国，躲在平原君的住处。可是，秦王很器重范雎，要为他报仇。秦王又逼迫赵王交出魏齐，赵王立即派兵包围了平原君的住处。魏齐惊慌失措，连夜跑去找虞卿。虞卿觉得赵王不会改变主意，于是自动交出自己掌管的卿相大印，和魏齐一块儿从小路逃跑。他料想诸侯中没有可以投靠的人，就逃到魏都大梁，打算通过信陵君的关系投奔楚国去。但是，信陵君惧怕秦国，犹豫不决，未肯立即接见，魏齐愤怒至极，拔刀自杀了。虞卿看着魏齐自杀而不能救他，精神受到严重的打击。在穷困不得意的情况下，他开始著书，上采孔子《春秋》，下观当代政事，写了《节义》《称号》《揣摩》《政谋》等8篇，针砭时政，评论各国得失。他的书，被世人传作《虞氏春秋》。

司马迁评论说："虞卿预料事态、揣摩情理，替赵国出谋划策，何其周到啊！可是，事情轮到自己头上，他却显得很笨拙：由于不忍心魏齐被害，采取了错误的做法，终于造成了困于大梁的后果。凡夫俗子都知道这样做是行不通的，何况贤明的人呢！看来，虞卿如果不是穷困愁闷，也不会著书立说留传于后世了。"

"穷愁著书"就是从这个故事来的。司马迁说"非穷愁不能著书自见于后世"这句话时，不但替虞卿惋惜和不平，而且也是他用以自况的牢骚话。"穷愁著书"的意思是，到了穷困忧愁的境地，才开始著书。可用它指称穷困学人从事著述，含有壮志难酬、郁郁不得志的意义。

穷酸饿醋

典出元·王实甫《西厢记》第五本第三折：与了一个富家，不枉了，却与了这穷酸饿醋。

唐朝裴度少年时，非常贫穷，到了衣食不周、无以为生的地步。他的远房叔叔对他说："裴度，你父母双亡之后，你不成半器，不肯寻些买卖营生做，你每日则是读书。我想来你那读书的'穷酸饿醋'，有什么好处？几时能够发迹也？"裴度受了这番奚落，又羞又愤，想想实在活不下去，于是奔出去寻死。这时，一个能够看得见鬼怪的道士见到他，只见他背后、左右跟随着许多饿鬼、穷鬼，百般地戏侮裴度，心里知道，裴度必定要穷饿至死，为时已不远了，心中暗暗地为斐度叹息。谁知傍晚，裴度从城里回来时，道士看见跟随、纠缠裴度的饿鬼一个也不见了，只见一些锦袍玉带的神，有的为裴度前导，有的为裴度侍卫，而裴度也神采奕奕，晦气尽去。道士觉得非常奇怪，于是便邀裴度进屋坐，献茶献饭，然后从容问他一天的经历，裴度说：他在山神庙拾到一条玉带，那玉带嵌金线，镶宝石，非常珍贵，心想：这样贵重的东西遗失了，人家不知多着急呢！于是坐着等待失主。那失主原来是一家被冤枉坐牢的大官，他派管家拿玉带去进献权贵，求昭雪冤案的，如果失去玉带，一家子就没命了。这下子得裴度还带，感谢之情自不必说了。道士听罢，叹息道："裴度相公，你这行为已立刻感动上帝了，你不但不会饿死，还前途无量呢！"后来，裴度果然成了唐朝一位有名的贤宰相。

后人用"穷酸饿醋"这个典故比喻生活贫苦还自命清高，实在酸得可以。"穷酸饿醋"是穷文人的贬义代称，现在简称"穷酸"。

穷途之哭

典出《晋书·阮籍传》：时率意独驾，不由径路，车迹所穷，辄恸哭而返。

阮籍，字嗣宗，魏时尉氏人，是竹林七贤之一，喜欢研究庄子和老子的学说。最好喝酒，时时和山涛、刘伶、嵇康、向秀、王戎、阮咸等饮酒作诗。性格放荡不羁，不肯和达官贵人们结交，也不愿做官。为了欢喜饮酒的缘

穷途之哭

故，他特地到步兵营里去当校尉，因步兵营有他们自己制造的酒，味道很好，特别香醇。阮籍喝酒，不醉不休，喝醉了，叫人推着车子到山里游玩，到了时候很晚，不能继续玩下去，往往大哭着回家，所以当时的人，都说他疯狂。

后人用"穷途之哭"描写路的尽头，无处可走的悲哀与痛苦，或指令人悲哀的末路。

曲突徙薪

典出《汉书》：臣闻客有过主人者，见其灶直突，傍有积薪。客谓主人："更为曲突，远徙其薪，不者且有火患。"主人默然不应。俄而家果失火，邻里共救之，幸而得息。于是杀牛置酒，谢其邻人。灼烂者在于上行，余各以功

次坐，而不录言曲突者。人谓主人曰："向使听客之言，不费牛酒，终亡火患。今论功而请宾，曲突徙薪亡恩泽，焦头烂额为上客耶？"主人乃寤而请之。

我听说过这样一个故事：有一个人去探望朋友，看到朋友家里炉灶上的烟筒砌得太直，旁边又堆着干柴，他便对主人说："要把烟筒改成弯曲的形式，并且把柴堆移得远些。不这样，将会引起火灾。"主人听了默不作声。不久，主人家的房子果然着了火，邻居都赶来抢救，幸好把火扑灭了。于是主人杀牛备酒，酬谢他的邻居。被烧伤的人都坐在上席，其余的人也按出力的大小依次入座，却没有请那个建议他改灶搬柴的客人。这时，有人对主人说："如果你听了那位客人的话，不但不要破费牛、酒，房子也不会引起火灾。今天，你论功请客，怎么可以忘记那位劝你改灶搬柴的朋友呢？难道提出预防意见的人没有功劳，只有救火受伤的人才能当上宾吗？"主人听了，这才醒悟，去请了那位客人。

这个故事说明：防患于未然，十分重要。但是，人们往往重视抢救，而忽视预防；重视筋骨之劳，而忽视筹划之功。

燃眉之急

典出《三国志通俗演义·诸葛亮舌战群儒》：近闻玄德弃新野，走樊城，败当阳，奔夏口，无容身之地，有燃眉之急。

汉献帝时，曹操做丞相，挟天子以令诸侯，专权恣肆达到顶点，各地汉室的皇族，见曹操专权恣肆，都起来反抗，这时东吴孙权，也独立不听号令。曹操想统一天下，依次打败了刘表、刘琦，与刘备在新野等地交战，刘备因地狭兵少，无法支持。孙权见曹操大兵压境，也有点惶恐起来，派鲁肃到刘备那里，探听消息，并和刘备商议，刘、孙两方联合起来，共同抵抗曹操。但是孙权的文臣们，见曹操兵力强大，不敢抵抗，都主张投降。

因此，鲁肃邀请诸葛亮同赴东吴，游说孙权出兵。诸葛亮到东吴以后，孙权帐下的谋士，纷纷起来和他辩驳。张昭是谋士中的领袖，他带着责问的口气对诸葛亮说："我们很久以前已知道先生居住在隆中的时候，常常拿自己来比喻战国时的管仲、乐毅。管仲相桓公，使桓公成为诸侯的盟主，乐毅替燕出兵伐齐，攻下 70 余城，现在刘备得到你之后，不但不能帮助他强大起来，反而失去了新野，丢弃了樊城，当阳长坂吃了败仗，又逃到夏口去，像燃眉一样的焦急，你哪里比得上管仲、乐毅的万分之一呢？"

后人用"燃眉之急"比喻事情万分危急。

忍辱负重

典出《三国志·吴书·陆逊传》：国家所以屈诸君使相承望者，以仆有尺寸称，能忍辱负重故也。

陆逊是三国时期吴国的著名将领，曾任荆州牧、丞相等官职。

221年，蜀主刘备为了从孙权手里夺回战略要地荆州，为结拜兄弟关羽报仇，亲自率领部队攻打东吴。战争开始，蜀军接连取得胜利，深入吴境达五六百里，一直打到夷陵（今湖北省宜昌市东），连营数百里，声势十分浩大。吴主孙权任命年轻有为的陆逊为大都督，带领 5 万人马，前往迎战。陆逊在吴将中资历较浅，归他指挥的诸将如朱然、潘璋、宋谦、韩当、徐盛、鲜于丹、孙恒等，有的是跟随孙氏征战多年的老将，有的是皇亲贵戚。他们都很傲慢，对年轻的书生陆逊当上大都督，很不服气，甚至不肯服从陆逊的命令，陆逊十分着急。

有一次，陆逊召集众将，他手中紧握宝剑，高声说道："刘备天下知名，连曹操都有些怕他。现在他率大军进攻吴地，是我们的强敌，决不可以轻视他。希望众位将军以大局为重，同心协力，共同消灭来犯之敌。我虽然是个书生，但主上任命我为大都督，你们只好服从。主上之所以委屈诸位将军，使你们屈尊于我，就是因为我还有一点微薄的能力，能够忍受屈辱，挑起重担。今后，希望你们各负其责，不容推辞，军令如山，违者必按军法从事。"经陆逊这么一说，诸将心中虽有不服，但行动上再也不敢违抗。

陆逊指挥军队坚守七八个月之久，一直不与刘备决战。后来，蜀军疲惫，骄傲轻敌，陆逊乘机利用顺风进行火攻，大破蜀军，歼敌万余人，取得夷陵之战的重大胜利。刘备败退白帝城，不久病死。从此，东吴诸将十分佩服陆逊的才能。

成语"忍辱负重"即由此而来，意思是能忍受屈辱，担负重任。

尸居余气

典出《晋书·宣帝纪》：司马公尸居余气，形神已离，不足虑也。

魏废帝嘉平时，曹爽当了大将，掌握了全国的军权，骄奢无度，任情恣肆地享乐，当时很多人向他规劝，他都不听，他所害怕的只有太傅司马懿。

那时河南主官李胜，是曹爽的亲信僚属，他被调任到荆州去做刺史时，知道曹爽最怕的是司马懿，便向司马懿去辞行，想顺便侦察司马懿的行动。司马懿特地装出生病的样子，叫两个婢女扶持着，衣服一半落在地上，用手指指口，表示口渴，婢女给他吃粥，他装出没有气力去接碗的样子，就用口在婢女手上喝着吃，粥都流在胸前的衣服上。李胜见他这个样子，说："我以为是你的老毛病复发，哪里晓得你的身体衰弱到这个地步呢？"司马懿有气无力地说："我年老多病，就要死了，你要到并州去，并州地方接近胡人，你要好好地防备，我恐怕不能再和你见面了，我的儿子，请你好好地照顾他们。"李胜说："我是去荆州，不是并州。"司马懿故意地胡言乱语了一阵，李胜见他神志不清，回去报告曹爽说："司马懿尸居余气，形神已离，大概就快死了，不必忧虑他了。"

后人用这"尸居余气",意思是说一个人已接近死期,也形容人暮气沉沉,碌碌无为。

食玉炊桂

典出《战国策·楚策三》:苏秦之楚,三日乃得见乎王。谈卒,辞而行。楚王曰:"寡人闻先生,若闻古人。今先生乃不远千里而临寡人,曾不肯留,愿闻其说。"对曰:"楚国之食贵于玉,薪贵于桂,谒者难得见如鬼,王难得见如天帝。今令臣食玉炊桂,因鬼见帝。"王曰:"先生就舍,寡人闻命矣。"

战国时期,著名说客苏秦经常到各个国家宣传自己的政治主张,希望人家采纳。有一次。苏秦到了楚国,等待3天才被楚王召见。苏秦大侃一通之后,再没有话可说了,就向楚王告别,准备离开楚国。这时,楚王开口了,对苏秦说:"寡人久闻先生大名,如同听到古代贤人一样如雷贯耳。如今先生不远千里而来赐教寡人,竟然不肯留在楚国,我想知道这是什么原因。"苏秦回答说:"楚国的食物比珠玉还贵,柴火比桂木还贵,为宾客传讯的官吏像鬼一样难以见面,大王像天帝一样难以接近。我这次来,您是让我食珠玉烧桂木,通过小鬼去见天帝啊。"楚王似有所悟,对苏秦说:"先生请到客馆安歇吧,寡人明白您的意思了。"

"食玉炊桂"就是从这个故事中"今令臣食玉炊桂"一语而来的。人们用它形容物价昂贵,生活困难。

死生存亡

典出《左传》定公十五年:十五年春,邾隐公来朝。子贡观焉。邾子执玉高,其容仰。公受玉卑,其容俯。子贡曰:"以礼观之,二君者,皆有死亡焉。夫礼,死生存亡之体也。将左右周旋，进退俯仰，于是乎取之。朝祀丧戎，于是乎观之。今正月相朝，而皆不度，心已亡矣。嘉事不体，何以能久？高仰，骄也；卑俯，替也。骄近乱，替近疾。君为主，其先亡乎。"

春秋时期，人们特别重视礼仪。诸侯国互相交往中，如果言行举止不合乎礼的规范和要求，就会受到批评和议论。

鲁定公十五年（公元前 495 年）春天，邾国国君邾隐公前来朝见鲁国国君鲁定公。孔子的学生子贡也应邀参加观礼。邾隐公高高地举着玉器，仰着脸，态度很傲慢。鲁定公接受玉器时，显得很卑微，他低着头，双眼无神地望着地面。对这种场面，子贡很看不惯，他说："以礼来观察这件事，我认为这两位国君，都快要死亡了。礼，是生死存亡的主体。人的一举一动，或左或右，以及进退俯仰，都要符合礼的规定，朝会、祭祀、丧事、征战等，更要用礼的标准加以观察。如今两位国君在正月里互相朝见，而都违背礼仪，这表明他们的心里都不存在礼了。朝会不符合礼仪，凭什么能够长久呢？邾隐公把玉器举得太高，并且仰着头，这就是骄傲；鲁定公低着头，两眼看着地面，这就是衰颓。骄傲引起动乱，衰颓等于疾病。鲁定公是主人，恐怕他要先死去的。"事有凑巧，这年夏天，鲁定公果真死了。

"死生存亡"这一典故就是从这个故事"死生存亡之体也"一语而来的。它的意思是说，或者生存，或者死亡。人们常用它比喻情势十分危急，已经到了非生即死、非存即亡的关键时刻。

四分五裂

典出《战国策·魏策一》：张仪为秦连横，说魏王曰："魏地方不至千里，卒不过三十万，地四平，诸侯四通，条达辐凑，无有名山大川之阻。从郑至梁，不过百里；从陈至梁，二百余里；马驰人趋，不等倦而至梁。南与楚境，西与韩境，北与赵境，东与齐境，卒成四方，守亭障者参列，粟粮漕庾，不下十万。魏之地势，故战场也。魏南与楚而不与齐，则齐攻其东；东与齐而不与赵，则赵攻其北；不合于韩，则韩攻其西；不亲于楚，则楚攻其南，此所谓四分五裂之道也。”

战国时期，魏国有一个名叫张仪的人，是一个舌辩之士。当时，苏秦游说六国合纵以抗秦，张仪则以连横之说，策动六国背弃合纵之约，而共同侍奉秦国。

有一次，张仪劝谏魏王说："魏国领地，方圆不到千里，兵卒不超过30万，地势四面平坦，四周与诸侯国相连，这些国家像树枝一样分布在魏国的周围，他们到魏国去，既直接又便当，没有名山大川的阻隔。从郑国到魏国，不超过百里；从陈国到魏国，只有200多里。马驰人跑，不等疲倦就到了魏国。魏国南与楚国接壤，西与韩国接壤，北与赵国接壤，东与齐国接壤，士卒戍守四方边界，驻守堡垒的人排成了队列，军粮通过水路运进水漕仓，其数量不少于10万石。魏国的地理形势，本来就是一个天然的战场。如果魏国同南方的楚国联合而不联合齐国，那么齐国就进攻它的东面；如果联合东方的齐国而不联合赵国，那么赵国就进攻它的北面；如果不同韩国联合，那么韩国就进攻它的西面；如果不亲近楚国，那么楚国就进攻它的南面，这就是所谓四分五裂的道路。"张仪说了半天，无非是劝说魏王侍奉秦国，同其他国家绝交。至于他说的一番话是否真有道理，那就另当别论了。

"四分五裂"就是从这个故事来的。人们用它形容不统一、不完整、彻底分裂的局面。

四面楚歌

典出《史记·项羽本纪》：项王军壁垓下，兵少食尽，汉军及诸侯兵围之数重，夜闻四面皆楚歌，项王乃大惊曰："汉皆已得楚乎？是何楚人之多也！"

项羽和刘邦原来约定以鸿沟（今河南荥阳市）东西两边为界限，互不侵犯。后来刘邦听从张良和陈平的规劝，觉得应该趁项羽衰弱的时候消灭他，就又和韩信、彭越、刘贾会合兵力追击正在向东开往彭城（今江苏徐州）的项羽部队。公元前202年，汉王刘邦率领汉军，将项羽的楚军重重包围在垓下（今安徽灵璧东南）。楚军长期被困，粮食将尽，几次突围，都未奏效。一天夜里，包围在四周的汉军阵地上，传来了阵阵歌声。项羽侧耳一听，大吃一惊！原来汉军唱的尽是楚地民歌。项羽号称西楚霸王，不仅楚地是他的大后方，而且楚军中最精锐的8000名江东子弟兵，也都是楚地人。楚霸王听到这四面楚歌，暗想："汉军难道完全占领了楚地？他们哪来的这么多的楚人？！"其实，这四面楚歌，是刘邦的谋士张良为了涣散楚军的军心，故意叫士兵们学唱的。楚军士兵听到四面楚歌，也都以为家乡被汉军占领了。有的为乡音感动，引起共鸣，也哼唱起楚歌；有的思念父老乡亲、妻子儿女，竟然泣不成声。楚军经不起这四面楚歌的攻心战，逃的逃，降的降，最后突围时，跟随在楚霸王后面的只有800多人，到了乌江，仅剩20余名骑兵，而追赶的汉军却有好几千人。楚霸王终于在乌江边自杀了。

后来人们用"四面楚歌"形容穷途受困，四面受敌，处境孤危。

铤而走险

典出《左传》文公十七年：今大国曰："尔未逞吾志。"敝邑有亡，无以加焉。古人有言曰："畏首畏尾，身其余几？"又曰："鹿死不择音。"小国之事大国也，德则其人也；不德则其鹿也，铤而走险，急何能择？命之罔极，亦知亡矣。

春秋时期，诸侯大国之间争当霸主，战乱不断。在此形势下，诸侯小国处境困难，经常处于进退两难的尴尬境地。

鲁文公十七年（公元前610年），晋灵公为了壮大力量以争当霸主，便在扈地会合诸侯。当时，

铤而走险

晋灵公认为郑穆公和楚国有勾结，不肯和郑穆公相见。为了缓和郑国与晋国的矛盾，免受无妄之灾，郑国执政大夫子家给晋国的执政大夫赵盾写了一封信，派掌管通讯的官吏携带书信送往晋国，以表明郑国对晋国的态度。这封信说，我们郑国对晋国一向很尊敬，很友好。郑穆公即位3年以来，多次殷勤地侍奉晋国国君，郑国的大夫臣子，也不失时机地朝见晋国国君，并且以郑国的实际行动，带动和影响陈、蔡等国，使他们虽然靠近楚国却不敢对晋国有二心。郑国作为一个小国，如此周到地侍奉晋国，已经无以复加了。

子家在信中又写道："现在大国说：'你没能让我如愿以偿。'照这样说，我们郑国唯有灭亡，无法再加筹码侍奉贵国了。古人曾经说：'怕头怕尾，身子还能剩下什么呢？'古人又说：'鹿在临死时不选择庇荫的地方。'小国侍奉大国，如果大国能以礼相待，小国就会以人道相事；如果大国不能以礼相待，小国就会像临死的鹿一样，采取冒险行动，紧急之时哪里还顾得了许多？贵国的命令反复无常，我们也知道面临灭亡了。"

"铤而走险"就是从这个故事来的。铤：快跑的样子。走险：奔赴险处。人们用"铤而走险"形容无路可走而采取冒险行动。

同舟共济

典出《孙子·九地篇》：敢问兵可使如率然乎？曰："可。"夫吴人与越人相恶也。当其同舟而济，遇风，其相救也，如左右手。

有人问军事家孙武："怎样才能不被敌人击败呢？"

孙武回答他说："你见过蛇吗？你如果打蛇的脑袋，蛇会用尾巴来打你；你打蛇的尾巴，它会用头部来攻击你；你若是打蛇的腰部，它就用头、尾一齐来攻击你。打仗用兵也要像蛇反击猎手一样。所以善于布阵的人，也要将军队摆成蛇一样的阵式，头尾能互相救援，使全军成为一个整体，互相能够照应，才不会被敌人击溃、打散……"

"那么军队的将士们能够像蛇那样，首尾合成一体，互相救援吗？"那人又问。

孙武告诉他说：

"这是不必担心的，战争的形势迫使军队必须这样。比如说，吴国和越国是敌国，两国的人互相敌视，仇恨很深。但是当他们同乘一条船渡海，遇到大风大浪，眼看就有船翻人亡的危险时，他们马上互相救援，如同人的左右手一样，早已忘记吴国和越国是世代为仇的国家。连互相为敌的人在危难时都能彼此相救，何况没有冤仇的将士呢？所以军队必然会像蛇一样成为一个整体，首尾相顾，彼此救援的。"

"同舟共济"原意是大家同坐一条船渡过江河，后来用它比喻在危难的环境中，大家同心协力战胜困难。

万死一生

典出《汉书·司马迁传》：夫人臣出万死不顾一生之计，赴公家之难，斯已奇矣。

唐太宗李世民，帮助父亲唐高祖李渊，打下唐朝的天下，这个战斗的过程是很艰苦的。隋朝末年，义军风起云涌在全国各地冒出了头，李渊奉旨到山西、河东充抚慰大使，他的任务就是镇压起义军。李世民那时才18岁，便参加对义军作战了。他们对起义军的称号是"群盗"，要讨捕盗贼。这些"盗贼"虽被疯狂镇压，但越镇压越反抗，渐渐地从分散而集中，并在李密、窦建德、杜伏威以及孟海公、郭子和等的领导下，对隋朝军队，开始了强大的反攻，黄河下游及江淮间广大的地区，几乎全被起义军控制住了。留守在太原的李渊，虽是隋朝的官，但并非亲信，隋炀帝杨广还派了人在太原监视他的行动。

李世民看到天下大势，就劝父亲说："现今盗贼一天天地多起来，遍天下俱是，您奉诏讨贼您能讨得尽吗？您讨不尽还是有罪的。"李世民就这样日夜在父亲面前怂恿，要父亲起兵自立。李渊终被这个儿子说动，就拉拢豪强地主，在太原起兵，立国号为唐。

这时隋朝已经是满身疮痍，到处有起义来的义军，江南、河北，遍地俱是。而罗艺、薛举、李轨、刘武周这些人物，眼看隋朝大势去矣，也纷纷叛变自立。

李世民认清了与义军为敌，是有百害而无一利的，于是从镇压起义军转而利用义军。隋炀帝这时已在扬州被他的亲信宇文化及等谋杀，隋朝跟着就覆亡了。于是展开了唐军的统一战争，这是李世民大显身手的一段光辉活动的时期。

首先，李世民击败了薛仁杲（薛举的儿子）而降服之，控制了整个的陇东地区。接着又打败了刘武周等人。

李世民父子的唐朝政权，在王世充、窦建德两个集团溃灭后，更加巩固了。紧接下来是剿灭剩余的义军和防御突厥颉利可汗。但李世民统一宇内的愿望终于达到了，他能知人用人，当他做秦王的时期，他的秦王府里，都是些三山五岳的人马，如尉迟敬德（铁匠出身）、秦叔宝（小吏出身）、张亮（农民出身）、李靖、李勣（贵族出身），还有的是山东贵族，有的是教授生徒的儒生，有的是驰名的文士。再加上房玄龄、杜如晦等，李世民和这些人出生入死，身经无数战役，才把天下打下来。

后来李世民和他的哥哥太子建成、弟弟齐王元吉，演出了一幕玄武门政变，哥哥、弟弟都死了，秦王李世民不久就接下了李渊的皇位，于是成为贞观皇帝，后世的唐太宗。他说昔日房玄龄从我定天下，备尝艰苦，出万死而遇一生。

后人用"万死一生"形容多次经历死亡危险而幸存，指历经难以想象的艰险而逃生。

王猛卖畚

典出《晋书·王猛传》：（王猛）少贫贱，以鬻畚为业。尝货畚于洛阳，及有一人贵买其畚，而云无直，自言家去此无远，可随我取直。猛利其贵而从之，行不觉远，忽至深山，见一父老，须发皓然，踞胡床而坐，左右十许人，有一人引猛进拜之。父老曰："王公何缘拜也！"乃 10 倍偿畚直，遣人送之。猛既出，顾视，乃嵩高山也。

东晋十六国时期，前秦国北海剧县有一个人，叫王猛（325—375 年），字景略。他得到前秦国君主苻坚的信用，在将相群中是个出类拔萃的人物。

王猛出身贫家，幼年时以卖畚为业。有一次，他到洛阳卖畚，有一个人要买畚，给的价钱很高，却说没有带钱来，家离此不远，叫王猛跟着他去取钱。王猛贪图价钱高，就跟随那个人去了。走着，走着，并不觉得走多远，突然发现已经走到深山之中。只见一个老翁，胡须和头发都白了，在床上坐着，两边有10多个随从。有一个人带着王猛去拜见老翁。老翁说："王公为什么要下拜呢！"于是，用10倍的价钱还给王猛，又派人将他送出。王猛出门后，回头一看，背后原是嵩高山。

王猛卖畚

"王猛卖畚"就是从这个故事来的。畚：用草绳或竹篾编织的盛物器具。人们用"王猛卖畚"或"洛阳货畚"形容士人生活贫寒，仕途坎坷。

望门投止

典出《后汉书·张俭传》：俭得亡命，困迫遁走，望门投止，莫不重其名行，破家相容。

汉桓帝延熹八年，当权的宦官侯览老家在山阳郡，家中人倚势横行，迫害邻里，无恶不作。山阳郡的督察官张俭上奏举发侯览和他母亲的罪状，要求加以惩办。侯览把张俭恨透了。张俭有个同乡名朱并，是个奸邪谄媚的小人，素来为张俭所不齿。朱并听说他得罪了宦官，心想这正是报复的好机会，便向朝廷告密，说张俭组党结社，谋为大逆。侯览见到这个密告，正求之不得，下令严密捕拿。张俭急了，只得匆匆亡命；看谁家可以暂避风头，就向谁家暂避。人家知道他是个直爽之人，遭了不测之祸，都不怕连累，冒险收容。后来，流浪到东莱地方，躲在李笃的家里。有一天，县令自己带着武器前来搜查，李笃把县令拉到一间密室，问他："张俭是当今名士，因公得罪，受了冤屈，不得已而亡命，即使发现他的踪迹，你是不是忍心逮捕他呢？"县令说："好事情大家做，你难道一个人做君子而让别人做小人吗？"李笃说："我固然喜欢正义，但明公如有肯这样，就已经把正义分了一半了。"

张俭就这样在大众的掩护下脱了险。

张俭逃亡时，看谁家可以暂避风头，就向谁家暂避的情形被写作"望门投止"。以后人们便把"望门投止"这句话引为成语，比喻见有相识人家，即往投宿的意思。也可以形容逃亡或出逃时的窘迫情况。

危如累卵

典出张守节《史记正义》引《说苑》：晋灵公造九层之台，费用千金，谓左右曰："敢有谏者斩。"荀息闻之，上书求见。灵公张弩持矢见之。曰："臣不敢谏也。臣能累十二博棋，加九鸡子其上。"公曰："子为寡人作之。"荀息正颜色，定志意，以棋子置下，加九鸡子其上。左右俱摄息，灵公气息不续。公曰："危哉，危哉！"荀息曰："此殆不危也，复有危于此也。"公曰："愿见之。"荀息曰："九层之台，三年不成，男不耕，女不织，国用空虚，邻国谋议将兴，社稷亡灭，君欲何望？"灵公曰："寡人之过也乃至于此！"即坏九层之台也。

春秋时代，晋灵公为了个人的享受，强拉了大批的老百姓，耗用了大量的钱财，建造9层的高台。他怕臣子们劝说阻止，就预先下了不许规劝的命令。荀息知道了这件事，跑去见他。灵公知道了，便拿出弓，举起箭，等着他来，准备只要他一开口规劝，就把他射死。荀息明知情势很紧张，但装作轻松愉快的样子声明说："我不敢规劝什么。我只是来表演一个小技艺：我能够把9个棋子堆起来，在上面加12个鸡蛋。"灵公听他这玩意儿倒很有趣，立时撤了弓箭，荀息定了定心神，严肃认真地先把9颗棋子堆起来，然后又把鸡蛋一个个加上去。旁边在看的人担心会掉下来，都害怕得屏住了呼吸。灵公也惊慌得紧促地叫："危险！危险！"荀息却慢条斯理地说："这有什么了不起的危险，还有比这更危险的哩！"灵公说："我也愿意看一看。"这时，荀息不再做什么别的表演，而是立定身子沉痛地说："为了建造9层的高台，9年没有成功。国内已经没有男人耕地，没有女人织布了。同时，国库也已空虚，临近的国家将要侵略我们。国家总有一天要灭亡的，你还打算怎么样呢？"晋灵公这才醒悟，立即下令停止造台工程。

在古代，由于皇帝的专制，臣子们都不敢直言规劝，所以常常有用譬喻的方法，来使皇帝醒悟。这些譬喻不但恰到好处，而且内容丰富，表现了我们祖先的出色智谋。后来的人，就根据荀息累积鸡蛋的惊险技艺这件事，引申成"危如累卵"这句成语，用来形容极为危险的局面或形势。

危在旦夕

典出《三国志·吴志·太史慈传》："今管亥暴乱，北海被围，孤穷无援，危在旦夕。"

东汉末年农民大起义，震动了汉家天下。朝廷摇摇欲坠，各郡守也招架不住。当时身为北海相的孔融，在都昌被黄巾起义军的部队围困，形势很危急。有一个家住东莱的青年壮士，名叫太史慈，因为孔融曾经接济过他的老母亲，他想去搭救孔融，以报往日的恩情。

太史慈在一天夜里，偷偷越过包围的队伍，秘密进入都昌城。他见到孔融说：

"请给我一支兵马，我替你杀出一条路，救你出去！"

孔融对太史慈并不信任，没有答应他，说："还是等待援军吧，那样稳妥一些！"

3 天过去了，并没有人来援救孔融。孔融十分焦急。他想派人去给平原相刘备报信，让他赶快来救援，怎奈城被围得水泄不通，一个人也跑不出去，大家非常忧虑。这时太史慈又来请求，说：

"这件事交给我吧，我保证能把信送到！"

"不行呀，敌人围得严严实实，大伙都说出不去，虽说你是壮士，很勇敢，但是也无法出城啊！"

"即使是这样，我也要为你出城送信。过去大人救济过我母亲，是母亲叫我来为你解难，我一定有办法救你出去的，别迟疑了！"

太史慈说得恳切、诚实，孔融只好答应了。

第二天，太史慈披挂上马，身后只带两名骑手。城门敞开，太史慈跃马杀出，城外围军一时惊骇，不知如何对付。太史慈伏沟堑内，搭弓射箭，射中两个军卒，然后拍马进城。第三天还是这样，几天过去，城外围军已经习以为常，不加警惕。可是第五天早上，城门一开，太史慈飞马奔出，直冲围军而去。围军急忙躲闪，太史慈已越过重围，朝大路飞驰而去。

太史慈到了平原郡，见到平原相刘备，急告说："今北海相孔大人被围，孤立无援，危亡就在早晚，情况十分严重，请平原相马上派兵解救，我今天是从兵刃中突围出来，以万死而自托于君，是为君存活于此，务请君救人于危难……"

刘备听了太史慈的话，很受感动，马上答应派 3000 精兵跟随太史慈去援救孔融。刘备说："孔融这位大名鼎鼎的北海相，还知道世界上有个刘备？真是看得起我呀，我怎能坐视不救呢？"太史慈领兵一到都昌城下，围军早已退走。孔融得救了，兴奋地拉住太史慈，感慨地说："卿真是我的年少挚友啊!"

太史慈告辞都昌,回到家乡。他的老母亲欢喜地把他迎入家门,叹息地说:

"我的儿子终于替我报答了孔融的往日之恩哪!"

成语"危在旦夕"就是由此而来,原意是危险就是早晨、晚上之间。后人用它形容形势危急,危险就在眼前。

味如鸡肋

典出《三国志·魏书·武帝纪》裴松之引《九州春秋》:夫鸡肋,弃之可惜,食之无所得,以比汉中,知王欲还也。

曹操带兵攻打汉中,驻在斜谷界口,不能取胜,进退维谷。进,又无法取胜;退,又怕丢了面子。正在为难的时候,恰好厨师送上一碗鸡汤来,汤里有几根鸡肋。曹操看见鸡肋,引起了一阵感触。这时,部将来问夜里的口令,曹操随口说道:"鸡肋!鸡肋!"口令传出之后,杨修就去整理行装,准备回去。别人觉得奇怪,便问他为啥这样干?他回答说:"鸡肋这东西食之无肉,弃之可惜。出这口令是用鸡肋比喻汉中,看来是想退兵了,所以我先把行李收拾好,免得临时忙乱。"

瓮中捉鳖

典出元康进之《梁山泊李逵负荆》:这是揉着我山儿的痒处,管教他瓮中捉鳖,手到拿来。

康进之,棣州(今属山东滨州市)人,是元代前期具有成就的剧作家。他写过两个关于黑旋风李逵故事的剧本。《黑旋风老收心》没有流传下来。

传世的《梁山泊李逵负荆》成功地塑了李逵的英雄形象，揭示了梁山英雄与人民的血肉关系。

在梁山泊附近，有个杏花庄，庄上有个老汉，名叫王林。王林有一个18岁的女儿，名叫满堂娇，她年少貌美，尚未许配人家。一天，有两个地痞流氓；一个叫宋刚，一个叫鲁智恩，他们假冒梁山好汉宋江和鲁智深的名义，强行抢走满堂娇。李逵信以为真，要同宋江和鲁智深算账。他大闹忠义堂，提起板斧要砍倒梁山泊的杏黄旗，并要宋江去和王林对质。后来，弄清了事情的真相，李逵砍了一束荆条，缚在背上，向宋江请罪。

宋江命令李逵去捉拿那两个冒名顶姓的恶棍，将功折罪。李逵说："这好像到大瓮中去捉鳖，一伸手就可以捉到。"果然，他把两个恶棍捉住了。

"瓮中捉鳖"就是从这个故事来的。它的意思是，像放在瓮中的鳖，伸手便可以捉住。人们用它比喻很有把握。

无妄之灾

典出《周易·无妄》："六三，无妄之灾。或系之牛，行人得之，邑人之灾。"

典又出《战国策·楚策四》：世有无妄之福，又有无妄之祸。今君处无妄之世，以事无妄之主，安不有无妄之人乎？

战国时楚国的考烈王没有儿子，春申君黄歇很替他忧愁，给他想了许多办法，而且到处替他寻找会生儿子的美女，献进宫去，挑选去的人已经不少了，结果都没有生儿子。

赵国有个李园，想把自己的妹妹献给楚王，听说是楚王自己有病，才不会生育，恐怕妹妹将来得不到宠爱。于是想办法先把妹妹送给春申君做姬妾。

等他妹妹怀孕以后，李园又运用他的三寸不烂之舌说动了春申君，教春申君把妹妹献给楚王。后来李园的妹妹果然生了一个儿子，他妹妹也做了王后，李园因此得到楚王的重用。李园既在朝中专权，一直担心春申君会把这件秘密泄露出去，暗地里养了死士，想把春申君杀掉灭口。有一次考烈王病的时候，一个叫朱英的人对春申君说："你有无妄之灾呀！"春申君听了觉得莫名其妙，叫朱英说出无妄之灾的理由，朱英指出李园现在虽还没有掌管国事，但他是将来楚王的母舅，他并不是带兵的将官，家里却养着死士，已经准备得很久，如果考烈王一旦死了，他一定会依据朝廷，挟制着国君，独霸政权的，到那时便会杀掉你来灭口的，这不是无妄之灾吗？后来考烈王死的时候，春申君去奔丧，果然被李园杀死，而且诛灭了全家。

"无妄之灾"原本叫"无妄之祸"，后来被大家说成"无妄之灾"，因此一直沿用下来。意思是指自己想不到的灾祸，突然发生的意外事件。或者平白无故受到牵连、损害。

心如死灰

典出《庄子·齐物论》：南郭子綦隐机而坐，仰天而嘘，答焉似丧其耦。颜成子游立侍乎前，曰："何居乎？形固可使如槁木，而心固可使如死灰乎？今之隐机者，非昔之隐机者也。"

战国时代，有一个人叫子綦。古人纯厚质朴，多以居处为号，子綦居住在南郭，因此号叫南郭，人们称之为南郭子綦。他是楚昭王的庶弟，楚庄王的司马官。南郭子綦怀道抱德，清静寡欲，淡于名利。有一次，南郭子綦凭几而坐，凝神遐想，仰天而叹，表现出一副忘却外物的超然沉静的神态。他有一个弟子，姓颜名偃，字子游，谥号成，人称颜成子游。颜成子游侍立在南郭子綦身旁，说："怎么回事呢？固然可以使形体像干枯的树木，难道也应当把心变得像熄灭的灰烬吗？您今天凭几而坐的样子，与过去凭几而坐的样子不同啊。"

"心如死灰"就是从这个故事来的。它本指内心枯寂平静，不为物欲情感所动。现在多用它形容精神消沉，意志消磨。

形单影只

典出唐·韩愈《祭十二郎文》：吾上有三兄，皆不幸早逝。承先人后者，在孙惟汝，在子惟吾，两世一身，形单影只，嫂尝抚汝指吾而言曰："韩氏两世，惟此而已。"汝时犹小，当不得记忆，吾时虽能记忆，亦未知其言之悲也。

我国唐代（618—907 年）是当时世界上一个先进、文明的国家。在这一代的文学领域里出现了极其繁荣的景象。杰出的文学家、诗人层出不穷。韩愈便是其中的一个。

韩愈（763—824 年），字退之，唐邓州南阳（今河南省南阳市）人。他是唐代古文运动的倡导者。他反对只重形式、内容空洞的骈体文，主张文章应该创造性地继承和学习秦汉以来的传统。他的主要成就是散文的创作，成为唐宋八大家里最有名的一个。

韩愈的家庭人丁稀衰，3 个哥哥都在他之前死去了。他的侄子，也是兄弟四人留下的唯一的一个后代也早他先逝。于是韩愈作了这篇有名的抒情散文《祭十二郎文》。此文用自由的散文体来抒写悼念亡侄的哀感，融注了诚挚的骨肉之情和宦海浮沉的人生感叹，字字句句，凄楚动人。文中写道："吾上有三兄，皆不幸早逝。承先人后者，在孙惟汝，在子惟吾，两世一身，形单影只。"

这段文字的大意是：我上面有 3 个哥哥，都不幸早年离开了人间，能够承继祖先后代的人，在孙子一辈只有你，在儿子辈就是我。我们两辈人都是孤零零的，没有兄弟姊妹。我的嫂嫂曾经抚着你的背指着我说："韩家的两代人就仅仅剩下这两个了。"当时你的年纪还很小，可能不记得了，我当时虽然能依稀记得这件事，却不能了解这句话的沉痛悲伤。

这句成语，不仅从字面已可看出孤立无依的意思，而将"形单""影只"两词相组合，更具丰富的形象，令人一看便有孤苦伶仃的感受。所以后来的人，将一个人孤立没有依靠，孤零零没有一个亲人称为"形单影只"或"形单影双"。

摇摆不定

典出《战国策·秦策二》。

战国时代，有一次秦武王生病，觉得头部不舒服。他令医生给他治疗，结果没有什么好转。之后，他便请良医扁鹊去诊治。扁鹊诊断后，就准备为他下药。这时，武王的部下对武王说："大王的病，据扁鹊诊断在眼睛和耳朵之间，医起来很麻烦啊！假若医治不得法，不但病治不好，反而把眼睛搞瞎了，把耳朵搞聋了，那多糟糕啊！这事，大王要慎重考虑啊！"武王听了部下的话，心里很紧张，生怕变成聋子、瞎子，因而对治病就犹豫起来。扁鹊得知原委后，内心很不高兴，把医具扔到地上，生气地说："大王请医生来诊断治病，这是对的，可是你又听信那些不懂医术的人的意见，这不是自寻死路吗？从这件事，也可以看出你们秦国的政治了。如果长此下去，秦国将有灭亡的危险。"

后人把这个故事概括为"摇摆不定"，用以表示向相反的方向来回地移动或变动。引申为立场不稳，观点多变。

遇事生风

典出《汉书·赵广汉传》：所居好用世吏子孙新进年少者，专厉壮蜂气，见事风生，无所回避，率多果敢之计，莫为持难。

汉朝时候，涿郡（今河北省涿州市）有个姓赵名广汉的人，初时在郡里做个小官，因为办事认真廉洁，后来一直升到京兆尹（专管京城的行政长官）。那时，恰逢汉昭帝去世，京城新丰县的京兆官杜建负责管理昭帝的陵园。这个杜建交游广阔，他和他的朋友一起利用职权做着非法的勾当。这事被赵广汉知道了，便暗示杜建改变作风，但杜建却置若罔闻，赵广汉便将他们逮捕。事情发生以后，京城里的达官贵人都来求情，赵广汉一向厌恶这般贵人们平时为非作歹，包庇坏人的丑恶行径，为了防止更多的麻烦，即刻将杜建杀了。于是京里的达官贵人都对赵广汉望而生畏。

汉宣帝时，因为他不畏权势，一心为国，很得宣帝重用。他爱用新进的世吏子孙，这些年轻人最爱逞一时的锐气，逢着一点事儿就将它迅速扩大，完全没有回转的余地。最后，赵广汉终被贵戚们害死。

遇，逢也；生风，即风生，喻迅速而不可当。"遇事生风"形容好事的人，遇到一些小小事端就兴风作浪，把事情扩大，从中渔利。

轵道之灾

典出《史记·秦始皇本纪》：令子婴斋，当庙见，受王玺。斋五日，子婴与子二人谋曰："丞相高杀二世望夷宫，恐群臣诛之，乃详以义立我。我闻赵高乃与楚约，灭秦宗室而王关中。今使我斋见庙，此欲因庙中杀我。我称病不行，丞相必自来，来则杀之。"高使人请子婴数辈，子婴不行，高果自往，曰："宗庙重事，王奈何不行？"子婴遂刺杀高于斋宫，三族高家以徇咸阳。子婴为秦王四十六日，楚将沛公破秦军入武关，遂至霸上，使人约降子婴。子婴即系颈以组，白马素车，奉天子玺符，降轵道旁。沛公遂入咸阳，封宫室府库，还军霸上。居月余，诸侯兵至，项籍为从长，杀子婴及秦诸公子宗族。

秦朝末年，陈胜、吴广直接领导的农民起义军失败以后，项羽、刘邦领导的起义军却已经壮大起来。他们俘获秦名将王离，多次打败章邯，席卷关东，刘邦带领义军数万正在攻打武关。

这一年，是公元前207年。这一年的八月间，在秦王朝中夺得丞相职位的赵高被起义军吓破了胆，托病不去上朝，秦二世（胡亥）派人上门去斥责赵高。赵高混不下去了，就同他的女婿咸阳令阎乐和弟弟赵成一起搞阴谋，逼秦二世自杀。

秦二世死后，赵高又立二世的侄子子婴为秦王。他命令子婴沐浴斋戒，准备在祖庙举行仪式，接受秦王的符玺。斋戒5日之后，子婴同他的两个儿子密谋说："丞相赵高在望夷宫诛杀了秦二世，恐怕群臣以叛逆罪诛杀他，就虚伪地举起仁义的旗帜，立我为秦王。我听说赵高已与楚国订立了盟约，灭掉秦宗室后封他做关中王。如今他叫我沐浴斋戒，到庙中举行仪式，这是想在庙中杀掉我。我托病不去，赵高必定亲自来责问，等他来后，我们就杀掉他。"赵高派人去请子婴，许多人请了数次，子婴也不去。赵高果然自行前来，对子婴说："国家大事，十分重大，秦王为什么不去呢？"子婴就在斋宫里刺杀了赵高，赵高家三族人也在咸阳被杀。

公元前206年，在子婴当秦王46天之后，刘邦即打败秦军攻入武关。接着，刘邦挥师驻扎在长安东30里的霸上，派人命令子婴投降。子婴立即服从，他在脖子上系着丝带，坐着白马拉的素车，捧着皇帝的玉玺，在轵道旁向刘邦投降。刘邦进入咸阳，封存宫室府库的财物之后，又退军驻扎霸上。一个月后，诸侯军纷至沓来，项羽是各路关东的首领，他下令杀死子婴和秦王朝众多的公子宗族。秦朝灭亡了。

"轵道之灾"就是从这个故事来的。轵道：古亭名，长安东 13 里处，在今陕西西安市东北。人们用"轵道之灾"比喻亡国的灾祸。

置之度外

典出《后汉书·隗嚣公孙述传》：帝积苦兵间，以嚣子内侍，公孙述远据边陲，乃谓诸将曰：且当置此两子于度外耳。

东汉初年，虽然光武帝（刘秀）已重新建立了汉朝，但还有很多人拥有重兵，占据各个州郡，要与刘秀争夺天下；或者表面虽然臣服朝廷，而仍想保留自己占有的地盘，要待机而动。光武帝既已重复汉室，自然不能坐视这种割据的局面继续下去，决心要使全国统一，前后经过 5 年的时间，把函谷关以东的割据势力全部荡平，最后只剩下甘肃的隗嚣和四川的公孙述两股势力了。

光武帝鉴于隗嚣表面上已向他称臣，还遣他的儿子在京城洛阳做官，一时不足为患，公孙述远在西南边陲，路途遥远，攻取不易，暂时不想对他用兵，而更主要的，是打了许多年仗，兵力也要体整一下，他在对部下众将官谈到隗嚣、公孙述 2 人时说："这两个人暂时不必放在心上的。"

后来人们便将光武帝的这句话引申为"置之度外"一句成语，用来比喻对人或事不再重视或不再放在心上。

众叛亲离

典出《左传》隐公四年：阻兵无众，安忍无亲，众叛亲离，难以济矣。

春秋时，卫国公子州吁杀死了他的哥哥卫桓公，夺取了政权，当了国君。

他怕国内人民反对，就拉拢宋国、陈国、蔡国等联合攻打郑国，企图以对外用兵的办法来转嫁危急，树立威信，巩固自己的统治地位。这件事被鲁隐公听说后，就问大臣众仲："州吁这次夺取政权能成功吗？"

众仲回答说："州吁这个人依仗武力，生性残忍。依仗武力就会失去群众，对人残忍就没有人对他亲近，现在他处境孤立，是很难成功的。"

果然不出一年，卫国人就联合陈国，用计把州吁杀了。

后人用"众叛亲离"这个典故比喻众人反对，亲信背离，现常用来形容处境完全孤立。

简子放生

典出《列子·说符》：邯郸之民以正月之旦献鸠于简子，简子大悦，厚赏之。客问其故，简子曰："正旦放生，示有恩也。"

客曰："民知君之欲放之，故竞而捕之，死者众矣。君如欲生之，不如禁民勿捕。捕而放之，恩过不相补矣。"

简子曰："然。"

邯郸地方的老百姓在正月初一给简子进献斑鸠，简子非常高兴，重重地奖赏他们。有个客人问他是什么缘故。简子说："正月初一放生，表示恩惠之意。"

客人说："老百姓知道您要放生，所以争相把它抓来，死掉的就很多了。您如要让它们活，不如禁止老

简子放生

百姓捕捉。捉来又把它放掉，恩惠已经弥补不了过失呀。"

简子说："是这样。"

后人用"简子放生"比喻放生一个，害死一群，充分暴露了剥削阶级所标榜的慈善事业的实质。

狡生梦金

典出《雪涛小说》：尝闻一青衿，生性狡，能以谲计诳人。其学博持教甚严，诸生稍或犯规，必遣人执之，扑无赦。一日，此生适有犯。学博追执甚急，坐彝伦堂盛怒待之。已而生至，长跪地下，不言他事，但曰："弟子偶得千金，方在处置，故来见迟耳！"博士闻生得金多，辄霁怒，问之曰："尔金从何处来？"曰："得诸地中。"又问："尔欲作何处置？"生答曰："弟子故贫，无资业，今与妻计：以五百金市田，二百金市宅，百金置器具、买童妾。止剩百金，以其半市书，将发愤从事焉，而以其半致馈先生，酬平日教育，完矣。"博士曰："有是哉！不佞何以当之？"遂呼使者治具，甚丰洁，延生坐觞之，谈笑款洽，皆异平日。饮半酣，博士问生曰："尔适匆匆来，亦曾收金箧中扃钥耶？"生起应曰："弟子布置此金甫定，为荆妻转身触弟子，醒已失金所在，安用箧！"博士蘧然曰："尔所言金，梦耶？"生答曰："固梦耳！"博士不怿，然业与款洽，不能复怒，徐曰："尔自雅情，梦中得金，犹不忘先生，况实得耶！"更一再觞出之。嘻！从狡生者，持梦中之金，回博士于盛怒之际，既赦其扑，又从而厚款之；然则金之名且能溺人，彼实馈者，人安得不为所溺？可惧也已！

听说有个学生，天生性情狡猾，专会用诡计骗人。

他的老师平素教学非常严厉，学生们稍有犯规，必定派人捉来用杖责打，不肯饶赦。

有一天，这个学生恰好犯了学规。老师追拿很急，坐在彝伦堂下满面怒容地等待着他。过了一会，学生来了，双腿跪在地下，不说其他的事，只说："学生我偶然得到了1000金，正在处置，所以来迟了些！"

老师听说学生得到了这么多金钱，立即消怒，问他说："你的金子是从哪里得来的？"

学生说："是从地上挖出来的。"

又问："你打算怎样处理这些金子？"

学生回答说："弟子家里本来很贫穷，并没有什么资产，现在我和妻子商议着：用500金买田地，用200金买宅屋，各用100金添置具、买些童仆婢妾。下剩100金子，用一半买书，我要发愤学习了，另外一半要奉送给先生，以答谢您平时对我的教育，这样就算安排完了。"

老师说："有这样的想法吗！我怎么能担当得起呢？"就呼叫使者摆上宴席，菜肴非常丰富，请学生坐下来，敬酒给他吃，席上说说笑笑，感情融洽，都和平时不同。喝得半醉，老师忽然问学生说："你刚才匆匆跑来，可曾把金子收藏在小箱子里封闭加锁了？"

学生起身答道："弟子布置这些金使用的计划刚定，被我妻子转身碰醒了，醒过来就不知道金子到哪里去了，还用得着什么箱子呀！"

老师惊异地问道："你刚才所说获得金子，是在做梦呀？"

学生回答说："确是在做梦呀！"

老师不高兴，但已经和他欢饮融洽了，不便再次发怒，便慢慢地说："你倒有高尚的感情，在梦里得到金子，还不能忘怀先生，何况真正得到金子的时候呢！"又一再劝酒，然后把他送了出去。

嘿！这个狡猾的学生，拿着梦中的金子，来应对老师的狂怒，既被赦免了顿毒打，又从老师那里得到优厚的款待。可见仅仅是金钱的名声就能使人陶醉受骗，若是实实在在送金子来，人们怎么能不被金钱拉下水呢？唉，真可怕呀！

后人用这则寓言通过狡生梦金的故事，揭露了学博"持教甚严"的虚伪性及其嗜金似虎的贪婪本质。这不仅是深刻的，而且富有戏剧性，全篇充满了曲折、辛辣的讽刺意味。

当然，狡生"谲计诳人"固然可恶，但学博"闻钱"眼开，从"盛怒以等"突然转为"谈笑款洽，皆异平日"的丑态，则尤其可恶。故作者慨叹地说道："呜呼！味之至甘者，莫达于利，人之至若者，莫甚于贫，以至甘之味，投至厌苦之人，往往如石投水，有受无拒。'四知'却馈，杨震标誉于关西（《资治通鉴·汉纪·永初四年》：王密夜怀金十斤赠给杨震，说："暮夜无知者。"杨震说："天知、神知、我知、子知，何谓无知？"）；一钱选受，刘宠著称于东汉，挥钥陷居，视同瓦砾；披裘老子，耻食道遗——史册所书，晨星落落。而垂涎染指，曲取食图者，则天下滔滔也！"一针见血地点明了剥削阶级的文明史。这里所谓的"贫"者，应该是指"爱财如命"的贫者，不一定专指贫穷人民。贫穷人民因受剥削阶级的盘剥和压榨之苦，命穷志高，未必人人"有受无拒"；而嗜性贪婪的剥削阶级，"垂涎染指，曲取食图"，则必定"有受无拒"。这是必然的，毫无疑义的。

狼狈为奸

典出唐段成式《酉阳杂俎》：或言，狼狈是两物。狈前足绝短，每行常驾于狼，无狼则不能动。故世言事乖者称狼狈。

据传说狼和狈是同一类动物。狼的前腿长，后腿短；狈则相反。狈每次出去，都必须依靠狼，把它的前脚搭在狼的后腿上才能行动，否则就寸步难行。

狼和狈常常联合起来去偷吃人家的牲畜。狼用长长的前脚，狈用长长的后脚，互相配合，既跑得快，又站得高，这样就能翻进羊圈，偷走羊只。

后人把这个故事概括为"狼狈为奸",用来比喻坏人互相勾结,共干坏事。

老奸巨猾

典出《资治通鉴·唐纪》:虽老奸巨猾,无能逃其术者。

唐玄宗的宰相李林甫,才艺不错,字画也好,但作风不正,品德不好。凡才能比他强、声望比他高的人,他都十分嫉妒,千方百计地暗害人家。他和人们交往时,表面上总是装得非常忠厚和善,说起话来甜言蜜语,但实际上秉性狡猾,满肚子的毒计。别人有事求他,他总是满口答应,毫不推辞。可是别人走后,他不但不办,反而想方设法进行破坏。他对皇亲国戚,尽量奉迎,极力巴结;对地位比他低的人,稍不如意便加陷害,"虽老奸巨猾,无能逃其术者。"(意思是:极其狡猾的人,也无法逃脱他的诈术。)他在朝19年,一直以奸诈的手段待人。人们在长期的生活中认清了他的本质,于是称他为"口有蜜,腹有剑"的人。

后人用"老奸巨猾"来形容阅历深而手段极奸诈狡猾的人。

郦况卖友

典出:《汉书·郦商传》。

西汉时,郦况和吕禄是好朋友。吕太后掌权后,曾封郦况为赵王,执掌兵权;封吕禄为梁王,执掌相权。吕太后死后,周勃、陈平等大臣谋求发动宫廷政变,除掉掌握大权的吕氏家族,恢复刘氏政权。

但是,当时虽然周勃名义上是太尉,陈平是丞相,都没有半点实权,要想除掉吕氏家族，确实困难重重。周勃与陈平商议，不如利用郦况用计欺诈吕禄。他们首先劫持了郦况的父亲郦商，然后要挟郦况说："你告诉吕禄，汉高祖生前曾对众人发过誓：只有姓刘的人才能封王。现在，姓吕的却有3人封王，违背了汉高祖的誓言。好在这事是经过大臣们合议的，并告诉了诸侯各国，得到了认可。现在吕太后去世了，足下佩着赵王印，掌握着兵权，道理上说不过去。不如把兵权归还太尉，回到赵的土地，这样不是两全其美吗？"郦况将这些话转告了吕禄。

吕禄听了，觉得也是个办法，想照此办理，但遭到姑母吕须的坚决反对。她说："交出兵权，不就是自投罗网吗？看来吕氏要灭族了！"吕禄只好打消了念头。

此计不行，周勃又叫郦况把吕禄骗离军营。等吕禄离开后，周勃驰往营中，假借皇上命令，要他执掌兵权，发兵诛杀了吕氏家族。

后来天下人认为：吕氏家族固然应该除掉，但郦况卖友求荣却是令人不齿的行为。

后人将此典故概括为"卖友求荣"，形容出卖朋友，贪图利禄。

禽兽不如

典出《晋书·阮籍传》：籍尝从容言于帝曰："籍平生曾游东平，乐其风土。"帝大悦，即拜东平相。籍乘到郡，坏府舍屏障，使内外相望，法令清简，旬日而还。帝引为大将军从事中郎。有司言有子杀母者，籍曰："嘻！杀父乃可，至杀母乎！"坐者怪其失言。帝曰："杀父，天下之极恶，而以为可乎？"籍曰："禽兽知母而不知父，杀父，禽兽之类也。杀母，禽兽之不若。"众乃悦服。

三国时期，魏国的文学家、思想家阮籍（210—263年，字嗣宗）狂放不羁，当官不问政事。才华出众，思维敏捷，常出惊人之语。

有一次，阮籍漫不经心地对文帝司马昭说："我平生喜爱游山逛水，曾经到东平一带游览，很喜欢那里的风土人情。"文帝很高兴，立即拜阮籍为东平相。阮籍骑着驴来到东平郡，把郡府官邸的屏障之物统统拆除了，使郡府内外开阔通畅，四通八达。阮籍治郡，法令清晰简单，10 多天就从东平郡回来了。文帝荐举他为大将军从事中郎。一次，有关部门报告说，有一个人杀死了自己的母亲。阮籍说："嘻，杀父还说得过去，怎么能杀母呢！"在座的人都责怪他说错了话。文帝说："杀父，是天下最大的罪恶，你认为可以杀父吗？"阮籍说："禽兽之类，只认得自己的母亲，而不认识父亲。杀父，是禽兽的行为，不足为怪。而那个人却杀自己的母亲，连禽兽都不如。"众人听了，顿时心悦诚服。

"禽兽不如"就是从这个故事来的。用以形容道德品质极坏，连禽兽也不如。

穷兵黩武

典出《三国志·吴书·陆抗传》：今不务富国强兵，力农蓄谷，使文武之才效展其用，百揆之署无旷厥职，明黜陟以厉庶尹，审刑赏以示劝沮，训诸司以德，而抚百姓以仁，然后顺天乘运，席卷宇内，而听诸将徇名，穷兵黩武，动费万计，士卒雕瘁，寇不为衰，而我已大疾矣！

三国时期，东吴有一个将军叫陆抗（226—274 年），字幼节，吴郡吴县（今江苏省苏州市吴中区）人。他是著名将领陆逊（183—245 年）的儿子，是孙策的外孙。陆逊死后，年仅 20 岁的陆抗就被孙权拜为建武校尉。赤乌九年（246 年），又升任立节中郎将。建兴元年（252 年），会稽王孙亮继位后，拜陆抗为奋威将军。永安二年（259 年），景帝孙休继位后，拜陆抗为镇军将军。元兴元年（264年）末帝孙皓继位后，加封陆抗为镇军大将军，领益州牧，都督信陵、西陵、夷道、乐乡、公安等地的军事。

当时，孙皓治国无方，政令多缺，宦官参政，社会混乱。凤凰元年（272年）。陆抗上书给孙皓，分析当时的形势和应当采取的对策，建议孙皓要维护社会安定，发展生产，不要乱施刑罚，胡乱用兵。他写道："如今不致力于富国强兵，努力发展农业，积蓄粮食，使丈武官吏充分发挥才能和作用，使总领国政的长官公署不失其职，明确进退人才的准则以激励百官之长，审慎地施用奖惩手段以示勉和阻止，用德政训示各有关部门，用仁义安抚天下百姓，然后遵循天道，抓住机遇，征服天下，反而听任将领们追逐名声，竭尽兵力，贪战无厌，动用资财数以万计，士卒疲惫不堪，敌寇的实力却不减弱，我们的力量却已经衰竭了。"

"穷兵黩武"就是从这个故事来的。穷：竭尽。黩：贪。"穷兵黩武"的意思是，竭尽兵力，贪战无厌。人们用它形容好战。

穷斯滥矣

典出《史记·孔子世家》：君子固穷，小人穷斯滥矣。

春秋时，孔子来到蔡国，蔡国公热情地接待了孔子。可是不久，蔡国大夫公孙翩射死了蔡昭公，蔡国一片混乱，孔子就离开蔡国来到叶国。一次，叶公问孔子说："怎样才算把国家治理好了呢？"孔子回答说："如果远近的国家都来归附你，那么，国家就算治理好了。"过了几天，叶公向子路打听孔子的为人。子路不愿在背后评论老师。孔子知道了这事，对子路说："你怎么不告诉他，说你的老师为人，学习知识从不疲倦，教诲别人从不厌烦，发奋时会忘记吃东西，高兴时就不知道忧愁，快满60的人了，却不知自己已经老了。"

不久，孔子又离开叶地返回蔡国，一连躲了3年。后来，吴国征伐陈国，楚国派兵援救，行军途中，听说孔子在蔡国，楚国派使者来聘孔子去楚做官。陈、蔡的大夫知道，相互商量说："如果孔子在楚国掌权，那会对我们陈、蔡的大夫不利。孔子讲'仁政'，我们却厌恶'仁政'。"于是，他们发兵将孔子和他的弟子们围在野外，断绝其粮食。几天后，由于缺乏食物，不少弟子饿病了，但孔子依然天天讲诵周朝的礼兵。子路十分不满。一天，他讽刺孔子说："想不到老师有道德，也遭受这样的穷困！"孔子说："这有何奇怪，有道德的人能安于穷困，可没有道德的人一遇到穷困，就想去胡作非为（"君子固穷，小人穷斯滥矣"）！"

后人用"穷斯滥矣"形容缺乏道德修养的人一遇上困难，就想胡作非为。

去瘿而死

典出《苏东坡集》：国之有小人，犹人之有瘿。今夫瘿，必生于颈而附于咽，是以不可去。有贱丈夫者，不胜其忿而决去之，夫是以去疾而得死。汉之亡，唐之灭，由此故也。

国家有小人，如同人有咽喉肉瘤。

咽喉肉瘤，必定要生长在颈项而又附在咽喉上，所以不易除掉。有一个目光短浅的人，他对咽喉肉瘤的痛苦非常愤慨，便决心把它除掉，于是，他本人也因除掉肉瘤而死了。汉代的灭亡，唐朝的灭国，都是由于这个缘故呀！

后人用这则寓言比喻了宦官、外戚、权贵的为害国家。这些人多把持国家大权的关键部位，难以除掉，临到最后，人民忍无可忍，只有起来暴动，把这些蠹贼连同国家一起消灭掉。因此，寓言在开头处就提出"国之有小人"，在结尾时又明确以汉唐历史为鉴，说明不能养痈遗患，在治国之初，就必须防止"瘿"的产生和发展。这叫做"其安易持，其未兆易谋，其微易散。为之于未有，治之于未乱。"（《老子》六十四章）。此理古人已经说得明明白白的了。

从以上看，这本来是一遇颇具智慧的寓言，也颇具积极意义。但是，苏轼举此寓言的目的，却在以汉唐历史为鉴，说明"瘿"之不可轻去。苏轼是个"忠君"的封建士大夫，他所爱护的便是封建专制君主的国家。"瘿"（喻国之小人），"必生于颈而附于咽，是以不可去……

去瘿而死

不胜其忿而决去之，夫是以去疾而得死。"即对于小人，"君子之欲击之也，不亡其身，则亡其君"。这还了得！如"击之不胜，止于身死"尚且可以，而如果"为人臣而不顾其君，损其身于一决，以快天下之望，亦已危矣"！故曰："以义正君而无害于国，可谓大臣矣。"（以上引语见苏轼《大臣论》）可见，他是害怕忠臣义士起事，更害怕人民群众起来造反的，从而表现了他的局限性。

劝虎行善

典出冯梦龙《古今谭概·微词》：昔者菩萨身为雀王，慈心济众。有虎食兽，骨挂其齿，困饥将终。雀王入口啄骨，日日若兹，骨出虎活。雀飞登树，说佛经曰："杀为凶虐，其恶莫大。"虎闻雀诚救声，勃然恚曰："尔始离吾口，而敢多言！"雀速飞去。

从前菩萨变化成雀王，用慈悲的心肠救济大众。有只老虎吃野兽，骨头挂在它的牙缝里，困饿得快死了。雀王便飞进虎口中啄那块骨头，天天如此，骨头被啄出来了，老虎也得救了。雀王便飞到树上，对老虎说佛经道："杀死生命是残暴的行为，罪恶没有比这更大的了。"老虎听到雀王劝诫的声音，勃然

劝虎行善

大怒，说："你才离开我的嘴，竟然敢多说话！"雀王赶快飞走了。

这篇寓言说明，对敌人不能讲慈悲，劝他们行善是徒劳无益的。

雀儿肠肚

典出宋陈思道《后山谈丛》四：曹武肃王密奏曰："孟昶王蜀三十年，而蜀道千余里，请擒孟氏而赦其臣以防变。"太祖批其后曰："你好雀儿肠肚。"

宋朝初年，宋太祖灭了后蜀，诏令把后蜀国王孟昶以及后蜀的大臣们都送到京城开封来，一一封了官职。这时，大臣曹彬密奏道："蜀国建立已30多年了，根基深厚。蜀地离开封远达千里，一旦孟昶逃了回去，后患无穷。况且蜀国的人听说孟昶还活着，就可能借用他的名义叛乱。所以，蜀国的大臣们可以赦免，孟昶不能让他活着，应该立即杀掉。"宋太祖看了他的奏文后，哈哈大笑，在奏文后面批了几个字："你好雀儿肠肚。"仍然封孟昶为秦国公，他的两个儿子也封为节度使。因此，历史上都称赞宋太祖宽厚。

后人用"雀儿肠肚"这个典故比喻人的肚量太小，不能宽宏大量。

雀入僧袖

典出《笑赞》：鹞子追雀，雀投入一僧袖中。僧以手搦定曰："阿弥陀佛，我今日吃一块肉。"雀闭目不动，僧只说死矣，张开手时，雀即飞去，僧曰："阿弥陀佛，我放生了你罢。"

鹞子追逐一只麻雀，麻雀走投无路，钻入一个和尚的袖子里。和尚趁热把它握住，得意地自语说："阿弥陀佛，我今天可要吃到一块肉了。"

麻雀一听不妙，便闭上眼睛，一动不动，和尚只当它已经死了，刚一放手要看，麻雀乘机飞去。和尚很后悔，转而却又大声说："阿弥陀佛，我放生了你吧！"

后人用"雀入僧袖"这个典故告诉我们，对那些伪君子的所谓虔诚善良的好话，是万万相信不得的。正如小麻雀只知道鹞子要吃它，却做梦也没有想到口中念佛的和尚要吃它，当小麻雀及时觉悟，巧妙地逃走以后，这个和尚又念起佛来了。

鹊巢鸠占

典出《诗·召南·鹊巢》：维鹊有巢，维鸠居之。

各种鸟类都有一种共同的本领，能够用口衔着泥和草，用来在树上筑巢居住，只有鸠鸟是例外。鸠不会自己筑巢，只凭着体力比较强，用武力欺凌别的鸟类，霸占其他鸟的巢来居住。所以《诗经》有云："维鹊有巢，维鸠居之。"本来这句成语在《诗经》里的原意是用鸠来比喻当时的女子，指那时候的女子都没有谋生的本领，但在结婚后，住到夫家却有现成的享受；正如鸠不懂筑巢来居一样。后来"鹊巢鸠占"成为成语，就是出于这两句话，用来比喻那些没有真实本领，只凭借势力或用阴险的手段而占据别人的地位。

丧心病狂

典出《宋史·范如圭传》：如圭独以书责桧（秦桧）以曲学倍师、忘仇辱国之罪，且曰："公不丧心病狂，奈何为此？必遗臭万世矣！"

秦桧是南宋投降派的代表人物。他是政和进士。北宋末期任御史中丞。靖康二年（1127）被俘到北方，成为金太宗弟挞的亲信。1130年随金军至楚州（今江苏淮安），被遣归。他却诈称杀死防守士兵，夺船逃回。绍兴年间两任宰相，前后执政19年，主张投降，为高宗所宠信。他杀害抗金名将岳飞，主持和议，决定向金称臣纳币的政策，为人民世代痛恨、唾骂。

有一次，金国的使者来到南宋京城，会谈议和条件。使者倚仗金国在军事上的优势，出言荒谬，态度傲慢，向南宋政权提出许多无理的要求，遭到朝野主战派官员的强烈反对。校书郎兼史馆校勘范如圭更是悲愤欲绝。他和秘书省的10余位同僚一起，痛骂金国使者，怒斥投降派卑鄙无耻。他们写了一份慷慨激昂的奏章，准备上书宋高宗，反对屈辱求和。但是，奏章写好之后需要签名的时候，人们害怕秦桧等人的淫威，担心遭到投降派的打击报复，于是纷纷打起退堂鼓来。

范如圭见这些人如此胆小怕事，又气又恨，于是他独自一人写了一封信给秦桧，痛斥他丧权辱国、卖国求荣的罪行。信中指责秦桧说："你秦桧如果不是丧失理智，言行荒谬，像发了狂一样，怎么能够干出这种卑鄙可耻的事情呢？你必定遗臭万年，被子孙后世所唾骂！"

成语"丧心病狂"便来源于此，意思是丧失理智，言行悖谬，像发了疯一样。

杀父篡位

隋炀帝杨广是中国历史上著名的暴君。他杀父杀兄，自立为皇帝，在历史上恶名昭著。

杨广是隋文帝杨坚的第二个儿子。他因为屡建战功，笼络了一大批人才，因此想取代他兄长杨勇的太子地位。为此，他费尽心机要取得隋文帝的欢心。

当时，隋文帝见国家初建，还很贫穷，便提倡节俭，反对奢侈浪费。太子杨勇生活很糜烂，好吃懒做，时间一长，渐渐失去了隋文帝的欢心。而杨广则很奸诈，每当隋文帝到他住所视察的时候，他就把歌姬舞伎们藏起来，换上打补丁的衣服，让几个穿得又破长得又丑的老太婆当佣人，还把乐器上都弄上尘土，好像长年不用一般。这样，隋文帝见了，对杨广很满意，认为他生活清贫节俭，和自己差不多。时间长了，隋文帝越来越喜欢杨广，最后，干脆废掉杨勇的太子地位，把杨广立为太子。

杨广被立为太子后，便迫不及待地想当皇帝。后来，隋文帝病重，卧床不起。杨广勾结大臣杨素，打算等隋文帝一死，马上当皇帝。不料他给杨素写的信落到了隋文帝手中，隋文帝读了之后，大吃一惊，想不到自己还没死，杨广已经在等着做皇帝了。他很后悔废了杨勇的太子地位，便召来大臣，要求重立杨勇为太子，废掉杨广。

杨广很快得知了这一消息，决定先下手为强。他带兵包围了皇宫，命令隋文帝身旁的爪牙把隋文帝害死。然后，冲进皇宫，篡取了皇位。同时，他又制造假遗嘱，逼杨勇自杀。杨勇还来不及回答时，送诏的人就把他拖出去杀死了。

这样，杨广杀父杀兄后，夺取了王位，改年号为"大业"。

隋炀帝在位期间，生活荒淫奢侈，对人民凶残无比，还连年发动战争，使百姓难以生存。恶人终有恶报，他在位 14 年后，部下谋反，把他勒死了。

伤风败俗

典出唐韩愈《昌黎先生集·论佛骨表》：伤风败俗，传笑四方。

唐代时，由于最高统治者亲眼看到农民是怎样起来把隋朝打垮的，因此在自己实施统治时，除了加强国家机器外，特别注意加强思想意识方面的统治。作为这种统治的工具之一——佛教，受到了很大的重视。遇到国家的重要庆典、节日，经常诏儒、释、道三教讲论于殿、庭，也经常利用佛、道在街道上作通俗讲演。统治阶级还调用国家的人力物力，帮助一些有成就的僧人到处建寺、度僧。但是，这种敬佛、尊佛的风气，也遭到了一些有识之士的反对。他们认为，佛教徒不从事生产，浪费财富，导致了人民的贫困；佛教徒不事父母，不敬君长，违反了封建纲常秩序。因此，他们极力反对佛教的流传。文学家韩愈就是其中的一个。

元和十四年（819 年），唐宪宗李纯把陕西凤翔法门寺的一块所谓佛骨迎入宫中供养。韩愈反对此举，并写了《论佛骨表》对宪宗提出了劝谏。表中说：大量历史事实已经证明，信佛的帝王没有什么好下场。现在迎佛骨，王公士庶奔走舍施，浪费财资；有的百姓发疯一般地烧灼了自己的身子。这些活动伤风败俗，传笑四方，不是一件小事情。其实所谓佛骨，不过是块发臭的烂骨头，应该扔到水里或抛入火中。唐宪宗看了这个奏表，十分生气，将韩愈贬为潮州刺史。

后人用"伤风败俗"谴责行为不正当。含贬义。

上下其手

典出《左传》襄公二十六年：楚子、秦人侵吴，及雩娄，闻吴有备而还。遂侵郑。五月，至于城麇。郑皇颉戍之，出，与楚师战，败。穿封戌囚皇颉。公子围与之争之，正于伯州犁。伯州犁曰："请问于囚。"乃立囚。伯州犁曰："所争，君子也，其何不知？"上其手，曰："夫子为王子围，寡君之贵介弟也。"下其手，曰："此子为穿封戌，方城外之县尹也。谁获子？"囚曰："颉遇王子，弱焉。"戌怒，抽戈逐五子围，弗及。

楚襄王二十六年，楚国出兵侵略郑国。以当时楚国那么强大，弱小的郑国实在没有能力抵抗，结果，郑国遭遇到战败的厄运，连郑王颉也被楚将穿封戌俘虏了。战事结束后，楚军中有楚王弟子公子围，想冒认俘获郑颉的功劳，说郑王颉是由他俘获的，于是穿封戌和公子围发生争执，彼此都不肯让步，一时没有办法可以解决。后来，他们便请伯州犁作公证人，判定这是谁的功劳。伯州犁的解纷办法本是很公正的，他主张要知道这是谁的功劳，最好是问被俘的郑王。于是命人带了郑王颉来，伯州犁便向他说明原委，接着手伸二指，用上手指代表楚王弟公子围，用下手指代表楚将穿封戌，然后问他是被谁俘获的。郑王颉因被穿封戌俘虏，很是恨他，便指着上手指，表示是被公子围所俘虏，于是，伯州犁便判定这是公子围功劳。

后人用"上下其手"比喻玩弄手段，使用伎俩，共同作弊。

剃眉卒岁

典出《雪涛谐史》：有恶少，值岁毕时，无钱过岁。妻方问计，恶少曰："我自有处。"

适见篦头者过其门，唤入梳篦。且曰："为我剃去眉毛。"才剃一边，辄大嚷曰："从来篦头，有损人眉宇者乎？"欲扭赴官。篦者惧怕，愿以三百钱赔情，恶少受而卒岁。妻见眉去一留一，曰："曷若都剃去好看？"恶少答曰："你没算计了！这一边眉毛，留过元宵节！"

有一个恶棍，在年终时，没钱过年。妻子问他怎么办，恶棍说："我自有办法。"

正好看见一个剃头的人走过家门，便叫进来为他梳头洗理，并对他说："你给我剃去眉毛！"

才剃去了一边，恶棍便大叫大嚷起来道："古来剃头，有剃损人家眉毛的吗？"就要扭去见官。

篦头人非常害怕，愿意送他300钱作赔情礼，恶棍收下来过了个好年。

妻子见丈夫的眉毛去了一边留着一边，他说："何不都剃了去好看些？"

恶棍回答说："你太没算计了，我留着这一边，还想凭它过个元宵节哩！"

后人用这则寓言说明此恶少可谓骗子加无赖的混合物。岂止恶少？在旧社会，对人民群众敲诈勒索、巧取豪夺的封建官僚们，难道不也似"恶少"遍地皆是吗？

天罗地网

典出《水浒传》第二回：天可怜见，惭愧了，我母子两个，脱了这天罗地网之厄！此去延安府不远了，高太尉要拿我也拿不着了。

高俅因踢得一脚好球，深受端王宠爱，做了端王的随从。后来，端王当了皇帝，就提拔他做了殿帅府太尉。高俅选定良辰吉日就职，殿帅府所有公吏衙将、马步人等，尽来参拜，开报花名。高俅一一点过，只有80万禁军教头王进生病未到。高俅为此非常生气，便派人把王进抓来审问。幸好王进的部下为他求情，才免遭惩处。但是，王进心里明白：他父亲王升曾与高俅交过手，并把高俅打翻在地，而今高俅得志了，自己受他管辖，他要报仇，可了不得。

王进回到家中，便与母亲商定，三十六计，走为上策。于是母子2人离开东京，往延安府方向逃去。在路上遇到了不少艰辛困苦。有天行至途中，天将黑了，王进挑着担儿，跟在娘的马后，与母亲说道："天可怜见，惭愧了，我母子两个，脱了这天罗地网之厄！此去延安府不远了，高太尉要拿我也拿不着了。"

后人用"天罗地网"来比喻对罪犯进行缉捕的布置十分严密，亦指包围甚严，使敌无法脱逃。

为富不仁

典出《孟子·滕文公上》：为富不仁矣，为仁不富矣。

滕文公想要维持他的政权，便想懂得一些治国的道理，于是他去请孟子给他讲讲治国之法。孟子告诉他，要维护自己的统治，就得想法缓和一下国内的阶级矛盾。其办法之一就是使赋税正常，要有一定的赋税制度，并劝滕文公不要穷征暴敛，以缓和人民的反抗。他还引鲁国正卿阳虎的话说："为富不仁矣，为仁不富矣。"（意思是：要发财就不能讲仁爱，讲仁爱就发不了财。）

后人用"为富不仁"来形容一心为了发财，不择手段地对人民进行残酷的剥削。

为虎作伥

典出《北梦琐言·逸闻》：凡死于虎，溺于水之鬼号为伥，须得一人代之。

《太平广记·传奇·马拯》：伥鬼，被虎所食之人也，为虎前呵道耳。

古时有这样一则传说：有一只老虎，正在茂密的森林里寻找食物，忽然碰见一个人，就一口把人咬死，然后把身上的肉吃光了。老虎虽然把这人当做了鲜美的食物，痛快地吃了一顿，可是事后还不准这人的灵魂离开他，一定要替它再找一人饱肚，才可以获得自由。于是这灵魂就引着老虎满山地去找第二个人。不久，果真找到第二个人，这时候，那灵魂便走上前去把人的衣服脱掉，又把带子解开，让老虎一点不费事地吃赤裸裸的人身。那帮助老虎干这种吃人勾当的灵魂，叫做"伥鬼"，也叫"虎伥"。

从此，后人就根据这传说的情节，引申出"为虎作伥"，意思即是引导、帮助坏人做坏事。

心怀叵测

典出《三国演义》。

《三国演义》中有这样一段故事：

一天，曹操忽然得到情报：刘备命诸葛亮和庞统，招兵买马，积草屯粮，联结东吴，操练军士，正准备北上征伐曹军。曹操急忙召集谋士商讨对策。荀攸说："周瑜刚死，孙权必然慌乱，可以先取东吴，再攻刘备。"曹操担心地说："我若南下远征，恐怕西凉马腾乘虚而入，如之奈何？"荀攸又献出一条计策，说："以我之见，不如下诏书封马腾为征南将军，先诱骗他来到京师，然后杀掉他，除此大害，则无后顾之忧……"曹操连声说好，当即就派人动身去西凉召见马腾。

马腾接到诏书，急忙与长子马超商量。马超说："曹操以天子之命诏命父亲，如果不去恐怕有违抗君王的罪过。不如进入京师，便中取事，杀了曹贼……"马腾的侄儿马岱忙阻拦说："千万去不得，曹操心怀叵测，叔父若是中了他的诡计，必定身遭其害。"马腾想了又想，最后决定让马超留守西凉，自己带领儿子马体、马铁和侄儿马岱奔赴京师。

马腾的5000兵马屯住在京师许昌城外，这时曹军的门下侍郎黄奎暗中与马腾定下计策，预谋杀掉曹操。不料机密让黄奎泄露给妻弟苗泽，苗泽急告曹操。结果曹操将计就计，将马腾和黄奎一齐抓获斩首

"心怀叵测"意思是心里藏的主意令人难以猜测，通常用于贬义，形容居心不良。

幸灾乐祸

典出《左传》僖公十四年：秦饥，使乞籴于晋，晋人弗与。庆郑曰："背施无亲，幸灾不仁，贪爱不祥，怒邻不义：四德皆失，何以守国？"虢射曰："皮之不存，毛将安傅？"

我国春秋时，晋国内乱，晋公子夷吾逃奔秦国，秦穆公将自己的女儿许配给他，又护送夷吾回国做君王，就是晋惠公。惠公在离秦前曾答应回国后送给秦国5座城作酬劳，但等到进入晋国国境，他立刻改变主意，不肯交割城池给秦国的使者，秦穆公念及婚姻关系，没有派兵去强夺。此后，晋国发生两次灾荒，秦国都救济。

第二年冬天，秦也闹灾荒，派人往晋国请求买粮，晋惠公却不肯答应，还想趁此机会攻打秦国。晋国有个大夫庆郑说："忘记人家的恩惠是无亲；

人家有灾难却以为快心，是不仁；舍不得把东西给人，是不祥；激怒临国，是不义。四种美德都失掉了，如何能守得住国。"而惠公始终不听劝告，还以很不礼貌的态度对待秦国的使者。秦国上下群情哗然。秦穆公便亲自率大军攻打晋国，晋国大败，惠公也被俘。

幸灾乐祸

后来的人便根据上述故事中晋大夫庆郑所说的话，引申成一句"幸灾乐祸"的成语，来说明：一个没有同情心的人，瞧见人家发生了灾祸，不但不援救，还将它当做是一件高兴的事，认为机会来了，藉此可以得到好处。含有贬义。

以强凌弱

典出《庄子·盗跖》：尧舜作，立群臣，汤放其主，武王杀纣。自是以后，以强凌弱，以众暴寡。汤武以来，皆乱人之徒也。

《庄子》这部书中记载这样一个故事：

孔子有位朋友，名叫柳下季，他的弟弟名叫盗跖，是出了名的大强盗。据说盗跖带领9000兵马，横行天下，侵扰诸侯，掠牛抢马，万民叫苦。有一次孔子对柳下季说：

"先生是当今世上的才子，可是弟弟却是强盗，为天下所耻笑，这是你做兄长的过错呀，既然是兄长，就应该能教导弟弟呀，我真为你感到羞耻

以强凌弱

呀！我去找他劝说劝说怎样？"

柳下季叹了一口气，说：

"先生哪里知道，我那个弟弟呀，心如泉涌，意如飘风，顺心则喜，逆心则怒，他不听别人的话呀，我看你也不必去劝他，他常用语言污辱人的……"

"不，我还是去劝劝他！"孔子让颜回驾车，子贡陪着，一块去寻找盗跖。

盗跖听说孔子来见他，勃然大怒，狠狠地骂道："是那个鲁国的巧伪人吗？他不种地就吃饭，不织布就穿衣，整日里摇唇鼓舌，惹是生非，迷惑天下君主，欺骗各地弟子，他的罪行极重，赶快撵他走，不然就摘下他的心肝做我的午饭吃！"

孔子见到盗跖，耐心地劝他说：

"你身长8尺，美好无双，两眼闪闪，牙齿洁白，是位仪表堂堂的男子汉，可是却让人叫做强盗，我很为你羞耻呀！你假如听我的劝告，我可以南使吴越，北使齐鲁，东使宋卫，西使晋楚，给你造大城数百里，尊你为诸侯，你从此不要弄刀舞枪、侵扰万民，这可是贤人才士的行为啊！"

盗跖怒目圆睁，大声斥责孔子说：

"算了吧，孔丘你不要骗人了，什么大城诸侯，城再大还有天下大吗？尧舜有天下，可他们的子孙却无立锥之地；汤武立为天子，而他的后世却灭绝了。我知道上古时候人少而禽兽多，人住在树上，后来人们耕种取食，纺织取衣，互相之间没有相害之心，然而自从有了黄帝以后，争斗不止，血战不停，尧舜设立群臣，商汤击败夏桀，周武诛杀殷纣，都是以强大而欺凌弱小，以人多压迫人少的。自从汤武以来，全是征伐杀戮。而你现在却把文武那一套东西教给后世，伪行谎言，蒙蔽天下之主，而想求得富贵，所以说天下的盗贼没有比你更大的了，天下人为啥不叫你盗丘，而偏叫我盗跖？"

孔子碰了一鼻子灰，赶忙跳上车离开盗跖，他双目无光，脸色如土，一连跑了3天，才回到鲁国。在东门外他遇到柳下季，柳下季问候说：

"几天不见，看车马的样子你好像出远门了，是不是去找盗跖去了？见到他了吗？"

孔子双眼望天，长叹一口气："唉呀，我是自讨苦吃呀，差一点掉进老虎嘴巴里……"

成语"以强凌弱"即由此而来，意思是凭恃强力，欺负弱小。

成语"顺我者昌，逆我者亡"也出自这里。《庄子·盗跖》中的原文是"丘来前！若所言，顺吾意则生，逆吾心则死。"后人将这两句话改为"顺我者昌，逆我者亡"作为成语。意思是顺从我的就可以生存和发展，违背我的就要灭亡。现在多用这句成语形容专横跋扈或气焰嚣张，在军事上也可以比喻不可阻挡的形势。

郑袖不妒

典出《战国策·楚策》：魏王遗楚王美人，楚王悦之，夫人郑袖知王之悦新人也，甚爱新人。衣服玩好，择其所喜而为之；宫室卧具，择其所善而为之。爱之甚于王。王曰："妇人所以事夫者，色也；而妒者，其情也。今郑袖知寡人之悦新人也，其爱之甚于寡人；此孝子之所以事亲，忠臣之所以事君也。"郑袖知王以己为不妒也，因谓新人曰："王爱子美矣！虽然，恶子之鼻。子为见王，则必掩子鼻。"新人见王，因掩其鼻。王谓郑袖曰："夫新人见寡人，则掩其鼻何也？"郑袖曰："妾知也。"王曰："虽恶，必言之。"

郑袖曰：“其似恶闻君王之臭也。”王曰：“悍哉！”令劓之，无使逆命。

魏王送给楚王一位美人，楚王十分惬意。

夫人郑袖看到楚王宠爱新人，于是也极力装出喜欢新人的样子。服饰玩物，新人爱好的，都给送去；宫室卧具，凡新人喜欢的，一概让出。真是体贴入微，关怀备至，疼爱之情胜过楚王。

楚王感叹道：“女人之所以能够取悦于自己的丈夫，凭借的是她们的美色。而相互妒忌，则是她们的本性。如今郑袖知道我喜欢新人，其爱怜之心比我还深，这样的美德就如同孝子服侍双亲，忠臣侍奉君啊！”

郑袖知道楚王已不再怀疑自己妒忌了，便马上施展手段，借刀杀人。她对新人说：“楚王很爱您的美貌，可是不太喜欢您的鼻子。今后你见楚王时，如能把鼻子掩住，你就会倍加得到君王的欢心。”新人依言而行，每次见了楚王都捂着鼻子。

楚王很纳闷，去问郑袖：“新人最近见我，老是捂着鼻子，不知是什么缘故？”郑袖说：“妾知道。”但又故作状态，欲言又止。楚王看她吞吞吐吐的样子愈加怀疑，催促说：“即使是难听的话也没关系，你直截了当地说吧！”郑袖这才说：“好像是厌恶君王的臭味。”楚王气得七窍生烟，骂道：“不识抬举的贱人，太狂了！”随即下令把新人的鼻子割掉，不得违命。

后人用“郑袖不妒”的这个典故说明：阴险、狡诈的人干坏事，总是把自己的真情实意隐藏起来，装出另一副嘴脸，笼络人心，骗取信任，然后在背后搞阴谋，施诡计，借刀杀人。郑袖就是这种两面派的一个典型人物。

指鹿为马

典出《史记·秦始皇本纪》：赵高欲为乱，恐群臣不听，乃先设验。持鹿献于二世，曰：“马也。”二世笑曰：“丞相误耶？谓鹿为马。”问左右。

左右或默；或言马，以阿顺赵高；或言鹿者，高因阴中诸言鹿者以法。

赵高想篡夺帝位，但又担心群臣不服，就想先试探一下。一天，赵高牵了一头鹿献给秦二世，对二世说："这是一匹马。"二世笑着说："丞相，您弄错了吧？把鹿说成了马。"赵高就问左右的官员们到底是鹿还是马。有的不敢吭声；有的竟说是马，用来讨好赵高；也有照实说是鹿的，赵高就背地里中伤那些说真话的人，加以惩处。

这则历史故事，后人用以比喻那些利用权势故意颠倒黑白、混淆是非的行为。

烛邹主鸟

典出《晏子春秋·外篇·重而异者》。景公好弋，使烛邹主鸟而亡之。公怒，召吏欲杀之。晏子曰："烛邹有罪三，请数之以其罪而杀之。"

公曰："可。"

于是召而数之公前，曰："烛邹！汝为吾君主鸟而亡之，是罪一也；使吾君以鸟之故杀人，是罪二也；使诸侯闻之，以吾君重鸟以轻士，是罪三也。"

数烛邹罪已毕，请杀之。

公曰："勿杀！寡人闻命矣。"

齐景公喜戏弋射，派烛邹管鸟而鸟跑掉了。景公大怒，命官吏杀他。晏子说："烛邹有3条罪，请让我当面数说他的罪状然后杀他。"

景公说："可以。"

于是召来烛邹在景公面前数落他的罪过，说："烛邹！你替我们国君管鸟而让它跑掉，这是罪过之一；使我们国君因为鸟的缘故杀人，这是罪过之二；使天下诸侯听到这件事，以为我们国君重鸟而轻士，这是罪过之三。"

晏子数说烛邹的罪状完毕，请景公下令杀掉他。

景公说："不要杀！我领教了。"

后人用"烛邹主鸟"批判这种类似齐景公重鸟轻人的行为。

助纣为虐

典出《史记·留侯世家》：夫秦为无道，故沛公得至此。今始入秦，即安其乐，此所谓助桀为虐。

汉高祖（刘邦）领兵攻破秦国武关（今陕西省商县东）以后，一直打到蓝田，又在蓝田以北完全歼灭了秦国的兵力。秦王子婴迫不得已，身上穿着丧服，头上扎了丝条，表示要自杀的样子，捧着国家的玉玺，跪在轵道（今陕西省咸阳东北）的路旁，请求准许投降。刘邦没有杀他，还给他一个小官职；自己就在这时胜利地进入了秦国国都——咸阳。刘邦看见秦王的宫殿十分巍峨宏大，宫里的设备非常富丽堂皇，又有无数的财宝、玩物和漂亮妃子，就想留住在宫里。樊哙劝他不要这样，他不听。张良就说："秦国十分残暴无道，所以你才能够到这里来。替天下消灭残余恶势力的人，应该改变秦朝的奢侈和淫乐，厉行艰苦朴素以号召天下。现在你才占领秦国，就要享受秦王所享受的快乐，这是'助桀为虐'的行为。忠言虽然听来觉得不顺耳，但对于人的行为却很有益；良药虽然喝着觉得苦口，但对于人的病症却很有效。愿你听从樊哙的劝说。"刘邦这才醒悟过来，于是带着部队撤出咸阳，移驻霸上（今陕西长安县东）。

以后的人就引用张良说的"助桀为虐"这句话来譬喻帮助坏人做坏事。后来又多用做"助纣为虐"。因为桀和纣都是我国历史上暴君。

专横跋扈

典出《后汉书·梁冀传》：帝少而聪慧，知冀（梁冀）骄横，尝朝群臣，目冀曰："此跋扈将军也。"

东汉时，有个叫梁冀的人，是大将军梁商的儿子，字伯卓。为了篡权，他把两个妹妹送入宫中，做了汉顺帝（刘保）和汉桓帝（刘志）的皇后。其父梁商死后，还没安葬，汉顺帝就拜梁冀为大将军。顺帝死后，冲帝尚在襁褓之中，梁冀的妹妹梁太后临朝执政。他们兄妹2人先后立了冲、质、桓3个皇帝，专断朝政近20年。当时，满朝上下尽是梁家的党羽。梁冀执政期间，骄奢横暴，独断专行，大兴土木，多建苑囿，并强迫百姓数千人为奴婢，称"自卖人"。

由于梁冀党羽满朝，凶狠专横，皇帝和一些大臣既恨他又怕他。汉质帝（刘缵）深知梁冀的骄横，常对大臣们说，梁冀是个"跋扈将军"。梁冀听到此话以后，恨得咬牙切齿，命人在食物中放了毒药，毒死了质帝。后来，梁太后死去，桓帝与宦官单超等人定计，诛灭了梁氏，梁冀自杀身亡。

后人用"专横跋扈"这个典故比喻一个人独断专行，蛮不讲理。

擢发难数

典出《史记·范雎蔡泽列传》：范雎既相秦，秦号曰张禄，而魏不知，以为范雎已死久矣。魏闻秦且东伐韩、魏，魏使须贾于秦。范雎闻之，为微行，敝衣闲步之邸，见须贾。须贾见之而惊曰："范叔固无恙乎！"范雎曰："然。"须贾笑曰："范叔有说于秦邪？"曰："不也。雎前日得过于魏相，故亡逃至此，安敢说乎！"须贾曰："今叔何事？"范雎曰："臣为人庸赁。"须贾意哀之，留与坐饮食，曰："范叔一寒如此哉！"乃取其一绨袍以赐之。……范雎归取大车驷马，为须贾御之，入秦相府。府中望见，有识者皆避匿。须贾怪之。至相舍门，谓须贾曰："待我，我为君先入通于相君。"须贾待门下，持车良久，问门下曰："范叔不出，何也？"门下曰："无范叔。"须贾曰："乡者与我载而入者。"门下曰："乃吾相张君也。"须贾大惊，自知见卖，乃肉袒膝行，因门下入谢罪。于是范雎盛帷帐，侍者甚众，见之。须贾顿首言死罪……范雎曰："汝罪有几？"曰："擢贾之发以续贾之罪，尚未足。"范雎曰："汝罪有三耳。昔者楚昭王时而申包胥为楚却吴军，楚王封之以荆五千户，包胥辞不受，为丘墓之寄于荆也。今雎之先人丘墓亦在魏，公前以雎为有外心于齐而恶雎于魏齐，公之罪一也。当魏齐辱我于厕中，公不止，罪二也。更醉而溺我，公其何忍乎？罪三矣。然公之所以得无死者，以绨袍恋恋，有故人之意，故释公。"乃谢罪。人言之昭王，罢归须贾。

战国时魏国的范雎跟着须贾代表魏国去访问齐国，齐襄王一连几个月不接见须贾，却因听说范雎有口才，派人送去 10 斤金子和大量的酒食。须贾以为一定是范雎把魏国的秘密泄给了齐国，才得到这种赏赐的，心里非常气愤。回国后就向相国魏齐作了报告。魏齐信以为真，把范雎当做卖国的罪犯，毒打了一顿。幸亏郑安平假说他已经被打死，才能改名张禄，逃到秦国做了相国。后来秦昭王听信范雎的主张，派兵去打魏国。魏国以为范雎已经真被打死，不知张禄便是范雎。派须贾到泰国请求罢兵。这时，范雎扮做一个穷人模样，跑到客馆里去见须贾，假说自己在秦国官员门下做事情。须贾听了很高兴，立时由范雎驾车，一同去见张禄。当到达相府门口说，范雎下车对须贾说："你在这里等一会，我先进去跟相国说一声。"可是须贾等了好久，也没信息。向门官探问范雎怎么还不出来，才弄明白那个被他迫害的范雎，就是如今握着秦国大权的相国张禄。于是脱掉上衣，光着身子，跪着请门官带他到范雎面前说自己有死罪，请求处分。范雎坐在堂上十分威严地问："你有多少罪？"

须贾惶恐地回答道："拔光我的头发，用来计算我的罪过，也不够呀！"

后来的人便根据须贾所说的几句话，引申成"擢发难数"这句成语，用来形容罪恶多得数不清。或某种事物的数字非常之多，没有法子计算清楚。

阿留守柳

典出《阿留传》：舍前植新柳数株，元素恐为邻儿所撼，使留守焉。留将入饭，则收而藏之。

周元素房前新栽了几株柳条，怕邻家的小孩去摇晃，就叫阿留去看守。阿留要回家吃饭，（怕孩子们折腾）就把柳条统统拔出收藏起来了。

这则寓言故事很像《孟子》里的《揠苗助长》，都是出自一片好心，但却办了一件大错事。柳条栽在地里，原是为了使它成活，阿留却害怕孩子们淘气，把柳条拔出来收藏好，结果葬送了柳苗的全部生命。所以，光顾眼前，忘却了根本，就会把好事办成坏事。

矮榻缺足

典出《阿留传》：矮榻缺一足，使留断木之岐生者为之。持斧锯，历园中竟日。及其归，出二指状曰："木枝皆上生，无下向焉！"

有只矮床掉了一条腿，派阿留去砍一个树杈回来装上。阿留手持斧子和锯，在园林里找了整整一天。等他回来的时候，他伸出两个指头比画着说："树杈全是往上长的，没有一个是向下的呀！"

把树杈翻转，倒装在床的一端，可以形成两个支点，这原是极普通的常识。但是阿留头脑僵化、迷信形式，竟达到这般田地——认为床脚向下，而树杈往上生长就无法适用，真是可悲可笑。

安于故俗

典出《史记·商君列传》：常人安于故俗，学者溺于所闻。以此两者居官守法可也，非所与论于法之外也。

商鞅名公孙鞅，他是卫国人，所以又称他卫鞅。后来因为他在秦国变法有功，秦国封他为商鞅。

商鞅年轻的时候聪明好学，尤其喜欢研究刑法。他在魏相公孙座手下当中庶子的小官。公孙座很赏识他，认为他有辅佐君主的才能，所以在他病重时曾经将商鞅举荐给魏惠王，让魏惠王任命商鞅为相国，可魏惠王没有同意。

公孙座死后，商鞅跑到秦国。秦孝公与他谈了3次以后，觉得他很有本事，便任命他为左庶长，让他制定变法的新法令。但朝廷的一些大臣反对商鞅的主张，与他辩论起来。

大臣甘龙说：“古代的圣人都是不改变民俗而教导他们，智慧的君主也是不变换法令而治理国家。这样不必花费很大力气就能成功，按照旧的法令办事，官吏熟悉，百姓也习惯，何必变法呢？”

商鞅驳斥甘龙说：“你这是世俗之见。平常的人安于老一套的习俗，沉溺于旧的见闻。这样的人做官守法还是可以的，但不能与他们谈论变法、革新的道理，因为他们的思想过于保守了。三代不同礼而王，五伯不同法而霸。从古至今哪有不变化的道理呢？贤者智人作法更礼，而愚人不肖者不明变通，才阻拦限制实行变法！”

大夫杜挚也反对商鞅说：“反正效法古人是无罪的，遵循古礼是不会犯错误的！”

商鞅针锋相对，批驳他说：“治理国家从来不是一成不变的，更没有一套固定的办法。商汤和周武都没有效法古制，但却得了天下；夏桀和殷纣没有改变礼法，然而却灭亡了。所以说，违反古例不一定错，遵循古法也不一定对！"

秦孝公觉得商鞅的见解很合道理，就坚决地支持他改革法规。

不久，商鞅制定了一套新法令，比如百姓五家为一保，十保相连；一家犯罪而九家举发，若不纠举则十家连罪；投降敌人的要斩首，私藏罪犯的要判罪；有功的封赏晋爵……新的法令施行之后，果然见效，不到 10 年，秦国就强盛起来，社会安定，山无盗贼，道不拾遗，家富人足，百姓也高高兴兴。秦孝公十分高兴，提升商鞅为大良造的官职，商鞅又将秦国内划分为 31 个县，设置令、丞等官吏，丈量土地，统一量器，秦国逐渐成为诸侯中的强国。

成语"安于故俗"意思是安于老一套的习俗，后人用它形容思想保守、因循守旧、不求革新。

拔苗助长

典出《孟子·公孙丑上》：宋人有闵其苗之不长而揠之者，芒芒然归，谓其人曰："今日病矣，予助苗长矣。"其子趋而往视之，苗则槁矣。揠：拔起的意思。

这是孟轲向他的学生公孙丑讲的一个故事，大意是：宋国有个人嫌他田里的苗长得太慢，就跑到田里把每棵苗向上拔高了一些。他认为这样就可以让苗长得快了。于是回来对家人说：今天实在太累了，我帮助田里的苗长高了。他的儿子听说以后，赶快跑到田里去看，只见被他拔起的苗都已经枯萎了。

后人用"拔苗助长"这个典故比喻不顾事物发展的规律，强求速成，反而把事情弄糟了。

抱薪救火

典出《史记·魏世家》：且夫以地事秦，譬犹抱薪救火，薪不尽，火不止。

战国时，许多小国都被大国灭了，最后剩下7个大国，史称"战国七雄"。而以秦国为最强。魏国釐王时，先后3次遭秦国攻打，折兵失城；第四次秦国又出兵攻魏，各国诸侯见秦国不断进攻魏国，都为自己的安全担心起来，于是大家联合起来，共同对付秦国的侵略。韩、赵二国首先援助，合三国兵力抗秦。可是结果仍然被秦军打败，三国折兵15万。这时魏国有个大将段干子，见魏国兵败，提议将魏国南阳地送给秦国求和。谋臣苏代向魏王说："要想得到大将印玺的人是段干子，要得魏国地方的却是秦国，现在大王却使想要地方的人管印，使想得印的人管地，魏国的地方没有割完以前，他们都不会满足。而用割地的办法去讨好秦国，就像抱薪救火一样，柴没有烧完，火是不会熄灭的。"可是魏王始终拿不定主意，结果终为秦国所灭。一个国家要单凭割地来求取和平，不但不能长久，而且终有被灭亡的一天；只有一面发奋图强，一面抗拒侵略，才能生存。像魏王那样怕这又怕那，希冀割地求和，哪有不失败的？救火必须用水，才是对症下药，这是最简单而明显的常识。

这一成语却是说：当一个人看见人家失火，却抱了一束柴草去扑救，这样当然不但不能救火，反而使火势越来越大，变得不可收拾。

抱薪救火

后来的人，形容一个人处事不得方法，越是想除害，害处越加多，便称作"抱薪救火"。

暴虎冯河

典出《论语·述而》：子谓颜渊曰："用之则行，舍之则藏，唯我与尔有是夫？"子路曰："子行三军，则谁与？"子曰："暴虎冯河，死而无悔者，吾不与也。必也临事而惧，好谋而成者也。"

有一天，孔子和他的弟子颜回、子路在一起谈话，孔子对颜回说："人家用得着我的时候我就出去，人家弃我的时候我就藏起来，只有我和你2人可以这样做。"子路见孔子称赞颜回，很不高兴，很不服气地问孔子道："先生如果你到军队里去打仗，你要谁跟你一起去呢？"意思表示自己是很勇敢的。孔子说："暴虎冯河，死而无悔者，吾不与也。必也临事而惧，好谋而怀有戒心，并且喜欢同人家商量，保证可以成功的人，我才叫他同去。"

在孔子的学生中，子路最勇敢，孔子的这番话，正是告诫他不能专靠勇敢行事，在处理一个问题时还要应用头脑，人可以擒虎或打死老虎，人也可以渡河而毫无危险，但必须要估计主客观两方面的条件，不能仅凭一时之勇而蛮干下去，否则不是擒不着虎，过不了河，便是不幸被虎所伤害或被水所溺死。

后来的人便把恃力用强，不用脑筋去蛮干的做法称作"暴虎冯河"。暴虎，是仅凭双手去和老虎搏斗。"冯河"，是不靠船只而从水面上走过河去。赤手空拳斗老虎，不用船只去渡河，这都是极端危险的做法，虽然表示了自己的勇敢，却是智者所不取的。

背道而驰

典出《战国策·魏策四》：魏王欲攻邯郸，季梁闻之，中道而反，衣焦不申，头尘不去，往见王曰："今者臣来，见人于大行，方北面而持其驾。"告臣曰："我欲之楚。"臣曰："君之楚，将奚为北面？"曰："吾马良。"臣曰："马虽良，此非楚之路也。"曰："吾用多。"臣曰："用虽多，此非楚之路也。"曰："吾御者善。"此数者愈善，而离楚愈远耳。"今王动欲成霸主，举欲信于天下，恃王国之大，兵之精锐，而攻邯郸，以广地尊名，王之动愈数，而离王愈远耳，犹至楚而北行也。"

战国时，魏国有一个臣子，名叫季梁，奉使到外国。可是当他还没有到达这个国家，在中途就听到魏王要出兵攻打赵国的都城邯郸。季梁得到这个消息，半路上折回来，急急忙忙赶回都城大梁，连家也没有归，就赶紧进宫，拜见魏王。

魏王闻报季梁回来了，觉得很奇怪。他奉命出使，这么快就回来，难道有什么特殊的事故发生了吗？当即传命召见。

背道而驰

季梁见到了魏王，他那一副满面风尘、全身肮脏的模样，魏王看了有点可笑，但还是忍住了问他："你是奉命出使的，这么快就回来？一定是中途折返，难道有什么重要事情，要告诉寡人？"

"是的，有一件重要而且紧急的事，要禀告大王。"季梁喘息着说。"有什么紧急的事，你说吧。"魏王说。

季梁一面喘着气一面说："臣在途中，遇到了一位驾车的御者，挥着鞭子，叱着马，向北驰去。"

魏王笑道："这是什么重要而又紧急的事，值得你中途折返报告吗？"

"启奏大王，问题在于他是到楚国去呀！"

魏王说："到楚国自然是向南走，他为什么向北驰去呢？"

李梁说："臣言紧急、重要，即在于此。我当时就问乘车的主人：'你到楚国，为什么要向北方而去？'他对我说：'因为我驾车的这匹马，是一匹名驹，脚程飞快，转眼就可以跑几十里。'我对他说：'你的马脚程虽快，可是越快越糟，因为你走的方向不对，到楚国是要向南去的，你怎么可以往北呢？'他说：'我带有足够的经费，这路途之上，我是不用担心的。'我说：'尽管你带的经费充足，可是你方向走得不对，永远也到不了楚国的。'他说：'不要紧，我的车夫有多年驾驭的经验，什么样的马他都能驾驭，更何况是一匹名驹，有日行千里的脚程，我何惧哉？'"

魏王不禁大笑起来："这人简直是个疯子。他虽然有这么多优越的条件，可是他是背道而驰，楚国在南，他要向北，他的马快、御者精，就更使他离楚国遥远了。"

季梁免冠顿首曰："大王说的话一点不错，这人是背道而驰，愈向北则愈离楚国远。但大王平时尝以称王称霸自许，称雄天下自命。可是今天大王倚仗国势强，国土广，兵卒精，即进攻邯郸，取赵地以自益。依臣愚见，大王愈对邻国用兵多，则愈离称王称霸的基业远甚，亦正如臣在中途所见的那位去楚国而向北行的驾车者，是背道而驰啊！"

"背道而驰"比喻方向、目标完全相反。

鄙人弃玉

典出《淮南子·修务训》：鄙人有得玉璞者，喜其状，以为宝而藏之。以示人，人以为石也，因而弃之。

此未始知玉者也。

有一个大老粗拾到了一块璞玉，很喜爱它的美丽形体，认为是块宝贝而藏蓄起来。有一天拿出来给人看，人们都说是石头，他就把它丢掉了。

这就是从来不曾知道玉石是什么的人呀。

寓言讽刺了无实学，不识货，以耳代目，甚至代大脑，只听别人的，结果把玉璞当石头扔掉。上当受骗，势所不免。

博士买驴

典出《颜氏家驯·勉学》：博士买驴，书卷三纸，未有"驴"字。

邺下有个博学的人，他买了头驴。书写买卖合同时，为了炫耀自己的学问，这个合同写满 3 页，文中充满了华丽的辞藻：描绘驴子形态，叙述了自己需要驴子的愿望，铺叙了双方买卖过程，称赞了卖主的诚实……凡是谈到驴子都用"健步""蹇卫"等词代替，而不用一个驴字。这样的合同当然不合程式，也是无效的。卖方不肯画押。博士费了老大的劲，卖弄了自己的才学，却落个"不好"，大为生气，于是去衙门申诉。县官看后，笑道："应用文字和文学作品是两码事，你连这都不懂，真是书呆子，算什么博学之士！"

这事传为笑话，并形成了谚语："博士买驴，书卷三纸，未有驴字。"

后人用"博士买驴，书卷三纸，未有驴字"的这个谚语比喻废话连篇、不通人情世故的书呆子。

卜妻为裤

典出《韩非子·外储说左上》：郑县人卜子，使其妻为裤。

其妻问曰："今裤何如？"

夫曰："象吾故裤。"

妻因毁新令如故裤。

郑县人卜子，要他妻子给他缝一条裤子。

他的妻子问道："把这条裤子做成什么样子？"

丈夫说："像我那条旧裤子。"

于是，妻子就把新裤弄得又脏又破，使它像那条旧裤子。

这则寓言嘲笑了那些以古为法的守旧者：他们毁新裤以像旧裤，从而保持着旧裤的样式，达到以古为法。他们头脑里所装的智慧比起卜子的老婆来，难道还会更多一些吗？

不懂装懂

典出江盈科《雪涛小说》：北人有生而不识菱者，仕于南方，席上啖菱，并壳入口。或曰："啖菱须去壳。"其人曰："我非不知。并壳者，欲以清热也。"问者曰："北方亦有此物否？"答曰："前山后山何地不有！"

北方有个生来不认识菱角的人，在南方做官。有一天，在宴席上吃菱角，他连壳一起放进嘴里吃。有人对他说："吃菱角要剥掉壳儿。"那个人说："我不是不知道。我连壳一起吃，是想用它清热去火呀！"问的人说："北方也有这种东西吗？"那个人回答说："前山后山哪个地方没有哇！"

这篇寓言尖锐地讽刺了那些不负责任，不顾效果，主观片面的形式主义者。

不合时宜

典出《梁溪漫志》：东坡一日退朝食罢，扪腹徐行，顾谓侍儿曰："汝辈且道是中有何物？"一婢遽曰："都是文章。"坡不以为然。又一人曰："满腹都是识见。"坡亦未以为当。至朝云，乃曰："学士一肚皮不入时宜。"坡捧腹大笑。

苏东坡是宋代著名的大诗人，他的诗、词、散文写得好，又能作画、写字，是一位难得的艺术家，因为他的诗、画、字都达到很高的水平，所以后人称苏东坡为"三绝"。

苏东坡少年时代学习十分刻苦，他知识渊博，文笔酣畅，22岁就考中了进士。当时他的主考官是欧阳修。欧阳修看了他的考卷，非常惊奇，赞叹道："此人可谓善读书，善用书，他日文章必独步天下。"连皇帝宋仁宗都很佩服苏东坡的文章，常常念他的文章而忘记了吃饭。

苏东坡在朝廷任了官职以后，诚心诚意想为国家效力。他看到朝廷存在不少问题，皇帝也有不少毛病，就上书给皇帝提意见，为朝廷提建议。

有一年正月十五，百姓都买灯庆贺佳节，卖灯人也趁时令多做灯笼出售。可是皇帝下了一道命令，压低灯价收购灯笼，卖灯人亏了本，很不满意。苏东坡了解了这个情况，就给皇帝写信，批评皇帝，惹得朝廷大臣很不高兴。不久，王安石提出变法革新，苏东坡又提出不同意见，加以反对，弄得连京城都无法再住下去，为此他心情很不愉快。

有一天，吃过早饭以后，苏东城一边拍着肚子，一边缓步走出房门，随口问家中的侍儿："你们猜猜我这里边都是些什么？"

侍儿答道："大人的文章名满天下，当然是满肚子文章喽！"

苏东坡摇头笑道："不对，不对……"

"学士的学问高深，朝廷上下无不称赞，一定是满腹见识！"另一个侍儿这样说：

苏东坡对他的回答仍然不满意，这时正巧朝云走过来，她是苏东坡的侍妾，人十分聪颖，而且会弹琴、唱歌，她眼睛一闪，忽然对苏东坡说："依我看，学士整天上书、进策，可是人家不理睬，四处碰壁，回家就发牢骚……所以我看学士是一肚子不合时宜！"

"哈哈哈……让你说中了，我真是不合时宜呀！"苏东坡拍着肚子，纵情地大笑起来。

后人将"不合时宜"作为一句成语，表示与世情不相投合，不合时势所需要。

徒读父书

典出《史记·廉颇蔺相如列传》：赵王因以括为将，代廉颇。蔺相如曰："王以名使括，若胶柱而鼓瑟耳。括徒能读其父书传，不知合变也。"赵王不听，遂将之。赵括自少时学兵法，言兵事，以天下莫能当。尝与其父奢言兵事，奢不能难，然不谓善。括母问奢其故，奢曰："兵，死地也，而括易言之。使赵不将括即已，若必将之，破赵军者必括也。"

战国时期，秦国出兵进攻赵国，赵国名将廉颇用防御战略，坚守城池，不与秦兵交战。他估计，秦兵围城日久，便要劳师无功，不战自退。他这个战略，对赵国来说，无疑是正确的。但这却苦了秦兵，他们知道，要不除去廉颇，秦国这次出兵一定要失败。于是，秦国便运用反间计。使范雎在赵王面前说："秦国怕的是马服君的儿子赵括，要是他做了统帅，秦兵就不敢来了。"赵王沉思了一会儿，觉得还是很有道理，马服君的确是了不起的。……当然啦，虎门无犬子，秦人也怕他的儿子啊！于是，他便准备派赵括代替廉颇做统帅，好叫秦国退兵。蔺相如听了，赶忙跑去见赵王，说："听说大王要启用赵括做统帅，但是大王你知道吗？赵括是个读死书的人。他得到了知识、道理都是变成死的东西，他是个不懂得运用知识、变通办法的人。请大王千万不要用他啊！"可是，赵王并没有听他的话，赵国便为秦所打败了，40万士兵葬身在秦军手下。

后人用"徒读父书"比喻只会死啃书本，不懂实际的人。

聪明自误

典出北宋苏轼的诗《洗儿》（旧时风俗，婴儿生后3天或一个月，要洗身并宴请亲友，称作"洗儿"）：人皆养子望聪明，我被聪明误一生。惟愿孩儿愚且鲁，无灾无难到公卿。（惟：只；鲁：迟钝；公卿：泛指封建社会的高级官吏）

宋朝时，苏轼自认为很有才干，但"怀才不遇"。他自认为自己生性聪明，但不得志。后来，搞政治投机又没有成功，在这种颓丧的情绪下，他作了上面说的那首发泄牢骚的诗，意思是：人们养育孩子都盼他聪明，我却被"聪明"耽误了一生，只希望我的儿子愚笨又迟钝，能够一帆风顺地当上大官。

后人用"聪明自误"这句成语，（有时也写作"聪明反被聪明误"）比喻玩弄小聪明，反而害了自己。

翠鸟移巢

典出《古今潭概》：翠鸟先高作巢以避患。及生子，爱之，恐坠，稍下作巢。子长羽毛，复益爱之，又更下巢，而人遂得而以之矣。

翠鸟起先为了躲避灾祸，总是选择很高的地方营巢筑窝。等它孵出小鸟以后，因为特别喜爱它们，只怕从高处摔下来，便移到稍低一点的地方筑窝。后来，小鸟长出了美丽的羽毛，大鸟就更加喜欢它们了，于是又向下移巢，结果人们很容易地把它们捉走了。

后人用"翠鸟移巢"的这个典故告诫人们；办事情要注意一种倾向掩盖另一种倾向。翠鸟移巢，没有看到高低各有利弊。

错死了人

典出《广谈助·谐谑篇》：东家丧妻母，往祭，托馆师撰文，乃按古本误抄祭妻父者与之。识者看出，主人大怪馆师，馆师曰："古本上是刊定的，如何会错，只怕他家错死了人。"

东家的岳母死了，全家准备前去祭奠，请私塾先生给撰写一篇祭文。

私塾先生按照古本误抄了一篇祭岳父的文章，交给了东家。内行人看出了祭文的错误，主人责怪私塾先生，但私塾先生毫不考虑，肯定地说："古书上写的都是刊定过的，怎么会错呢？只怕是他家死错了人吧。"

后人用"错死了人"的这个典故讽刺那些喜欢把书本上的东西当做万古不变的教条，到处生搬硬套的人。

打草惊蛇

典出《酉阳杂俎》：王鲁为当涂令，颇以资产为务。会部民连状斥主簿贪贿，鲁判曰："汝虽打草，吾已惊蛇。"

唐朝的时候，有一个叫王鲁的人，他在做当涂（今安徽当涂县）县令的时候，行为不检，爱财贪污。后来有人在他面前控告他的主簿（相当于现在的秘书职务）营私舞弊，接受贿赂。状子上列举的罪行，和他自己的违法行为都有大同小异的地方。他一边看状子，一边直打寒战。等到把状子看完，已经忘记应该作出处理意见，却不由自主地受他当时思想感情的驱使在状子上批了8个字，8个字是："汝虽打草，吾已蛇惊。"意思是：你虽然打的是地上的草，但我像伏在草里面的蛇一样，已经受到惊骇了。

后人根据这个故事里王鲁所批的8个字，引申成"打草惊蛇"，用来譬喻一方面对甲方严罚；一方面就是给乙方警戒，引起惊慌。但现在却已用来比喻做事不密，使对方得以警戒预防。

戴嵩画牛

典出《画论类编》：蜀有杜处士，好书画，所宝以百数。有戴嵩《牛》一轴，尤所爱，锦襄玉轴，常以自随。一日曝书画，有一牧童见之，拊掌大笑。曰："此画斗牛也。斗牛力在角，尾搐入两股间。今乃掉尾而斗，谬矣！"处士笑而然之。古语有云："耕当问奴，织当问婢。"不可改也。

在四川有个杜处士，平生喜好书画，宝贵的名书画有数百幅。其中有一轴是戴嵩画的牛，尤其珍爱，用锦囊做画套、用玉石做画轴，经常随身带着。

有一天，他打开书画晒太阳，有个牧童看见了戴嵩的画牛图，鼓掌大笑起来。说道："这张画是画的斗牛呀，斗牛的力气在角上，斗时把尾巴紧紧地夹在大腿之间。现在这张画上的牛却是摇着尾巴相斗，错了！"杜处士笑了笑感到说得很对。

古人有句话说："耕田的事应当去问农民，织布的事应当去问婢女。"这个道理是不能改的呀。

后人用这则寓言说明实践出真知。苏轼在其《书戴嵩画牛》中，批评唐代戴嵩画牛图失真，是由于画家"观物不审"的结果。一个艺术家，即使像戴嵩这样的画牛大家，如果对某个生活细节观察得不准确，就会形成笑柄，连一个牧童也比不上。苏轼引述古人"耕当问奴，织当问婢"的话——即向有实践经验的劳动人民学习，表现了他进步的艺术观。

单豹好术

典出《吕氏春秋·遇合》：单豹好术，离俗弃尘，不食谷实，不衣芮温，身处山林谷崛，以全其生。不尽期年，而虎食之。

单豹这个人，崇信方术，想脱离人世。

他不吃人们种植的五谷杂粮，不穿人们纺织的衣服，躲进深山老林，住在深穴中，借以保全所谓自然赋予人的天性。

不到一年，就被老虎吃掉了。

后人用"单豹好术"的这个典故比喻有些人生活在社会中，却想脱离现实，逃避斗争的想法。正如鲁迅先生所说，这好像是自己揪住自己的头发，要离开地球一样，是完全不可能的。

当断不断

典出《史记·春申君列传》：当断不断，反受其乱。

战国时，楚考烈王无子，相国春申君为此忧心忡忡。不久，有赵国人李园携带一女子来到楚国，想献给楚王。但打听到楚王没有生育能力，就转而投靠春申君，春申君就将她占为己有。

过了一段时间，这女子怀了孕，她私下对春申君说："楚王对你的宠爱，已远远超过了他的兄弟。你在楚国为相20余年，万一楚王死后，他兄弟立为王，肯定重用他的亲信，如果把我献给楚王，生的是儿子，一定立为太子。今后太子立为王，你就是太子的父亲。这样，楚国不就是你的了吗？"春申君觉得此话有理，就将女子献给了楚王。后来，这女子生下一个儿子，果然立为太子。而李园也因此受到楚王宠幸。

几年后，有一个叫朱英的人对春申君说："楚王病重，不久当去世。关于太子的事，只有你与李园最清楚。据说他养有刺客想杀死你，他又在楚王身边，一旦楚王去世，李园一定杀你灭口。因此，你应该早做准备，杀死李园。"春申君说："李园是个仆人，又软弱，哪里能做这种事呢？"就拒绝了朱英的意见；

不久，楚王去世，李园果然叫人埋伏在宫门，等春申君进宫时，一刀将他砍死。

后人用"当断不断"说明应该做出决断的时候，却犹豫不决，结果自食恶果。

倒绷孩儿

典出《东轩笔录》卷七：苗振以第四人及第，既而召试馆职。一日谒晏函相，晏语之曰："君久从吏事，必疏笔砚，今将就试，宜稍温习也。"振率然对曰：

"岂有三十年为老娘，而倒绷孩儿者乎？"晏公而哂之。既而试择宫选士……由是不中选。晏公闻而笑曰："苗君竟倒绷孩儿矣。"

宋仁宗时，有一个读书人，名叫苗振，一次赴京考试，侥幸考到第四名，做了几年官。后来，朝廷召试官职，苗振赴考。在考试之前，他去晋谒当朝丞相晏殊。晏殊对他说："你做官多年，笔砚一定生疏了，现在来京赴考，宜先把这些东西温习温习。"

苗振误解了晏殊的用心，以为晏殊看不起他，所以满不在乎地说："这有什么可怕的，难道一个做了 30 多年接生工作的接生婆，会把初生的婴儿包扎倒了。"

考试那天，发下的试题是："泽宫选士赋"（按：泽宫，官名，古时皇帝习射之所，也就是选择才能之士的地方。）。苗振把"普天之下，莫非王土"的句子写为"普天之下莫非王"，结果当然落选了。

后来，晏殊拍拍苗振的肩膀说："老兄，想不到你真的会把初生的婴儿包扎倒了。"苗振羞得无言以答。

苗振的失败主要是由于他的骄傲自满，自以为是。后人用"倒绷孩儿"比喻富有经验的人疏忽大意，做错了事。

盗盗殴殴

典出《战国策·齐策》：庄里丈人，字长子曰盗，少子曰殴，盗出行，其父在后，追呼之曰："盗！盗！"吏闻因缚之。其父呼殴喻吏，遽而声不转，但言"殴！殴！"吏因殴之几毙。

有个乡下老人，给他的长子取名叫"盗"，次子取名叫"殴"。

一天，长子盗离家外出，老人随后赶来，边追边喊："盗！盗！"

不料喊声被官吏听到，以为老人在追赶作案的强盗，便把长子逮住捆绑起来。

老人一见引起误会，想叫次子去官吏解释，但因心中着急，一下说不完全，只管呼唤次子的名字："殴！殴！"

官吏以为老人让惩罚强盗，所以一阵乱打，几乎将他的长子打死。

后人用"盗盗殴殴"这个典故抨击那些只听名不求实的糊涂官吏。听人说盗，就捉人，听人说殴，就打人。为什么不去问问实际情况，做点调查研究呢？同时也说明：名实不符，容易造成误会；道听途说，常常发生差错。

道士救虎

典出《郁离子》：苍筤之山，溪水合流入于江。有道士筑于其上以事佛，甚谨。一夕，山水大出，漂室庐，塞溪而下。人骑木乘屋，号呼求救者，声相连也。道士具大舟，躬蓑笠立水浒，督善水者绳以俟。人至，即投木索引之，所存活甚众。平旦，有兽身没波涛中，而浮其首，左右盼，若求救者。道士曰："是亦有生，必速救之！"舟者应言往，以木接上之，乃虎也。始则朦朦然，坐而舐其毛；比及岸，则瞠目道士，跃而攫之，仆地。舟人奔救，道士：得不死，而重伤焉。郁离子曰："是亦道士之过也。知其非人而救之，非道士之过乎？"

有一座长满了翠竹的山，条条溪水在山脚下汇聚起来，流进大江中去。

有个道士在山上筑起了房舍供奉神佛，十分恭敬虔诚。有一天晚上，山上的洪水汹涌奔来，把村里的茅房小屋都冲得漂浮起来，塞满了溪水，滚滚流下，灾民们骑着木头跨在屋脊上，高声号叫呼救，声音连成一片。道士备办了一只大船，亲自披上蓑衣，戴上斗笠，站在水边，指挥那些善于游水的人手拿绳索等待救人。碰到漂流下来的灾民，便立即抛掷木板和绳索，把他们拉上岸来。由此而得到活命的人非常多。

天亮的时候，有一头野兽漂没在波涛之中，把它的头浮在水面上，左右顾盼着，好像也在向人求救的样子。

道士说："这也是一条生命呀，必须赶快把它救上来！"

划船的人立刻应声前往营救，用一块木板把它接上来，原来是一只老虎呀。开始时，老虎还有点朦朦胧胧的，坐着用舌头舔身上的毛。及至到了岸上，它就瞪起眼睛盯着道士，跃起身子举着利爪猛扑过去，道士仆倒在地。船夫们急忙奔前救护，道士才得不死，但受了重伤。

郁离子说："这是道士的过错呀！明知老虎不是人却要去救它，这不是道士的过错吗？"

"知其非人而救之"，到头来，差一点连道士自己的生命也赔上，这教训是惨痛的。凡不辨是非的"人道主义"者，可以从中得到借鉴。

颠倒黑白

典出《史记·屈原列传》：变白以为黑兮，倒上以为下，凤凰在铰（笼）兮，鸡鹜（鸭）翔舞。

屈原，名平，是战国时楚国人，曾在楚怀王手下任过左徒（官名，参与议论国事，发布号令，出则接待宾客）。由于屈原很有才能，楚怀王曾经非常信任他。但也因此引起了一些朝廷官员的妒忌，并对他进行了诬陷。楚怀王终因听信谗言而疏远了屈原。屈原对当地奸佞横行、正人被摈斥的情况非常愤慨，作了《离骚》和《怀沙赋》这两篇留传后世的名传。在《怀沙赋》中，他以盲目的人看不到明白的人所看到的东西为喻，感慨地写道：把白做成黑，把上看成下，凤凰被关在笼子里，而鸡鸭乱舞。屈原后来投江而死。

后人用"颠倒黑白"这个典故比喻故意歪曲事实，混淆是非。这句成语含贬义。

雕鸟哺雏

典出《雪涛谐史》：雕鸟哺雏，无从得食，搂得一猫，置之巢中，将吃以饲雏。猫乃立其雏，次第俱尽。雕不胜怒，猫曰："你莫嗔我，我是你请将来的。"

大雕啄食喂小雕，到处找不到吃的东西。后来，它抓到一只猫，放在窝里，准备撕碎喂小雕吃。但猫看见小雕，便扑上去挨个儿全给吃光了。

大雕非常愤怒，猫却说："你不要责怪我，我是你请来的呀！"

后人用"雕鸟哺雏"的这个典故告诫人们，应该全面地认识事物，遇到问题应及时解决，不要留下隐患。雕鸟哺雏，反失小雕，是因为大雕犯了两个错误：第一，对事物缺乏全面的本质的认识。只知道自己以猫为食，不知道猫以小雕为食，本意是以猫饲雏，效果是引狼入室。第二，没有及时解决问题，把猫杀死，留下隐患，送了小雕性命。

东吴招亲

典出《三国演义》第五十四、五十五回。

建安十四年（209年）冬十月，东吴孙权派鲁肃来向刘备索取荆州，刘备不答应。不久，东吴都督周瑜听说刘备的甘夫人死了，便假说要把孙权的妹妹许配刘备，孙刘联姻，共同对付曹操。他要刘备到东吴招亲，打算乘机扣留刘备，要挟交还荆州。

孔明早已识破周瑜的诡计，并且想好了对策。他叫赵云保护刘备去东吴办喜事。到了东吴的南徐，赵云按照孔明的计策，命500名军士披红挂彩，买办商品，把刘备要和孙权妹妹结亲的事，随口传扬，使城中百姓都知道。赵云又备了厚礼，保护刘备去见孙策和周瑜的丈人乔国老，说了来东吴招亲的事。乔国老随后赶来向孙权的母亲吴国太道喜。吴国太还蒙在鼓里，根本不知此事，便气呼呼地责问孙权，孙权只好实说。国太听说是周瑜用计，不住口地大骂周瑜。乔国老却说刘备是个英雄，不如将错就错，招他为婿，免得出丑。吴国太想了想，对孙权说："我不认得刘备，明天约他在甘露寺相见。看中了，把女儿嫁他；如不中意，任从你们行事。"孙权进退两难，只好应承。

第二天，赵云引500名军士，保护刘备到了甘露寺。吴国太把刘备上上下下打量了一备，感到称心如意，笑着说："真是我的女婿啊！"立即吩咐摆上酒席，款待刘备。一会儿，赵云带着剑，急匆匆地进来，悄悄地对刘备说："刚才在廊下巡视，见房内有刀斧手埋伏，必无好意。"刘备当即禀告国太。国太大怒，责骂孙权，喝令将刀斧手撤掉，并叫刘备搬入府中暂住，择吉日成亲。婚后，夫妻感情很好。第二年元旦，刘备按照孔明预先设下的计谋，带着孙夫人逃出吴国。周瑜领兵追赶，又被孔明的伏兵打败。刘备的军士齐声大叫："周郎妙计安天下，赔了夫了又折兵！"

孙权采纳周瑜的"美人计"，让刘备来东吴招亲，本想乘机扣留他，夺还荆州，没想到由于吴国太做主，使假装招亲变成真事。过后，孙权差人告知周瑜，说："我母亲力主，已将吾妹嫁刘备，不想弄假成真……"

"东吴招亲"，比喻某件事本来是玩弄假花招的，结果却变成真事。

断章取义

典出《左传》襄公二十八年：赋《诗》断章，余取所求焉。

春秋时，不少卿大夫为了在外交场合暗示自己对某事的态度，往往念上《诗经》中的某首诗的片断，借用其中一两句诗的字义，这种情况叫"断章取义"。

据《左传》襄公二十八年记载：春秋时，齐国的大夫庆封喜欢打猎又嗜好喝酒，于是把政权交给庆舍，自己带着妻妾财物迁移到大臣卢蒲家里，交换妻妾而喝酒作乐。几天以后，官员们有事就到卢蒲家里来朝见庆封。后来，有一个逃亡在外名叫卢蒲癸的人回到了齐国，并做了庆舍的家臣，不但受到宠信，庆舍还把女儿嫁给了他。庆舍的另一个家臣对卢蒲癸说："男女结婚要区别是否同姓，您却不避同宗，为什么？"卢蒲癸说："同宗不避我，我怎么能独独避开同宗呢？就像赋诗的断章取义一样，我只要取得所需要的就是了，管什么同宗不同宗。"

"断章取义"形容引证文章或谈话，只取合乎己意的一句两句，不问原意，不顾全文。

罚人吃肉

典出《古今谭概》：李载仁，唐之后也。避乱江陵高季兴，署观察推官。性迂缓，不食猪肉。一日，将赴召，方上马，部曲相殴。载仁怒，命急于厨中取饼及猪肉，令相殴者对餐之。复戒曰："如敢再犯，必于猪肉中加之以酥！"

唐朝有个叫李载仁的，是唐皇族的后裔。为了逃避战乱，跑到占据湖北一带的大军阀高季兴那里做了观察推官。李载仁生性迂腐，行为迟缓，从来不吃猪肉。有一天，他将去接受上司的召见，正待上马，随从的家仆对打起来了。载仁大怒，命令立即从厨房里拿来大饼和猪肉，罚那打架的面对面吃下去。还郑重其事地警告他们说："以后如果胆敢再打架，就要在猪肉里面加些酥油来重重地惩罚你们！"

这个故事告诉人们：不能据自己的好恶来判断天下的好恶。

播吾之迹

典出《韩非子·外储说左上》：赵主父令工施钩梯而缘播吾，刻棘人迹其上，广三尺，长五尺，而勒之曰："主父常游于此。"

一天，赵主父来到播吾地面，看到山势雄伟，风景秀丽，很想在这个胜地留名千古，于是，站在山下，命令工匠，使用带钩的梯子，攀上险峰，刻了一些人的足迹，并在一块长5尺，宽3尺的石头上，刻了"赵主父常游于此"7个大字。

后人用"播吾之迹"这个典故讽刺那些不学无术，无所作为，却总喜欢干那些弄虚作假、沽名钓誉勾当的人。

放虎归山

典出《史记·秦本纪》：文公夫人，秦女也，为秦三囚将请曰："穆公之怨此三人入于骨髓，愿令此三人归，令我君得自快烹之。"晋君许之，归秦三将。三将至，穆公素服郊迎，向三人哭曰："孤以不用百里奚、蹇叔言以辱三子，三子何罪乎？子其悉心雪耻，毋怠。"遂复三人官秩如故，愈益厚之。

晋襄公的后娘文嬴（就是怀嬴）听说秦国打了败仗，孟明视等全给擒获了，唯恐晋、秦两国的仇恨愈结愈深，就劝晋襄公说："秦国和晋国是亲戚，向来彼此扶持。如今为了孟明视这群武人自己想揽权争势，竟使得两国伤了和气。我相信秦伯一定很埋怨他们。要是咱们把他们杀了，恐怕两国冤冤相报，永远不得安宁。干脆把他们放了，让秦伯自己去处治他们，他必定会感激咱们的。"晋襄公说："已经擒住的老虎怎么能再放回山里去呢？"文嬴说："当年成得臣打了败仗，楚王是怎么处治他的？难道秦国居然没有军法吗？再说咱们的先君惠公，也曾经给秦国人逮住，秦伯却把他放回来了。你爹全仗恃着秦国才做了国君，难道咱们连这一点恩义都忘了吗？"晋襄公觉得她的话很有道理，就把秦国的3个俘虏释放了。

先轸听说国君把秦国的将军释放了，三步并作两步地跑去见晋襄公，怒不可遏地问他："秦国的将军现在哪里？"晋襄公腼腆地说："娘叫我把他们放了。"先轸一听，气得火冒三丈，往晋襄公脸上啐了一口唾沫，说："呸！你这做事不牢靠的孩子，将士们费了多少心计，兵卒们流了多少血汗，才活捉了这3个人，你就凭妇道人家一句话，把他们统统放了。唉，以后祸患可多了！"晋襄公拭去脸上的唾沫，羞涩地说："都是我不好！这可怎么办呢？不知道还能不能追上去？"大将阳处父自告奋勇地说："我去追！"先轸转身对他说："你要是能追上他们，好言好语请他们回来，就是一等大功！"阳处父手提大刀，跳上车，快马加鞭，飞驰而去。

孟明视、西乞术、白乙丙生怕晋襄公反悔，派人追捕他们，就不顾一切地奔跑，直跑到黄河边了，才敢回头张望，却一眼瞧见远处有滚滚风尘，想是有人追来了。他们吓得几乎瘫下来。正在这紧要关头，他们突然发现有一只船停靠在岸边，3个人顾不得一切，就跳了上去。船舱里走出来一个渔人，他们定睛一瞧，不禁张口结舌，相继倒在船上。那个渔人不是别人，正是他们的好朋友公孙枝！原来蹇叔含悲送走他的儿子以后，就借口身患重病，告老还乡了。百里奚对他说："我也打算回乡，可是我仍然抱着一丝希望，也许能再见儿子一面：您有什么吩咐没有？"蹇叔说："咱们这次打仗必败无疑。您还是私下请公孙枝在河东预备船只。万一他们能够逃命，多少总有个接应。"百里奚就去见公孙枝，请他预做准备：公孙枝已经在河东等了许多天，终于见到他们3人逃奔上船，立刻叫人开船。小船刚离河岸，阳处父就赶到了，他慌忙地说："喂！秦国将军慢点走！我们主公一时忘了给你们预备车马，特地叫我追上来，送给将军几匹马。请你们收下吧！"孟明视支撑着站起来，向阳处父遥遥行个礼，大声说："蒙晋侯不杀之恩，我们已经感激不尽，怎么还敢收受礼物呢？如果我们回去还能保住性命的话，那么再过3年，我们一定亲自到贵国来道谢。"阳处父还想再说什么，却瞧见那只小船渐行渐远。他若有所思，呆呆地出了一会儿神，沮丧地登上车，提着大刀回去了。

晋襄公听完阳处父的报告，忐忑不安。他怕孟明视前来"道谢"，三番两次派人到秦国去探听。他希望秦穆公治死孟明视他们，就好比楚成王治死成得臣一样。然而，秦穆公却另有盘算。他一得知3位将军狼狈而回，就穿着孝衣亲自到城外去迎接他们。孟明视他们3个人跪在地上，垂头丧气，请他治罪。秦穆公流着眼泪把他们扶起来，反而向他们赔罪，说："是我不听蹇叔和百里奚的劝告，才害你们吃苦受罪。我怎么能怪你们呢？只要你们别忘了阵亡的将士们就是了。"3个人明知罪孽深重，他们情愿领罪受罚，万没想到秦穆公不但好言安慰他们，还叫他们依旧执掌兵权，比以前更加礼遇他们，他们感激得眼泪夺眶而出。百里奚总算如愿和儿子见了面，他嘱咐孟明视不要辜负了国君的大恩，自己也像蹇叔那样告老还乡了。

秦、晋崤之战后，晋襄公在母亲的劝说下放走了秦国的3员大将，这个故事用"放虎归山"来比喻放走敌手，遗患无穷。

飞蛾扑火

这句成语在古书中比较多见，形式大同小异。较早见于《梁书·到溉传》：研（同砚）磨墨以誊文，笔飞毫以书信。如飞蛾之赴火，岂焚身之可吝。

南朝（梁）时，有一位左民尚书叫到溉，梁武帝萧衍很器重他。到溉有个孙子叫到荩尽，自幼聪明，善于诗文，深为梁武帝赞赏。

有一次，梁武帝和到溉开玩笑说："你的孙子是个才子，你的文章是不是你孙子代你写的。"并且写了一首《连珠》（古时一种诗体）赐给到溉，共6句，以上是前四句，意思是：砚台磨出墨汁来行文，毛笔飞动毫锋来写信，正如飞蛾投火一样（指砚台、毛笔），自己焚身也丝毫没有什么可吝惜的。

后人用"飞蛾扑火"这个典故比喻自取灭亡。（"飞蛾"也作"灯蛾"，"赴火"也作"扑火"或"投火"）

后人用这个典故比喻力量虚弱的反动派和强大的革命力量硬碰，必遭可耻失败。

焚鼠毁庐

典出《龙门子凝道记》：越西有独居男子，结生茨以为庐，力耕以为食；久之，菽粟盐酪，具无仰于人。尝患鼠，昼则累然行，夜则鸣啮至旦。男子积憾之。一旦，被酒归，始就枕，鼠百故恼之，目不得瞑。男子怒，持火四焚之，鼠死庐亦毁。次日酒解，怅怅无所归。龙门子唁之。男子曰："人不可积憾哉！子初怒鼠甚，见鼠不见庐也，不自知祸至于此。人不可积憾哉！"

在越西地方有个单身汉，他结扎芦苇茅草为屋盖，筑起简陋的房子，自己努力耕作，打下粮食过日子。久而久之，所有大豆粮食、盐醋调料，就都不再仰仗别人了。

他发愁老鼠成灾。那些老鼠大白天成串结队地在屋里乱窜，夜里唧唧吱吱地乱咬东西，一直闹到大天亮。这个单身汉聚积了满腔怒火。

一天，他喝醉了酒回家，刚躺到枕头上睡觉，老鼠就耍出各种花样使他烦恼异常，眼睛不能合拢一会儿。这男人大怒，便拿起火把到四处烧杀它们，老鼠果然烧死了，他的茅庐也被焚毁了。第二天酒醒过来，四顾茫茫不知所措，找不到一个安身的地方了。

龙门子便去对他的遭遇表示慰问。

那人说："人不可积愤呀！我开始只是愤恨老鼠，但光看见老鼠而忘掉自己的房屋了，不想竟遭到了这样一场灾祸。唉，人是不可积愤的呀！"

后人用这则寓言说明灭鼠焚庐，确是得不偿失的愚蠢表现。

然而这个越西单身汉，却有令人同情的方面。他结茅为庐、力耕自食，竟能"菽粟盐酪""无仰于人"，比起那些"白昼抢劫"或"百计阴夺"的剥削者，颇值得尊敬。只可惜他由于"患鼠"而"积憾"，又因"积憾"而使自己的思想方法陷入片面性和盲目性，以致火烧老鼠，殃及茅庐，"怅怅无所归"。

寓言的作者把"鼠死庐亦毁"的遭遇，归结为"积憾"，看来似乎有一定道理，然而却并没有说到根本。"积憾"与否，并不是防范人生不幸的关键。"积憾"可以使人的思想方法陷入片面性，有时也可以使人们产生革命性，是不可笼而统之反对的。譬如在封建社会中，农民遭受地主官僚的残酷压榨，"积憾"使他们揭竿而起，形成震撼反动统治基础的暴风骤雨，发挥了历史主人公的革命作用，这就是应该大大提倡的。

妇人之仁

典出《史记·淮阴侯列传》：项王见人恭敬慈爱，言语呕呕。人有疾病，涕泣分食饮，至使人有功当封爵者，印刓弊，忍不能予，此所谓妇人之仁也。

楚汉相争时，有一次刘邦与韩信坐着摆谈，他问韩信说："丞相萧何多次向我推荐，所以拜你为大将。现在，你有什么好计谋告诉我吗？"韩信赶紧起身拜谢刘邦，然后问道："大王，今天你率领军队往东面进攻，争夺天下王权，竞争的对手是项王吗？"刘邦笑道："这还用问吗？"韩信紧接着说："大王自己认为，在勇敢、剽悍、仁慈、强盛等方面，哪一样可与项王相比呢？"

刘邦沉默了好一会儿，才难为情地说："都不如项羽。"

韩信退后两步，第二次向刘邦拜谢，然后向他祝贺说："的确，我也认为大王不如项王。然而，我曾在项王手下做过事，不妨说说他的为人。论勇猛，项王的确是一个了不起的人物，他大喝一声，千百人倒下，但是，他不会任人唯贤，所以他的勇猛无非是匹夫之勇。论仁慈，项王也的确对人和善慈爱，说话时呜呜咽咽，手下人得了病，他会伤心得流泪，把自己的食物分出来给得病的人吃，但是，遇到有人立了功，行赏时应该封爵位，他会把大印摸来摸去，直到摸烂也不肯给别人。这样的仁慈，不就是妇道人家的仁慈吗（"此所谓妇人之仁也"）？这对争夺天下有什么好处呢？"

刘邦听了，非常高兴，后悔与韩信相见太晚。

后人用"妇人之仁"形容处理事情优柔寡断，不识大体。

割肉相啖

典出《吕氏春秋》：齐之好勇者，其一人居东郭，其一人居西郭，卒然相遇于途，曰："姑相饮乎？"觞数行，曰："姑求肉乎？"一人曰："子，肉也；我，肉也。尚胡革求肉而为？"于是具染而已，因抽刀而相啖，至死而止。

勇若此，不若无勇。

齐国有两个自诩为"勇敢"的人，一个住在城东，一个住在城西。有一天，两人在路上相遇，说："我们姑且去喝杯酒吧！"喝了几杯之后，一个说："买点肉来吃，好吗？"另一个说："你身上有肉，我身上也有肉，还要另外买肉干什么呢？"于是，两个人准备好了调口味的豆豉酱，就拔出腰刀来，你割我的肉吃我割你的肉吃，直到死了才罢休。

悍勇到如此地步，倒不如没有勇气好。

后人用"割肉相啖"说明有勇无谋，只能白白牺牲。

猛狗酒酸

典出《晏子春秋·内篇问上》：宋人有沽酒者，为器甚洁清，置表甚长，而酒酸不售。问之里人其故。里人曰："公之狗猛。人挈器而入，且沽公酒，狗迎而噬之，此酒所以酸而不售也。"

宋国有个卖酒的人，酒器收拾得非常清洁，设立的招牌也很高大醒目，可是酒放到发酸还卖不掉。他向同行人请教是什么缘故。同行人说："您的狗太凶猛。人们提着酒瓶子进去，将要买您的酒，狗却迎上来咬他，这也就是酒直到发酸还卖不掉的原因。"

后人用"猛狗"比喻坏人当道，好事也会搞坏。

狗乃取鼠

典出《吕氏春秋·士容》：齐有善相狗者，其邻假以买取鼠之狗，期年乃得之，曰："是良狗也。"

其邻畜之数年，而不取鼠。以告相者，相者曰："此良狗也。其志在獐麋豕鹿，不在鼠。欲其取鼠也则桎之。"

其邻桎其后足，狗乃取鼠。

齐国有个人，很会挑选狗。他的邻居委托他买一条会捉老鼠的狗，花了整整一年光景，他才买来一条狗，说："这是一条很好的狗。"

他邻居养了这条狗好几年，它却从来不去捉老鼠。邻居便把这情况告诉相狗的，相狗的说道："这是一条很好的狗。它想捉的是那獐、麋、野猪和鹿，而不是老鼠。你一定要叫它捉老鼠，就必须把它的脚束缚起来。"

于是，他的邻居当真把这条狗的后腿束缚起来，狗这才开始捉老鼠。

这个故事说明了：空有满腹才华，如果没有施展的场所，也只能白白浪费。

固执己见

典出江盈科《雪涛小说》：楚人有生而不识姜者曰："此从树上结成。"或曰："从土里结成。"其人固执己见，曰："请与子以十人为质，以所乘驴为赌。"已而遍问十人，皆曰："土里出也。"其人哑然失色，曰："驴则付汝，姜还树生！"

楚国有个生来不认识生姜的人说："生姜是在树上结成的。"有人对他说："是在土里结成的。"那个人固执己见，说："请跟你打赌，以 10 个人为询问对象，拿我们骑的驴作赌注。"接着问遍了 10 个人，都说："生姜是土里出的。"那个人无话可说，变了脸色，说："驴就给你，可是生姜还是树上生的！"

这篇寓言讽刺不懂装懂、顽固坚持错误的人。

桂饵金钩

典出《阙子》：鲁人有好钓者，以桂为饵，锻黄金之钩，错以银碧，垂翡翠之纶。

其持竿处位则是，然其得鱼不几矣。

鲁国有一个爱好钓鱼的人，用桂花制成的食品当鱼饵，锻制成黄金的鱼钩，镶饰上银丝和碧玉，把翡翠鸟的羽毛编织成钓丝。

他拿钓竿的姿势和寻找的位置都很贴切适当，但是，钓上的鱼却没有几条。

寓言讽刺了游手好闲的剥削阶级常常爱炫耀自己的富有，连一根钓鱼竿也要装饰上金银翡翠，但他忘记了鱼只喜欢适合它口味的鱼饵，哪怕是粗粝、虫躯，而桂花食品味道再香，鱼却弃之不顾，不上他的钩。哀哉！脱离实际、讲求形式、舍本逐末者可以从这则寓言里吸取某些有益的教训。

汉阴丈人

典出《庄子·天地》：子贡南游于楚，反于晋，过汉阴，见一丈人方将为圃畦。凿隧而入井，抱瓮而出灌，搰搰然用力甚多而见功寡。

子贡曰："有械于此，一日浸百畦，用力甚寡而见功多，夫子不欲乎？"为圃者仰而视之曰：'奈何？'

曰："凿木为机，后重前轻，挈水若抽，数汤，其名为槔。"

为圃者忿然作色而笑曰："吾闻之吾师，有机械者必有机事，有机事者必有机心。机心存于胸中，则纯白不备；纯白不备，则神生不定；神生不定者，道之所不载也。吾非不知，羞而不为也。"

子贡往南方的楚国去游历，回晋国途中，经过汉水南岸，遇见一位老人正要前往菜园子。只见他从挖开的一个隧道下到井里，双手抱一只大瓮汲水出来灌园，万分吃力而功效甚微。

子贡说："我有一种机械，一天可灌100亩地，用力少而且见效很大，老人家您不用它吗？"到菜园子的老汉抬头望了望他说："什么样的机械？"

子贡说："在木头中凿一个机关，后半重前半轻，用它提水就像抽引一样，接连不断，水流泛溢奔流，名叫桔槔。"

那老汉勃然大怒，一下变了脸色，讥笑说："我从我的老师那里听说，有机械的人一定有投机取巧之事，有机巧之事的，一定有机变巧诈之心。胸中存留着机心，人的纯粹洁白的天性就受到破坏；纯粹洁白的天性不完备，就会心神不定；心神不定的人，是不可能得到道的。我并非不知道桔槔这种机械，我是耻于做这种事情！"

后人用"汉阴丈人"比喻顽固分子反对新事物，往往会拿出一套歪道理为自己的守旧行为辩护。

好大喜功

典出罗泌《路史·前纪》卷四《蜀山氏》：昔者汉之武帝，好大而喜功。

西汉武帝刘彻（公元前 140—公元前 87 年在位）是封建帝王中比较有作为的一个。在他统治期间，他接受董仲舒的建议，"独尊儒术"，作为巩固政权的工具，并采用法术、刑名，以加强统治。他颁行"推恩令"，使诸侯王多分封子弟为侯，以削弱割据势力，又设置十三部刺史，以加强对地方的控制。他征收商人资产税，打击富商大贾；又采纳桑弘羊的建议，把冶铁、煮盐、铸钱收归官营；设置平准官、均输官，由官府经营运输和贸易。同时，他兴修水利，移民西北屯田，实行"代田法"，有利于农业生产的发展。他曾派张骞两次到西域各国，加强与西域的联系，并发展了经济文化交流。又派唐蒙至夜郎，在西南先后建立了 7 个郡。他还任用卫青、霍去病为将，攻击匈奴贵族，解除匈奴威胁，保障了北方经济文化的发展。

刘彻 16 岁当皇帝，在位共 53 年，做过一些前人未做过的事情，所以罗泌说他"好大喜功"——一心想做大事，立大功。但是，由于他崇尚武力，加之举行封禅，祀神求仙，挥霍无度，使徭役繁重，农民大量破产流亡。天汉二年（公元前 99 年），齐、楚、燕、赵和南阳等地均曾爆发农民起义。

后人用"好大喜功"以形容铺张浮夸的作风。

何足挂齿

典出《史记·刘敬叔孙通列传》：叔孙通前曰："诸生言皆非也。夫天下合为一家，毁郡县城，铄其乐，示天下不复用。且明主在其上，法令具于下，使人人奉职，四方辐辏，安敢有反者！此特群盗鼠窃狗盗耳，何足置之齿牙间。郡守尉今捕论，何足忧。"

秦朝末年，陈胜、吴广率众造反，攻城略地，动摇了秦王朝的统治。秦二世（胡亥）慌忙召集一群儒生、博士商议对策。30多个儒生异口同声地说："这些家伙反叛朝廷，罪该万死，陛下应该发兵讨伐！"不知道出于什么原因，秦二世听了这番话之后，竟然大怒起来。有一个十分聪明的待诏博士，叫叔孙通。他猜透了秦二世的心思。于是，他大谈天下的大好形势。

叔孙通对秦二世谈道："这些儒生的话都没有道理。如今，天下统一，中央大权在握；郡守县令由朝廷任命，随时可以调动；销毁了天下的兵器，说明天下太平，用不着动用这些武器了。况且，朝廷上有贤明的君主，制定并向天下发布了种种法令，使天下人人各守其职，四方安定团结，百姓聚集在秦王朝周围，就像车辐集中于车毂一样，哪有敢于造反的人！陈胜之流，只不过是一群打家劫舍的强盗，干些鼠窃狗盗的事，根本不值得我们动用舌头、齿牙谈论他。当地郡守、郡尉正在捕捉这伙强盗，陛下不足为忧。"秦二世听了这番话，非常高兴。他送给叔孙通20匹帛、1套衣服，又正式封他为博士。儒生们对叔孙通的言行很不理解，纷纷谴责他。叔孙通向他们解释说："如果我不那样说，是难逃胡亥虎口的！"于是，他从秦朝廷逃走了，先是投奔项梁，后来投靠了刘邦。

"何足挂齿"就是从故事原文中"何足置之齿牙间"一语变化而来的。挂齿：放在口头上加以谈论。"何足挂齿"，意思是事情很不重要，不值一谈。

鹤亦败道

典出《冷斋夜话》：渊材迂阔好怪，尝畜两鹤。客至，指以夸曰："此仙禽也。凡禽卵生，而此胎生。"语未卒，园丁报曰："此鹤夜产一卵，大如梨！"渊材面发赤，诃曰："敢谤鹤也！"卒去，鹤辄两层其胫，伏地。渊材讶之，以杖惊使起，忽诞一卵。渊材嗟咨曰："鹤亦败道！"

刘渊材性情迂阔又喜好怪诞，曾在家中畜养着两只鹤。每逢客人到来，他便指着鹤夸耀道："这是只仙鸟呀！凡禽鸟都是卵生，而这只仙鸟却是胎生的。"

话还没落音，园丁跑来报告说："这只鹤夜里下了一个蛋，和梨子一般大！"

刘渊材的脸色羞得通红，大声呵斥园丁说："你竟敢诽谤仙鹤呀！"

最后，一同去观看，鹤就展开它的双腿，趴在地上。刘渊材很惊讶，用拐杖去吓它，想叫他站起来，这时鹤忽然又生下一只蛋。

刘渊材长叹一声，说道："唉，仙鹤也败坏仙道呀！"

后人用这则寓言说明鹤属禽类，卵生，这是客观事实，是不以人的意志为转移的。渊材也承认"凡禽卵生"，但却硬说他的鹤是"胎生"。故弄玄虚，自夸诞妄，与众不同，以为仙道。结果，当众出丑，无情的客观事实粉碎了他的无稽之谈。

猴子搏矢

典出《庄子·徐无鬼》：吴王浮于江，登乎狙之山。众狙见之，恂然弃而走，逃于深蓁。有一狙焉，委蛇攫搔，见巧乎王。王射之，敏给搏捷矢。王命相者趋射，狙执死。

王顾谓其友颜不疑曰："之狙也，伐其巧，恃其便，以敖予，以至此殛也。戒之哉！嗟乎！无以汝色骄人哉！"

吴王坐着船在长江里游玩，登上一座猴山。很多猴子看见了，都十分害怕地跑掉，逃到深深的荆棘丛里去。唯独有一只猴子，从容不迫地跳来跳去，在吴王面前表现它的灵巧。吴王拿起弓箭射它，它敏捷地接住了箭。吴王命令助手们一齐追射，那只猴就被围住射死了。

吴王回头对他的朋友颜不疑说："这只猴子啊，夸耀它的灵巧，仗恃它的敏捷，来对我表示骄傲，以至于这样死去了。应该警惕啊！唉！不要拿你的神气对人骄傲啊！"

这篇寓言说明喜欢卖弄聪明，表现自己，爱耍骄傲的人，有时是要栽大跟头的。

猴子救月

典出《法苑珠林·愚戆篇·杂痴部》：过去世时，有城名波罗奈，国名伽尸。于空闲处有五百猕猴，游行林中。到一尼俱律树下，树下有井。井中有月影现时，猕猴主见是月影，语诸伴言："月今日死落井中，当共出之，莫令世间长夜暗冥。"共作计议言云："何能出？"猕猴主言："我知出法：我捉树枝，汝捉我尾，展转相连，乃可出之。"时诸猕猴即如主言，展转相捉。小未至水，连猕猴重，树弱枝折，一切猕猴堕井水中。尔时树神便说偈言：

是等呆榛兽，痴众共相随，

坐自生苦恼，何能救出月？

在过去的世界，有一个伽尸国，国内有座波罗奈城。在人迹稀少的树林中，有 500 只猕猴。有一天，猕猴们到了一棵尼俱律树下，看到树下有口井。

月影在井中一晃一晃，猕猴头儿见了，对那些同伴说："月亮今天掉到了井中，我们应当共同努力把它捞出来，免得叫世界上每个夜晚都黑沉沉的。"猕猴们共同商量说："怎么才能救出月亮呢？"猕猴头儿说："我知道救出月亮的方法：我捉住树枝，你们捉住我的尾巴，一个连一个，就可以捞出月亮了。"当时，那群猕猴便照头儿的话干起来，一个捉住一个，挂成一长串。差一点接近水面时，连在一起的猕猴太重，树枝弱小，"咔嚓"一下便折断了，所有的猕猴都掉到了井水中。这时，树神便说偈道：

这一群蠢笨的野兽，痴痴呆呆互相追随；

空空地自找烦恼，怎能把月亮救出水？

这个故事用来比喻有人庸人自扰，而且招祸。

画饼充饥

典出《三国志·魏书·卢毓传》：前此诸葛诞、邓飏等驰名誉，有四聪八达之诮，帝疾之。时举中书郎，诏曰："得其人与否，在卢生耳。选举莫取有名，名如画地作饼，不可啖也。"

卢毓字子家，三国时期魏国涿郡人。他为人正直，能够秉公推荐人才。魏文帝（曹丕）登基后，卢毓被任做黄门侍郎，不久又出任济阴相，梁、谯二郡太守。他体察民情，同惜百姓疾苦，坚持为民办好事，深受百姓的拥护。因政绩突出，又被任为安平、广平太守。

魏明帝青龙二年（234年），卢毓被召入朝廷任侍中。他在职3年，在任用官吏方面多次向魏明帝（曹叡）进谏，直抒己见，敢于力争。开始，魏明帝有些不高兴；后来的实践证明，卢毓出以公心，推荐的人才是可靠的。所以，魏明帝很信任卢毓，任他为吏部尚书。

此前，诸葛诞、邓飏等人沽名钓誉，被人讥笑为广开四方视听的8个通达之士，明帝对他们很不感兴趣。当时，为了选拔中书郎，明帝下诏说："能不能选中人才，全在于卢毓了。选拔人才不要看其是否有名气，名气这个东西，如同画在地上的饼，是不能吃的。"卢毓对明帝说："诚然，根据名气不一定选得到具有非凡才能的人，但可以选到通常认为较有才能的人。这些人平常仰慕善行，并身体力行，才出了名。您不应当厌恶他们。问题是，如今朝廷废除了考绩之法，仅凭好恶任用官吏，造成了真伪不辨、鱼龙混杂的现象。所以，我建议通过考核选择官吏。"明帝采纳了他的建议，立即诏令制定考课法。

"画饼充饥"就是从这个故事来的。它的原意是虚名就像在地上画出的饼，不能吃，没有实际用处。人们用它比作不切实际的空想，聊以自慰。

画里真真

典出《松窗杂记》。

传说在唐朝的时候，有一位画匠，手艺非常高明。他画了一幅帛画，画中是一个年轻俊秀的女子，她的皮肤白里透红，她的眼睛像一汪水似的，她穿的衣裙佩带，飘然欲动，就像下凡的仙女一样。谁见了这幅画都说像真人一样，比活人还美。

有一天，一位叫赵颜的进士，看见了这幅画，他深深地被画中的女子打动了，看了半天再也不愿离去，还自言自语地叹息说：

"她长得真美呀！可惜世界上没有这样的美人。如果这幅画里的女子能够变成活人，我一定娶她做妻子！"

赵颜的这些话，正巧让画匠听见了。那位画匠就对他说：

"我的这幅画是神画，画中的女子名叫真真。如果你呼唤她的名字，每天昼夜不停，连续100天，他就会答应你。那时你再用百家酒请她喝，她一定能变为活人。"

赵颜听信了画匠的话，每日每夜呼唤真真的名字，到了100天那天，赵颜对着画叫了一声："真真！"那画中的人果然答应了一声"哎！"赵颜慌忙地斟上一杯百家酒，请真真喝了。顷刻之间，真真便轻轻地从画中走出来，与赵颜说话、谈笑，与活人一模一样。

不久，赵颜就同真真结为夫妻，后来还生下一个儿子。赵颜如愿以偿，心中十分快活，夫妻俩生活得很幸福。

3年以后，这事情让赵颜的朋友知道了。那位朋友好心地劝告赵颜说：

"你的夫人一定是女妖精，早晚要害死你的，你赶快想法除掉她吧！"说完，借给赵颜一把宝剑，让他晚上趁睡觉的时候，杀死真真。

赵颜一时没了主意，他只好将宝剑带回家中。他刚刚迈进家门，真真就对他说：

"我本来是南岳山上的仙子，可是你们偏要画我的身形，你又偏要呼唤我的名字，结果把我呼唤出来了。今天既然你已经怀疑我了，我再不能与你住在一块儿了。"说完，真真便领着儿子轻轻地走进画中。

赵颜被这突如其来的变化惊呆了，他连连呼叫"真真，真真！"可是真真一句话也不再说，张开口吐出了肚中的百家酒。

从此，那张画中又增加了一个孩子。

后来人们就用"画里真真"比喻不切实际的空虚，或根本实现不了的幻想。

毁钟掩耳

典出《吕氏春秋·不苟论·自知》：范氏之亡也，而姓有得钟者。欲负而走，则钟大不可负。以椎毁之，钟然有音。恐人闻之而夺己也，遽掩其耳。

范氏灭亡的时候，老百姓中有一个人偷得了一口钟。他想背起逃跑，可是钟太大背不动。他就用铁锤把钟砸破，铁锤刚落，钟发出了巨大的响声。

他唯恐别人听见之后从自己手里把钟夺走，就赶紧用手把自己的耳朵紧紧捂住。

后人用"毁钟掩耳"嘲讽那些以为自己不知道的别人也一定不知道的蠢人。

讳不识字

典出《笑林》：有走柬借牛于富翁者，富翁方对客，讳不识字，伪启缄视之，对曰："知道了，少停我自来也。"

讳不识字

有个人写了一封信派人去向一个富翁借牛。富翁正在会客。他忌讳自己不识字，就打开封口，装模作样看了一番，然后对送信的人说："知道了，稍停一会我就去。"

后人用"讳不识字"这个典故告诫人们，不要不懂装懂，死要面子。

假阶救火

典出《燕书》：赵成阳堪，其宫火，欲灭之，无阶可升。使其子朒假于奔水氏。朒盛冠服，委蛇而往。既见奔水氏，三揖而后升堂，默坐西楹间。

奔水氏命傧者设筵，荐脯醢觞胹。胹起执爵啐酒，且酢主人。觞已，奔水氏曰："夫子辱临敝庐，必有命我者，敢问？"胹方白曰："天降祸于我家，郁攸是祟，虐焰方炽，欲缘高沃之，肘弗加翼，徒望宫而号。闻子有阶可登，盍乞我？"奔水氏顿足曰："子何其迂也！子何其迂也！饭山逢彪，必吐哺而逃；濯溪见鳄，必弃覆而走。宫火已焰，乃子揖让时耶？"急异阶从之，至则宫已烬矣。

赵国人成阳堪家的房子着了火，想要扑灭，却没有梯子上房。他连忙打发儿子成阳胹到奔水家去借。

成阳胹换了一身整齐的衣冠，斯文地迈着方步走了。

见到奔水先生以后，他彬彬有礼地连作了3个揖，然后跟着主人缓步登堂，在西面柱子之间的席位上坐下，一声不响。

奔水先生让家人设宴招待。席间，主人献上肉食，向成阳胹敬酒。成阳胹起立，举着酒杯，慢慢喝下，并回敬主人。酒后，奔水先生问道："您光临寒舍，请问有什么吩咐呢"？成阳胹这时才开口说明来意："上天给我家降下大祸，发生了火灾，烈焰正在熊熊燃烧。想上房浇水灭火，怎奈两肘之下没生双翼，一家人只能望着火的房子哭喊。听说您家里有梯子，何不借我用用呢？"奔水先生听了，急得跺着脚说："您怎么这样迂腐呢！您怎么这

假阶救火

样迂腐呢！要知道，在山上吃饭遇到虎，必须赶紧吐掉食物逃命；在河里洗脚看见鳄鱼，应该马上抛弃鞋子跑掉。房子已经着了火，是您在这里作揖礼让的时候吗？"

奔水先生急忙命人抬上梯子，跟他回去。等他们赶到的时候，房子早已化为灰烬了。

后人用"假阶救火"这个典故告诉人们，办事情、做工作，都要讲实际，求实效，反对那种拘泥守旧、虚伪烦琐的庸俗作风。

蒋干盗书

典出《三国演义》第四十五回。

蒋干，字子翼，曹操幕下谋士。他装模作样，大言不惭，其实是一个猥琐无能，百事不成的人。在舞台上，蒋干成为一个令人发笑、倒霉透顶的丑角。

曹操带领 80 余万大军，沿江东下，原想一举平定江东，不料初次交锋，便被周瑜杀败，心里不免忧闷。蒋干献策说："我和周瑜同学，一向很有交情，凭我三寸不烂之舌，包管说动周瑜前来投降。"曹操听了大喜，就派他前去东吴当说客。

周瑜听说蒋干过江求见，心里暗笑："曹操的说客到了，我乐得将计就计。"他低声吩咐众将一番，然后把蒋干迎入帐中，设宴款待，传令文武官员都来相见，称"群英会"。周瑜对众将说："子翼是我的同窗好友，今日宴会，只叙友情，不谈军事。"说着，他将佩剑交给太史慈监酒，"要是谁谈论军事，就斩谁！"蒋干暗暗吃惊，不敢多说。这席酒，一直饮到深夜。周瑜大醉，拉着蒋干一起回到帐内，和衣倒在榻上，很快就睡得鼻息如雷。蒋干心上有事，哪里睡得着！三更时分，他悄悄起床，翻看桌上的公文，发现一封曹营水军都督蔡瑁、张允暗中勾结东吴的密信。蒋干偷此密信，趁着天未大亮，溜出帐外，急急上船回到曹营。

蒋干把盗来的密信递给曹操。曹操一看，勃然大怒，立刻下令将蔡瑁、张允2人推出斩了。众将得悉，慌忙进帐请问缘故。这时候，曹操猛然省悟过来，心里暗叫："唉呀！我中了周瑜的反间计！"可是，他嘴里却不肯认错，只得推托说蔡、张2人怠慢军法，所以被斩。

"蒋干盗书"，比喻中了人家的计谋，受别人的欺骗，自己吃了大亏。

驳象虎疑

典出《管子·小问》：桓公乘马，虎望见之而伏。桓公问管仲曰："今者寡人乘马，虎望见寡人而不敢行，其故何也？"管仲对曰："意者君乘驳马而盘桓，迎日而驰乎？"公曰："然。"

管仲对曰："此驳象也，驳食虎豹，故虎疑焉。"

齐桓公骑马出游，有一只老虎远远望见就趴在地上。事后，桓公问管仲说："今天我骑马出游，老虎望见我吓得不敢动，是什么缘故呢？"

管仲回答说："料想君王必是骑驳马闲游，迎着太阳奔跑吧。"

桓公说："是这样。"

管仲说："这是因为驳马很像驳，驳能吃老虎、豹子，所以老虎疑惧了。"

后人用"驳象虎疑"比喻在人们的社会生活中，类似这种为假象所惑而发生错觉的事情也是常有的。

进寸退尺

典出《老子》第六十九章：用兵有言："吾不敢为主而为客，不敢进寸而退尺。"

《老子》第六十九章，是老子的一篇军事论文。老子说：古代用兵的人有这样的话：我不敢做主动发动战争的"主"，而要做被迫进行战争的"客"。我不敢进入别国领土一寸之近，可以退回本国领土一尺之远。

后人用"进寸退尺"这个典故比喻老子对待战争的一种态度。现在已改变了原意，比喻得不偿失。

荆人畏鬼

典出《郁离子》：荆人有畏鬼者，闻槁叶之落与蛇鼠之行，莫不以为鬼也。盗知之，于是宵窥其垣，作鬼音。惴弗敢睨也。若是者四五，然后入其室，空其藏焉。

楚地有个人，非常怕鬼，听到风吹叶落和蛇鼠爬行的声音，都以为是在闹鬼。一个小偷知道他如此疑神疑鬼，就在夜晚爬在他家墙上，探头探脑，装鬼怪叫。他吓得半死，连斜眼看一下都不敢。小偷这样作怪了四五次，然后进入他的屋里，把所有的财物洗劫一空，席卷而去。

后人用"荆人畏鬼"这个典故告诫人们，没有科学态度，陷入盲目性，就不可避免地要被坏人利用。

举措失当

这句成语是由"举错（同措）必当"演变而来的，见于《史记·秦始皇本纪》：举错必当，莫不如画。

秦始皇二十六年（公元前221年）秦消灭了六国，统一了中国。接着把全国划为36个郡，并且统一了度量衡。二十七年，为了宣扬威德，秦始皇开始巡游天下。二十八年，秦始皇到泰山去进行封禅典礼，随后又南登琅邪，在琅琊逗留了3个多月，修筑了琅琊台，并且立了石碑，刻上碑文歌颂秦始皇的功绩和秦的德政。其中写道：秦始皇关心老百姓，勤于朝政，制定了符合大众要求的法律，地方官吏也能分工合作，对事务的安排、措施，无不整齐划一，一切按规定、按制度办事。

后人由"举错必当"演变出"举措失当"这句成语，比喻措施不得当。

举鼎绝膑

典出《史记·秦本纪》：武王有力好戏，力士任鄙、乌获、孟说皆至大官。王与孟说举鼎，绝膑。

在奴隶社会和封建社会中，君王的意志就是一切。君王喜好什么，官吏和老百姓就要喜好什么，故有"楚王好细腰，百姓多饿死；吴王好剑客，国人多疮疤"的民谣。而有

举鼎绝膑

些迎合君王喜好的人，往往能当大官。

战国时的秦武王力气很大，而且喜欢角斗。当时的大力士任鄙、乌获、孟说等人都做上了大官。有一次，武王与孟说举鼎（古代的一种炊器。多用青铜制成。圆形，三足两耳，也有长方四足的，很重），由于用力过猛，武王把胫骨折断，不久便死去了。

后人用"举鼎绝膑"比喻力不胜任。

拒谏饰非

典出《荀子·成相》：拒谏饰非，愚而亡同国必祸。

《成相》是荀况晚年的作品。在这篇文章中，他借用若干历史故事，塑造了他理想中的圣王和贤相的形象。文中写道：君主好忌妒和处处都想胜过臣下，这样大臣们就没法进行规劝了，必然要遇到灾祸。君主评论臣下的过错，要看他所做的事是否违背了尊崇君主、安定国家和推崇贤人。君

拒谏饰非

主拒绝规劝，掩饰自己的错误，臣下阿谀奉承，附和君主的意思，国家必然遭到祸害。

后人用"拒谏饰非"指拒绝别人的劝告，掩饰自己的错误。

刻画无盐

典出南朝宋刘义庆《世说新语·轻诋》：何乃刻画无盐，唐突西施也。

战国时，齐国无盐（今山东东平县东）有一个奇丑无比的女子，姓钟离，

名春，外地人都称她无盐。无盐相貌虽丑，但关心政事。她曾自谒齐宣王面责其奢侈腐败。齐宣王受到感动，立她为王后。后来，人们就用"无盐"来称颂和比拟貌丑而有德行的妇女。

春秋时代，越国曾有一个绝代美女西施。无盐和她比起来，简直无法相比。如果硬拿来相比，那就把丑的抬得太高，把美的贬得太低了。这种做法，称作"刻画无盐，唐突西施。"

晋代时，征西将军庾亮与荆州刺史周伯仁友善。一次，庾亮对周说："大家都拿你比乐广。"周说："这真是精细地描绘无盐，无端地冒犯西施。"

"刻画无盐"比喻以丑作美，引喻失当。

空中楼阁

宋朝有位大学问家叫沈括，字存中，浙江湖州人，宋仁宗时考中进士，后来做到韩林学士一官。他学问渊博，对当时的掌故、见闻，以及天文、卜算、音乐、医药等，无不通晓。在他所著的《梦溪笔谈》一书中，曾有这样一段记载："登州（今山东蓬莱市）四面临海（渤海），春末及夏季时，远远可以见到空中有城市楼台的形状，当地的人将他叫做海市。"这种情景，便是人们所称的"海市蜃楼"，其实是因为那季节海水的温度低于空气，故空气海面密而空中薄，远山、船舶、城市、楼台的光线除了直射到人的眼中外，又射到空气稀薄的地方，再曲折反射到人的目中。在沙漠中也有这种虚幻景象，沙漠上白天地面热，故下层空气薄于上层，光线反射，便有池畔草木映在水中的形状。

后来清朝人翟灏将沈括所说的话引证为"空中楼阁"，常常比喻脱离实际的幻想或虚幻的事物。

口尚乳臭

典出《汉书·高帝纪上》：秋八月，汉王如荥阳，谓郦食其曰："缓颊往说魏王豹，能下之，以魏地万户封生。"食其往，豹不听，汉王以韩信为左丞相，与曹参灌婴俱击魏。食其还，汉王问："魏大将谁也？"对曰："柏直。"王曰："是口尚乳臭，不能当韩信。骑将谁也？"曰："冯敬。"曰："是秦将冯无择子也，虽贤，不能当灌婴。步卒将谁也？"曰："项它。"曰："是不能当曹参。吾无患矣。"九月，信等虏豹……

秦王朝被推翻之后，刘邦和项羽争夺天下，拉开了楚汉之争的序幕。公元前205年（汉王二年）初，刘邦率领大军出函谷关东下，一路势如破竹。三月，刘邦北渡黄河，西魏王豹带兵投降。接着，刘邦又南渡黄河，攻占洛阳。四月，刘邦率领各路诸侯，共56万人，东向伐楚，一举攻下彭城。项羽闻讯之后，立即离开齐地，引兵3万，急回彭城，大破汉军，刘邦仅与数十骑逃脱，退到荥阳、成皋一带。各路诸侯看到刘邦大败，纷纷逃散。西魏王豹以探视母亲为名，离开刘邦，又投奔了楚军，起兵与汉军为敌。这时，刘邦极力争取笼络各方力量。他说服了英布叛楚归汉，又派人联合了彭越，同时重用韩信。汉军又振作起来。

这一年的秋季八月，汉王来到荥阳，对辩士郦食其说："请您试探着慢慢地同西魏王豹说说，要他反楚归汉。如果能说服他，我把魏地万户封给先生您。"郦食其前去说降，但西魏王豹不肯听从。于是，刘邦决定任韩信为左丞相，让他同曹参、灌婴一起去攻打西魏王豹。这时，郦食其回来了。刘邦问道："西魏王豹的大将是谁？"郦食其回答说："柏直。"刘邦说："这个人年幼无知，嘴里的奶腥儿还未退尽，他一定抵挡不住我的大将韩信。西魏王豹的骑将是谁呢？"郦食其回答道："冯敬。"刘邦说："这个人是秦将冯无择的儿子，虽然很贤德，但抵挡不了灌婴。步兵将领是谁呢？"郦食回答道："项它。"刘邦说："这个人抵挡不了曹参。我没有忧患了。"九月间，韩信等人俘虏了西魏王豹。

"口尚乳臭"就是从这个故事来的。乳臭：奶腥气。"口尚乳臭"的意思是，年轻尚小，嘴里的奶腥味儿还没有退尽。用来说明年幼无知，是轻视年轻人的用语。"口尚乳臭"，也作"乳臭未干"。

劳而无功

这句成语曾见《管子·形势篇》：与不可，强不能，告不知，谓之劳而无功。又见《庄子·天运》：是犹推舟于陆地，劳而无功。下面故事从《庄子》。

春秋末年，孔子带着一些弟子周游列国，宣传他们的政治主张。在从鲁国准备到卫国去的时候，弟子颜渊对鲁国的太师金说："我的老师孔子要到卫国去宣传仁义道德这些政治主张，您说卫侯肯接受吗？"金回答说："现在战乱四起，各国的国君都忙于打仗，谁听那些不合时宜的说教呢？如今他去卫国游说，恐怕是像在陆地上推着船前进一样，花了力气，但收不到效果。"后来，孔子来到卫国，仍然不合时宜地进行说教，卫侯果然不采纳他的主张，他只好垂头丧气地走了。

后人用"劳而无功"指花了力气却没有功效。

两败俱伤

典出《战国策·齐策三》：齐欲伐魏。淳于髡谓齐王曰："韩子卢者，天下之疾犬也。东郭逡者，海内之狡兔也。韩子卢逐东郭逡，环山者三，腾山者五，兔极于前，犬废于后，犬兔俱罢，各死其处。田父见之，无劳倦之苦，而擅其功。今齐、魏久相持，以顿其兵，弊其众，臣恐强秦大楚承其后，有田父之功。"齐王惧，谢将休士也。

战国时代，齐宣王想要发兵去攻打魏国。当时齐国有一个滑稽雄辩的人名叫淳于髡，他知道了，便去见宣王，说："韩子卢是最有名的猎犬，东郭逡是最著名的狡兔。有一天，韩子卢追赶东郭逡。一只在前面拼命地逃，一只在后面拼命地追，绕着山脚追了 5 圈，越过山头又赶了 5 趟，直到后来它两个都跑得精疲力竭了，都一齐倒在路边，死了。这时，来了一个种田的人，他弯下腰去，毫不费力地拾起一只狡兔和一只猎犬。"现在，要是齐国攻打魏国，必定兵连祸结。这场战争不是短期之内可以结束得了的。结果，必将使双方士兵都打得焦头烂额，疲惫不堪！同时又大大地加重了百姓的负担，落得民穷财尽，两败俱伤。那时候，秦国和楚国便可以不费吹灰之力，长驱直入，占领齐魏两国，就像种田的人毫不费力地拾一只狡兔和一只猎犬一样。

齐宣王听了，觉得淳于髡的话很有道理，就不想发兵攻打魏国了。

"两败俱伤"是指双方都吃了亏，都受到损害。

辽东白豕

典出《后汉书·朱浮传》：而伯通自伐，以为功高天下。往时辽东有豕，生子白头，异而献之，行至河东，见群豕皆白，怀惭而还。若以子之功论于朝廷，则为辽东豕也。

东汉时期，有一个人叫朱浮，字叔元，沛国萧人。光武帝刘秀任他为大司马主簿，偏将军，建武二年（公元 26 年）又封他为舞阳侯。

朱浮颇有才能，也很有事业心。当时，社会比较混乱，朱浮想任用一些旧的官吏，以安定人心。但是，渔阳太守彭宠（字伯通）不同意，他认为天下未定，战事较多，不应该设置过多的官属以损耗财力，所以他不听从来浮的命令。朱浮为人性情急躁，自以为是，容不下不同的意见。他给彭宠写了一封信，对他进行指责。其中说道："你彭伯通骄傲自大，以为自己的功劳比天下任何人都大。从前，辽东某家有一头母猪，产下一只白头的小猪仔，这家人认为这个小猪仔是珍稀之宝，打算把它献给朝廷。当他们走到河东一带时，看到那里的猪都是白的，因此满怀惭愧之情返回去了。如果把你的功劳拿到朝廷上议论，就如同辽东的白头小猪一样，不足为奇啊。"彭宠见信后十分生气，就率兵攻打朱浮。幸亏上谷太守耿况派兵救援，朱浮才得以逃走。

"辽东白豕"就是从这个故事来的。豕：猪。人们用"辽东白豕"比喻少见多怪。

临渴掘井

典出《晏子春秋·内篇杂上》：鲁昭公失国走齐，景公问焉，曰："子之年甚少，奚遽至于此乎？"昭公对曰："吾少之时，人多爱我者，吾体不能亲；人多谏我者，吾忌不能从，是以内无拂而外无辅。辅拂无一人，谄谀者甚众，譬之犹秋蓬也，孤其根而美枝叶，秋风一至，偾且揭矣。"景公辩其言，以语晏子曰："使是人反其国，岂不为古之贤君乎？"晏子对曰："不然。夫愚者多悔，不肖者自贤。溺者不问队，迷者不问路；溺而后问队，迷而后问路，譬之犹临难而遽铸兵，临噎而遽掘井，虽速亦无及已。"

春秋时代，鲁昭公在国内待不下去，出走到齐国，齐景公问他："你年纪很轻，就把国家丢掉，这是什么原因呢？"昭公回答说："我年纪很轻，很多人爱护我，但我没有亲近他们。很多人规劝我，我又不曾接受。于是弄得里边无人帮助，外边无人拥护。现在已没有一人真心帮助和拥护我，倒是奉承和对我说假话的人很多。这就好比秋天的蓬草，根茎已经枯萎，枝叶尚自美丽。可是待到秋风一起，自然就连根都被拔起来了。"景公觉得他这话很有道理，就转告晏子，并且认为若让昭公回去，该成为一位贤良的国君。

临渴掘井

晏子说："不会如此。凡掉在水里的人，原先是不防备失足的；迷途的人，原先便是不注意路径的。一定要等到掉在水里以后，才会想起应该防备失足，迷失方向之后，才能知道应该注意路径。犹如面临灾难的人，才急着铸造兵器；吃东西塞住咽喉的人，才急着去挖井取水。虽然这时候用最快的速度，但是已经来不及了。"

后来人们便根据晏子说的最后几句话，引申成"临渴掘井"这句成语，用来嘲笑人平时对于事情，不做准备，不知提防，等到事已临头，才忙着采取措施去应付，但是已经来不及了。

菱生山中

典出《雪涛小说·知无涯》：北人生而不识菱者，仕于南方，席上啖菱，并壳入口。或曰："啖菱须去壳。"其人自护所短，曰："我非不知并壳者，欲以清热也。"问者曰："北土亦有此物否？"答曰："前山后山，何地不有！"

有个北方人，有生以来没见过菱角。后来他到南方做官。有一次，他在宴席上吃菱连壳一起塞进嘴里，别人告诉他说："吃菱应该去掉壳。"他自护其短，说："我并不是不知道，所以要连壳吃，是为了清热泻火。"席上有个人问："北方也有这种东西吗？"他回答说："前山后山都是，哪一块地方没有呢！"

后人用"菱生山中"这个典故告诫人们，不懂就是不懂，不要自护其短，护来护去，只能越发暴露自己的无知和虚伪。

六只脚快

典出《广笑府》：有急足下紧急公文，官恐其迟也，拔一马与之。其人逐马而行，人问："如此急事，何不乘马？"曰："六只足走，岂不快于四只。"

六只脚快

有个跑步传送紧急公文的差人，官府怕他慢了误事，就拨给他一匹马乘骑。

这个差人跟在马后，赶着马飞跑。有人见了问："你有如此紧急的公文，为什么不骑着马赶路呢？"差人说："6只足跑难道不比4只足快吗？"

后人用"六只脚快"这个典故来比喻机械唯物论者认识事物和处理问题的方法。

龙蛙喜怒

典出《艾子杂说》：昔有龙王，逢一蛙于海滨，相问讯后，蛙问龙王曰："王之居处何如？"王曰："珠宫贝阙，晕飞璇题。"龙复问："汝之居处何若？"蛙曰："绿苔碧草，清泉白石。"复问曰："王之喜怒如何？"龙曰："吾喜则时降膏泽，使五谷丰稔；怒则先之以暴风，次之以雷震，继之以飞电，使千里之内，寸草不留。"龙谓蛙曰："汝之喜怒何如？"曰："吾之喜则清风明月，一部鼓吹；怒则先之以怒眼，次之以腹胀，然后至于胀过而休。"

从前一位龙王在海滨遇到一只青蛙。

它们相互寒暄过后，青蛙问龙王说："大王您居住的地方怎么样啊？"龙王回答道："那是珍珠叠就的宫殿，彩贝堆砌的楼台，可以说是壮丽之极，精巧之极了。"

龙王也问青蛙说："你住的地方怎么样啊？"青蛙说："周围是绿苔碧草，门前是清泉白石。"

青蛙又问龙王："大王喜怒的时候，是什么样呢？"龙王说："我高兴的时候，普降甘霖，让天下五谷丰登；发怒的时候，先兴狂风，再发雷霆，后飞闪电，管叫千里之内，寸草不留。"

龙王也问青蛙："你喜怒的时候，又是怎么样呢？"青蛙说："我高兴的时候，便对着清风明月，尽情鼓噪一片蛙声；生气的时候，先怒眼睛，再鼓肚腹，直到最后胀破肚皮，一死方休。"

后人用"龙蛙喜怒"这个典故告诉人们，越是鼠目寸光、胸无大志的人，往往越喜欢自我陶醉，自鸣得意。

鲁人徙越

典出《韩非子·说林上》：鲁人身善织屦，妻善织缟，而欲徙于越。或谓之曰："子必穷矣。"

鲁人曰："何也？"

曰："屦为履之也，而越人跣行；缟为冠之也，而越人被发。以子之所长，游于不用之国，欲使无穷，其可得乎？"

鲁国有个人擅长织草鞋，妻子擅长织生缟，想搬迁到越国去谋生。有人告诉他说："你一定会遇到困难的。"

这个鲁国人说："为什么呢？"

回答道："做鞋是为了穿它，而越国人是光脚走路的；织缟是为了做帽子戴，而越国人是不戴帽子的。拿你们所擅长的技艺，跑到用不着的地方去谋生，要使自己摆脱困境，哪能办到呢？"

后人用"鲁人徙越"比喻要根据社会的实际需要决定行动，否则非碰钉子不可。

驴鸣犬吠

典出《朝野佥载》卷六：梁庾信从南朝初至北方，文士多轻之。信将《枯树赋》以示之。于后无敢言者。时温子升作《韩陵山寺碑》，庾信读而写其本。南人问信曰："北方文士何如？"信曰："唯有韩陵山一片石堪共语，薛道衡、卢思道少解把笔，自余驴鸣犬吠，聒耳而已。"

庾信（513—581年），字子山，是南北朝时期的北朝作家。当初，他在南朝梁朝廷当官，与他的父亲庾肩吾一起入宫廷，写作绮丽的宫体诗。梁元帝（萧绎）承圣三年（555年），42岁的庾信奉命出使西魏，到了长安。正在这时候，西魏的军队攻陷了江陵，捕杀萧绎。从此，庾信便被留在西魏，历经西魏、北周，到隋文帝杨坚开皇元年（581年）才死去。

庾信本是被强留于北方的南朝使臣。他从南朝初到北方时，文人们都瞧不起他。留在北朝做官，这在庾信看来不仅是背井离乡，而且是"失节"的行为，使他内心中感到严重的屈辱和痛苦。这种遭遇和经历使他的创作发生了变化，写出了《哀江南赋》《小园赋》和《枯树赋》等代表作。《枯树赋》主要是抒写自己身世之感，如"若乃山河阻绝，飘零离别，拔本垂泪，伤根沥血。火入空心，膏流断节。横洞口而欹卧，顿山腰而半折"。树的形象已经成为作者自己身世的象征，读后令人感奋，催人泪下。庾信把《枯树赋》拿给其他文人看，他们看后深表佩服，以后再也不攻击庾信了。此前，以尔朱荣为首的尔朱氏集团拥有强大的兵力，魏国在凶暴愚蠢的尔朱氏集团的支配下，从统一的形式转向分裂的形式。532年，晋州（今山西临汾县）刺史高欢在洛阳大杀尔朱氏及其徒党，并在韩陵山（今河南安阳东）建立定国寺，记载自己的功德，一个叫温子升的文人撰写了碑文，即《韩陵山寺碑》。庾信很喜欢这篇碑文，把它抄写下来。有一次，南方的文人问庾信说："北方文人的水平如何呢？"庾信回答道："唯有韩陵山上的那块碑文尚可一读，薛道衡（字玄卿）、卢思道稍懂为文之道，除此之外，都是一些驴鸣犬吠之徒，聒噪一番，污人耳目而已。"

"驴鸣犬吠"就是从这个故事来的。它的意思是，如同驴狗般地嚎叫。人们用它嘲笑某人文章写得拙劣。但此典过于刻薄，对人不敬，应当慎重使用。

买椟还珠

典出《韩非子·外储说左上》：楚人有卖其珠于郑者，为木兰之柜，熏以桂椒，缀以珠玉，饰以玫瑰，辑以羽翠，郑人买其椟而还其珠。此可谓善卖椟矣，未可谓善鬻珠也。

古时候，楚国有一些珠宝商人，把珍珠运到郑国去售卖。为了吸引顾客，招来生意，他们别出心裁地特制了一些盛珍珠的匣子。这些匣子全选用上等木兰木料制造，款式设计十分美观。匣子外面雕上了精致的玫瑰花纹，四边都镶上了闪光的珠玉，周围又加上一撮撮美丽的翡翠，同时，还用桂椒把匣子熏得香喷喷的，真是人见人爱。

他们到了郑国，便选择了一个热闹的地方，把带来的装着珍珠的匣子打开，一排排地摆在地上。果然，很快就围满了一层层的人前来观看。他们心中正暗自高兴，可是他们故意一声不响地坐着，听听周围的人对他们的珍珠的评论，以便开价。怎知他们听来听去的全是谈论那些匣子的样子、装饰……放在匣子里的珍珠，一点也没有引起人们的注意。这些珠宝商不由得着急起来，于是大声叫卖。但人们问的都是那些匣子的价钱。最后，有些人宁可出高价把匣子买了，而无条件地把匣里的珍珠退还给那些珠宝商人。

照这故事的本身看来，郑国的买客只要匣子而退还珍珠，似乎是并不可笑，因为那些匣子也实在太美观名贵了，他们从没有见过这样美丽的匣子，而珍珠虽贵重，却是以前时时见到的，但他们放弃真正名贵的珍珠而要外表好看的匣子的处世情况，却是取舍不当，失去意义了。

以后，人们便把这个故事引申为"买椟还珠"（椟，一种藏物的小匣），譬喻人们取舍失当，轻重倒置。

买鳖亡鳖

典出《韩非子·外储说左上》：郑县人卜子妻之市，买鳖以归。

过颍水，以为渴也，因纵而饮之。遂亡其鳖。

郑县人卜子的妻子去赶集，买了一只甲鱼带回家。

路过颍河的时候，她以为甲鱼渴了，因而把它放到河里去喝水。甲鱼就跑掉了。

这一则寓言讽刺了教条主义者总是带着很大的主观性、片面性和表面性。

买鳖亡鳖

氓作氓怖

典出唐陆龟蒙《笠泽丛书·庙碑》：瓯、粤间好事鬼，山椒水滨多淫祀。其庙貌有雄而毅、黝而硕者，则曰将军；有温而愿，而少者，则曰某郎；有媪而尊严者，则曰姥；有妇而容艳者，则曰姑。其居处则敞之以庭堂，峻之以陛级，左右老木，攒植森拱，萝茑翳于上，鸥鹊室其间，车马徒隶，丛杂怪状。氓作之，氓怖之。大者椎牛，次者击豕，小不下犬鸡。鱼椒之荐，牲酒之奠，缺于家可也，缺于神不可也。一朝懈怠，祸亦随作，羣孺畜牧栗栗然，疾病死丧，不曰适丁其时，而悉归之于神。

瓯、粤一带，信奉鬼神。山巅河畔有很多滥造的神鬼庙宇。对庙里的神像，相貌凶猛威武、黝黑高大的，尊为将军；温良敦厚，面白年少的，就呼为某郎君；神态尊严的老妇，则恭称老母；姿色艳丽的妇人，便叫做仙姑。

人们还给它们修建了宽敞的庭院殿宇，筑起高高的阶台。两旁的老树，株密叶茂，上面藤萝盘绕，鸥鹊营巢筑窝。庙里还到处雕塑彩绘着神鬼的车马随从，奇形怪状，阴森可怕。

农夫们自己制造了这些偶像，自己又畏惧敬奉它们。供祭的时候，大的杀牛，稍次的宰猪，最差也不小于鸡犬，酒食鱼肉宁肯自己不吃，也要供祭神鬼。倘若一时怠慢失敬，老幼个个抖瑟害怕，唯恐神鬼降灾。逢上疾病死丧，不认为是恰值时疫或寿数已尽，统统归于鬼神。

后人用"氓作氓怖"这个典故告诉人们，民作民怖，是由于长期遭受封建统治阶级欺骗和愚弄的结果。但是，到了一定时期，人们就会觉醒，并用他们自己的双手打碎这些偶像。

战国时期，高子向孟子学习知识，但他半途又改学别的。孟子对他说："山坡上的小路，虽然只有一点点宽，但是只要经常去走，就会成为一条路；如果有一段时间不去走，它就会被茅草堵塞了。现在，茅草也把你的心堵塞了。"

"茅塞"就是从这个故事来的。人们用它比喻思路不开通。后来，人们用"顿开茅塞"比喻大受启发，立刻理解、明白。

帽缨系好

黄池大会夫差当了盟主以后，列国就得向他进贡，晋国的君臣觉得不但损失了利益，而且在中原诸侯面前可算丢尽了威望，便打算在那些软弱无能的诸侯里头找一两个做文章，好争回点面子。晋定公就想起当初他帮着卫太子蒯聩当了国君，他有两年多没来朝见进贡。这倒是个名目，就打发赵鞅带着大军去打卫国（公元前 477 年）。

提起卫太子蒯聩，他也是个宝贝。他当初眼见他父亲卫灵公睁个眼闭个眼，让南子（蒯聩的母亲）去跟公子朝来往，闹得全国人都知道了。太子蒯聩听见外边的议论，非常生气。他就跟一个家臣商量，叫他去把南子刺死。没想到那个家臣见了南子，不敢下手，反倒叫南子瞧破了底细，就大声嚷着说："太子杀我！"卫灵公可火大了，立刻要把太子弄死，吓得太子偷偷跑到宋国去。后来又从宋国跑到晋国，央告赵鞅帮他的忙。谁知道卫灵公死了以后，南子和大臣们因为卫灵公已经废了太子蒯聩，就把蒯聩的儿子立为国君，就是卫出公。可是晋国这方面，赵鞅叫那个从鲁国跑出来的阳虎护送着蒯聩，去跟卫出公争夺君位。卫国的大臣还真帮着儿子打爸爸。蒯聩不能回国，就和阳虎占领了卫国的戚城（今河北省濮阳县北）暂且住一下。一面请赵鞅再想办法。

卫出公虽说当了国君，可是卫国的大权全在大夫孔悝手里。孔悝的母亲孔姬是蒯聩的姊姊，她向着她的兄弟，不喜欢她的侄儿。可是孔悝跟他妈并不是一条心，他是帮着卫出公的，这样，娘儿俩就分成两派。

这位孔姬也是个怪物。按说儿子当了大夫，执掌着国家大权，她应当是个老夫人了。哪知道不是那么回事。她爱上了一个小伙子叫浑良夫，他是孔家的家臣。浑良夫对孔姬是百依百顺，孔姬叫他怎么着他就怎么着。孔姬叫他上戚城去探望她兄弟蒯聩，还想把蒯聩接回来。

浑良夫到了戚城，见了蒯聩，刚要下拜，蒯聩一把拉住他，挺亲热地跟他说："你要是能帮我当上国君，我准请你执掌大权。将来万一你犯了死罪，我饶你3回不死。"浑良夫满口答应，回来就跟孔姬商量。孔姬叫他带了两套女人的衣裳，再上戚城去接蒯聩，又派了两个武士打扮成赶车的。浑良夫和蒯聩扮作女人坐在车里混进城来。孔姬把他们当做丫头，收在家里。

第二天，孔悝上朝回来。孔姬问他："你妈一家最亲的是谁？"孔悝说："当然是舅舅喽。"孔姬说："你既然知道舅舅最亲，为什么不立他为国君呢？"孔悝说："废太子，立国君，全是先君的命令。我哪儿敢不照着办呢？"说着，他装着要方便的样儿，上厕所去了。孔姬早就布下了两个武士，左右一挤，把孔悝夹在中间，说："太子叫您去！"不由分说，把他拥到一个高台上来。孔姬站在蒯聩旁边，大声地说："太子在这儿，孔悝还不赶紧拜见！"孔悝只好拜见了蒯聩。孔姬挺着身子，瞪着眼睛对她儿子说："你今天愿意不愿意归顺舅舅？"孔悝说："随娘的便。"孔姬立刻吩咐手下的人宰了一头猪，叫太子蒯聩和大夫孔悝"歃血为盟"。

孔姬一边留住那两个武士看住孔悝，一边就叫浑良夫打着孔悝的旗号传下命令，召集家丁，前去逼宫。

卫出公听说有人造反，慌里慌张地打发左右去请孔悝来。左右回报说："孔大夫早就给他们扣起来了。"卫出公吓得迷里迷糊地好像在做梦。末了，他就忙忙叨叨地开了库房，把值钱的东西都搬上车，上鲁国去了。有些不愿意归顺蒯聩的大臣，五零四散地躲开了。

孔子的门生子羔和子路都是孔悝的家臣。子羔听说主人给人家围困住了，就从城里逃出去。他到了城外，可巧碰见子路要进城去救孔悝。子羔对他说："城门已经关了，这又不是你的事，干吗去自投罗网？"子路不听他的劝。他说："我拿了孔家的俸禄，就不能贪生怕死地不去救他！"他就一个人一气跑到城门口。城门早就关了。守城的人认得子路，对他说："国君早就跑了，你还来干吗？"子路犯起傻劲来了。他说："我最恨那些没皮没脸的人，吃了人家的饭，不管一点事。刚一听说主人有难，头一个就先跑了。我特地赶了来，给他们瞧瞧！"谁知道守城的人不管子路怎么说，就是不开城。正巧城里有人出来，子路趁着城门一开，就挤了进去。一口气跑到孔家，在台底下大声嚷道："我子路在这儿，请孔大夫下来吧！"

孔悝给左右看着，不敢说话。子路说："你们不下来，我就把这座台烧了。"太子蒯聩叫那两个武士下去跟子路打一打。子路拿着宝剑，跟这两个人打上了。打了一会，武士们占了上风。这儿一戟扎过去，把子路的胸口扎通了。接着那儿一刀，又把子路的帽缨砍下来了。他们一瞧子路活不了了，就回台上去了。子路躺在地上，正要断气的时候，忽然想起帽缨折了，帽子也歪了。一个挺讲究礼节的孔子的门生，怎么能这样衣冠不整地死去呢？他强挣扎着把帽子戴正了，帽缨系好了，说："君子死了，不应该不戴帽子的。"接着，他就安心地咽了气。

这个故事固然赞扬了忠心耿耿的人，在危急时刻想到的不仅仅是自己；但同时也嘲讽了读书人的迂腐气，做事不分轻重。

蒙人叱虎

典出《郁离子》：蒙人衣狻猊之皮以适圹，虎见之而走。谓虎为畏己也，返而矜，有大志。明日，服狐裘而往，复与虎遇。虎立而睨之。怒其不走也，叱之，为虎所食。

有一个住在蒙邑的人，他披着狮子皮走到旷野中去，老虎看见他就吓跑了。这个人便认为老虎害怕自己，回到家里骄傲地夸耀自己十分了不起。

第二天，他又穿上一身狐狸皮袄走到旷野里去，再次与老虎相遇。老虎站住脚用眼睛斜盯着他。他见老虎并不逃走，非常愤怒，就大声呵斥，结果被老虎吃掉了。

后人用这则寓言说明假象掩盖不住真情，表象不能代替实质——"纸里是包不住火的"。凡是"拉大旗做虎皮，包住自己，吓唬别人"的人，终有一天，会暴露他内部的虚弱，遭到可耻的下场。

梦中受辱

典出《吕氏春秋·遇合》：齐庄公之时，有士曰宾卑聚，梦有壮子，白缟之冠。丹绩之构，东布之衣，新素履，墨剑室，从而叱之，唾其面，惕然而寤，徒梦也。终夜坐，不知快。明日召其友而告之。曰："吾少好勇，年六十而无所挫辱。今夜辱吾，将索其形，期得之则可，不得将死之。"每期与其友俱立乎衢，三日不得，却而自殁。

齐庄公的时候，有个名叫宾卑聚的人。一天夜晚，他梦见有个壮士，头戴白缟制的帽子，外穿红色麻布盛服，内着东布做的衣服，脚登崭新的白鞋，挂着黑色的剑囊，把他骂了一顿，唾了一脸。

这个人气急败坏，一下惊醒，原来只是一场梦。结果气得一夜再也不能入睡，坐在那里，闷闷不乐。

第二天，他请来要好的朋友，把梦里的事讲给他听，并说："我自幼勇敢好胜，到如今60年来从未受过半点差辱。现在有人竟敢在夜间差辱我，我非要按相貌找到他，报仇雪恨。如果按期找到了，还算罢了；找不到，一死了之。"

于是，他每天约朋友一起站在十字路口搜寻梦中那个壮士。

结果，3天过去了，还没有找到，他便回去自杀了。

后人用"梦中受辱"这个典故告诉我们："好勇"，好不好？要做具体分析。像宾卑聚这样，寻找虚幻的敌人，报复梦中的差辱，竟至含恨自杀，这样的好勇，毫无意义，毫无价值。我们提倡的则是为人民大众、为崇高事业，英勇奋斗、不惜牺牲的献身精神。

米从何来

典出《艾子杂说》：齐有富人，家累千金。其二子甚愚，其父又不教之。一日，艾子谓其父曰："君之子虽美，而不通世务，他日曷能克其家？"父怒曰："吾之子敏，而且恃多能，岂有不通世务耶？"艾子曰："不须试之他，但问君之子所食者米从何来，若知之，吾当妄言之罪。"父遂呼其子问之，其子嘻然笑曰："吾岂不知此也，每以布囊取来。"其父愀然而改容曰："子之愚甚也，彼米不是田中来？"艾子曰："非其父不生其子。"

齐国有个富翁，家底很厚。他的两个儿子愚蠢不堪，父亲也不加以教育。

一天，艾子对富翁说："您的儿子虽然长得漂亮，可是不懂世事，不明事理，日后怎么能治家立业呢？"

富翁听了生气地说："我的儿子聪敏过人，而且堪称是多才多能，哪有不通世务的道理呢！"

艾子说："不用试别的，就请问问您儿子，所吃的米是从哪儿来的吧。如果他知道，我情愿承担瞎说的罪过。"

富翁立即唤来儿子，当面问。儿子嬉皮笑脸地说："这我哪能不知道呢，米总是从装米的布口袋里取出来的嘛！"富翁脸色一沉，不高兴地呵斥道："你太蠢了，难道不知道米是从田里长出来的吗？"

艾子听了，慨叹说："不是这样的老子，怎么能生出这样的儿子来啊！"

后人用"米从何来"这个典故告诉人们，剥削阶级脱离实际，不事生产，不劳而获，坐享其成，是最愚蠢无知的。

明年同岁

典出《艾子杂说》：艾子行，出邯郸道上，见二媪相与让路。一曰："媪几岁？"曰："七十。"问者曰："我六十九，然则明年，当与尔同岁矣。"

艾子出了邯郸城，走在路上，看见两个老太婆在那里相互让路。

明年同岁

其中一个问道："你多大岁数了？"另一个回答说："整整 70 了。"问的人又说："我今年 69，到了明年，就和您同岁了。"

后人用"明年同岁"这个典故告诉人们，要用发展的眼光看问题，不能片面地看问题。

墨守成规

典出《墨子·公输》中的一段故事。

战国时候，楚王想去攻打宋国，叫著名工匠公输班（即鲁班）设计制造了攻城用的云梯。当时有个叫墨翟的人以善于守御而著名，他反对这次战争，于是从齐国（一说鲁国）跑到了楚国的郢都，劝楚王不要出兵，楚王认为，他有公输班设计的云梯，攻城一定可以获胜，因此，不想理睬墨翟的劝告。墨翟见此情景，对楚王说："那么，我来充当守城的，你让公输班来攻，看他能不能攻下。"于是墨翟制作了简单的模型，让公输班用他制造的器械来攻打，自己防守。公输班一连攻了9次，都没有攻下。后来，他们俩调换了攻守，墨翟攻了9次，就攻下了9次。楚王见公输班制造的器械并不是万能的，就取消了攻打宋国的计划。

根据墨翟守城这则故事，后来称善守者为"墨守"。《后汉书·郑玄传》："时任城何休好《公羊》学，遂著《公羊墨守》。"李贤注："言《公羊》义理深远，不可驳难，如墨翟之守城也。"

后人用"墨守成规"这个典故比喻固执、不愿改变自己的主意。

目不见睫

典出《韩非子·喻老》：臣患智之如目也，能见百步之外而不能自见其睫。

《史记·越王勾践世家》：吾不贵其用智之如目，见豪毛而不见其睫也。

战国时，越王无疆当国，他想与当时的其他国家争霸，就对外使用武力，准备北面向齐国用兵，西面对楚国侵略。齐威王知道越国要向齐国进攻，就派了个说客向越王说："越国不去攻打楚国，大既不能称王，小也不能称霸。我想越国之所以不去攻打楚国，为的是得不到晋国的支持。"越王说："我对晋国的希望是维持中立，不想和他们两军相对，难道晋国还会来攻夺我的城池吗？"接着他又分析了当时各国的情况后，对晋国的不趁时机去掠取楚国的土地，认为十分失算。

齐国使者听了越王的见解，说："我觉得越国没有亡国倒真是侥幸的事，大王你看得多么虚浅！我一点不重视那种运用智慧像使用眼睛的做法，眼睛虽然能看清楚细微的毛，却看不见自己眼睑上的睫毛。现在，你只看见晋国的失计，却看不见越国本身的错误，只期待晋国去瓜分楚国，又不能和他联合，怎样能够全凭希望呢？大王不如现在出兵去攻打楚国，先夺长沙一带产米区（楚国在今湖南、湖北地方）和竟泽陵的产木材的地方，那么就可以建立王霸的基础。"越王被齐国的说客打动了，便放松齐国而移兵攻楚。

后来的人，便将齐国使者所说的话引申为"目不见睫"一句成语，意思是眼睛看不见自己的睫毛，比喻目光短浅，没有自知之明。

沐猴而冠

典出《史记·项羽本纪》：

人言楚人沐猴而冠者，果然！

项羽在鸿门把刘邦放走以后，心中非常懊悔，又想起刘邦可能要占领咸阳，心中更加恼怒。一怒之下，他便带领军队攻打咸阳。占据咸阳后，他把秦降王子婴杀了，把秦朝宫

沐猴而冠

殿烧了，把宫中的珍宝财物抢了，带着军队，准备东归。当时有个名叫韩生的人对项羽说："关中这个地方东有函谷关，南有武关，西有散关，北有萧关，山河西塞，四面都有险要的地方可守，而且土地肥沃，物产丰富，真是一个建都的好地方啊！"项羽说："富贵不归故乡，如衣绣夜行，谁知之者？（意思是：升了官，发了财不回故乡显耀一番，就像穿着非常漂亮的锦绣衣服在夜里行走一样，有谁知道呢？）"韩生说："我听说楚人'沐猴而冠'，现在看来，果然如此。"项羽听了极为恼怒，就把韩生投入沸水锅内煮死了。

后人用"沐猴而冠"比喻本质不好，但都装扮得很像样子。

牛膝鸡爪

典出《广笑府》：人有初开药肆者，一日他出，令其子守铺。遇客买牛膝并鸡爪、黄连，子愚不识药，遍索笥中无所有，乃割己耕牛一足，斫二鸡足售之。

有个初开药铺的人，一天外出，让他的儿子给看守铺面。

一会儿，有位顾客前来购买牛膝、鸡爪、黄连。儿子愚昧，不认识药，找遍了药柜也没有找到，便割下家里耕牛的一条腿，剁了两只鸡爪子，卖给顾客。

后人用"牛膝鸡爪"这个典故告诉人们，牛膝鸡爪，望文生义，是一种主观主义的表现。

弄巧成拙

典出《宣和画谱》：弄巧成拙，为蛇画足。

孙知微是北宋时期一个有名的画家。有一次，成都寿宁寺请他为寺院画一幅《九曜图》。他画好草图以后，因为有事要到一个朋友家去，于是就把他的弟子们找来，对他们说："这幅画的轮廓我已经画好了，我要去办事，剩下着色的工作，你们几人接着做吧，一定要认真才好。"

这些弟子们得到老师的信任，非常高兴。老师走了以后，他们就准备上色，可是，忽然发现图中水星菩萨的侍从童子手中拿着的水晶瓶是空的，他们感到很奇怪。一个名叫童仁益的学生对大家说："老师平时画瓶，总要在瓶上画一束鲜艳的插花，这一次可能因为要去办事，匆忙当中忘了画上。我们给画上吧。"大家都赞同他的意见，于是他就在水晶瓶上很用心地添上一枝粉红色的莲花。

第二天，孙知微归来。当他看到水星菩萨的侍从捧的瓶子中居然冒出一朵莲花时，肺都要气炸了。他责问学生们："莲花是你们添上去的吗？为什么要随便添上莲花？"学生们回答："是我们添的，添上莲花不是更好看了吗？"孙知微恼怒地说道："这简直是胡闹。你们的用心虽然是好的，却干了一件自以为聪明的蠢事。《道经》中说，这水星菩萨的水晶瓶不是插花用的，而是用来镇伏水的宝贝。瓶中根本就没有什么花草，如果添上花，它就不是神物而是只普通的花瓶了。这幅画全让你们给毁了。"童仁益等弟子们原以为老师回来会夸奖他们一番，不料却惹了大祸，他们一个个目瞪口呆，手足无措。"弄巧成拙"这句成语的意思是，本想要弄聪明，结果反而做了蠢事，亦称"弄巧反拙"。巧：聪明；拙：愚笨。

蚍蜉撼树

典出唐·韩愈《调张籍》：李杜文章在，光焰万丈长。不知群儿愚，那能故谤伤。蚍蜉撼大树，可笑不自量。

张籍是韩愈的学生，他们师生之间，感情很深。当时有些狂妄自大的人，妄自评论李白、杜甫的诗文，韩愈对此十分生气。那时张籍也有急于成名之念，韩愈乃作《调张籍》这首五言诗。一则勉励张籍，一则抨击当时的狂人。

这首诗的前六句是：

> 李杜文章在，光焰万丈长。
>
> 不知群儿愚，那能故谤伤。
>
> 蚍蜉撼大树，可笑不自量。

这几句诗的意思是：李白、杜甫的诗歌存于天地之间，放射万丈光辉。不知道一伙无知之徒，为什么要故意攻击诽谤他们。这就像蚂蚁想动摇大树一样，未免太可笑，太不自量了。

后人便用"蚍蜉撼树"来比喻力量最小而妄想动摇强大的事物，就像蚂蚁想去动摇大树一样，自不量力。

匹夫之勇

典出《史记·淮阴侯列传》：项王喑噁叱咤，千人皆废，然不能任属贤将，此特匹夫之勇耳！

司马迁写史记，写到《项羽本纪》，把项羽这个英雄人物，写得十分出色。虽然他是一位失败的英雄，但是太史公的笔下，这个失败的英雄，也写得栩栩如生，光彩焕发，照耀古今。他对项羽的称誉是："夫秦失其政，陈涉首难，豪杰蜂起，相与并争，不可胜数，羽非有尺寸，乘势起陇亩之中，三年遂将五诸侯灭秦，分裂天下而封王侯，政由羽出，为霸王，位虽不终，近古以来，未尝有也……"

本来项羽24岁起兵江东，26岁就夺得了秦朝的政权。接着楚汉战争，他和一个荡子出身的刘邦交手，败在刘邦的手里。他临死时，尚不觉悟，犹高呼"天之亡我，非用兵之罪！"

司马迁批评他，错误在放逐义帝而自立；遗弃关中而不守；自矜功伐，奋其私智，不知师古，欲以武力经营天下。

刘邦做了皇帝以后，在洛阳宫大宴群臣时说："寡人所以能成功，取得天下，是能知人亦能用人。""运筹帷幄之中，决胜千里之外，我不如张良；镇守国家，安抚百姓，筹划粮草，整理财政，我不如萧何；上阵打仗，率百万之师，战必胜，攻必克，我不如韩信。此三人是人中之杰，我能用这三个人杰。项羽仅有一范增，还不能用，天下安能不属于我呢？"其实，韩信早就对项羽有和司马迁同样的批评了。当他登坛拜将的时候，汉王刘邦问他："丞相萧何常在寡人面前称赞将军，雄才大略，经纬万端，将军对寡人有何指教呢？"

韩信说："现在和大王争夺天下的，是不是项王？大王自料勇悍仁疆，能及项王吗？"汉王说："当然，寡人远不如他。"

韩信躬下身下拜，恭贺汉王说："大王真有自知之明，我亦以为大王不如项王。不过我在项王帐下不少时日，我对他的性情、作风、才能、品质，知道得比较清楚。项王叱咤风云，一声大喝，即能吓退千军，但不能用人。贤臣良将，在他手下，一筹莫展，所谓项王虽勇，只是匹夫之勇。项王有三失，称霸天下，臣服诸侯，应建都关中，其弃关中之富有而回彭城，是失地利。背叛帝之约，凭自己好恶，裂土封王，人人愤怒，诸王见项王驱义帝，相率效尤，各驱旧王于别地，并土地而有之，是失令风；项王所过之处，烧杀抢掳，村庐尽墟，天下忿满，人心皆离，是失人心。倘大王反其道而行之，任天下武勇之将，使其所向无敌。以天下城邑，封有功之臣，自必人心悦服，将士用命。大王先取关中，而后率义士东归故土，天下安有不大定者乎？"汉王大喜，至此才知韩信有大将之才。

今人称无深谋远略，只凭武力用事之人，谓之"匹夫之勇"，源出于此。

剖腹藏珠

典出《资治通鉴》唐太宗贞观元年：上谓侍臣曰："吾闻西城贾胡得美珠，剖身以藏之。有诸？"侍臣曰："有之。"

唐太宗李世民，有一次给大臣们讲了这样一个故事：西域有一个商人，偶然得到一颗珍贵的珍珠。这颗珍珠非常罕见，价值连城，商人非常珍爱。他害怕别人把珍珠偷去，放在哪里都不放心。后来，他想出一个"高明"的办法，把自己的肚子剖开，把珍珠藏在肚子里面，结果他一命呜呼。

唐太宗讲完这个故事以后说道："这个故事我是听说的，你们说真会有这种人吗？"大臣们说："也可能有。"唐太宗说："这个商人爱珠而不爱身的愚蠢行为十分可笑。但是，有些人因贪赃受贿而丧命，有些皇帝因无止境地追求享受、穷奢极欲因而亡国。他们和那个商人不是同样愚蠢可笑吗？"

右丞魏徵接着说："因为利欲熏心，贪得无厌，结果把自己的性命丢掉了，这样的人大有人在。从前鲁哀公曾对孔子说，有个健忘的人，在搬家的时候，只顾搬运他的财物，竟把自己的妻子忘记了。孔子说，这不算稀奇，有的人健忘得更厉害，比如桀、纣，为了贪图享受，把自己的性命都忘掉了，结果弄得身亡国灭。"唐太宗对大臣们说："我们应当总结经验教训，大家共同努力，不要犯错误，免得天下人耻笑。"

成语"剖腹藏珠"即来源于此，由上述记载引申而成。原来的意思是说，破开肚子把珍珠藏进去。比喻惜物伤身，轻重倒置。

《红楼梦》第四十五回载：黛玉道："跌了灯值钱呢，是跌了人值钱……怎么忽然又变出这剖腹藏珠的脾气来！"

欺软怕硬

典出《史记·宋微子世家》：八年，齐桓公卒，宋欲为盟会。十二年春，宋襄公为鹿上之盟，以求诸侯于楚，楚人许之。公子目夷谏曰："小国争盟，祸也。"不听。秋，诸侯会宋公盟于盂。目夷曰："祸其在此乎？君欲已甚，何以堪之！"

　　宋襄公通知列国诸侯，请他们共同护送公子昭回齐国去即君位。诸侯当中，有的主张多一事不如少一事，干脆就让公子无亏继续做国君；有的不敢得罪宋国，认为开一次大会也无所谓。不过，多数诸侯并不把宋国的通知放在心上。到了开会的日子，只有卫、曹、邾3个小国带了点兵车来赴会。宋襄公就领着4国的兵车打到齐国去。齐国的大臣高虎、国仲懿等全是见风转舵以求自保的人。当初立公子无亏，说他是长子。如今眼看4国兵马麇集城下，就改口说公子昭本来是太子。他们杀了公子无亏和竖刁，赶走了易牙，投降了宋国，迎接公子昭即位，就是齐孝公。4国的诸侯完成了这份工作，得了谢礼，就退兵回去了。

　　宋襄公算是成功地踏出了做霸主的第一步。接下来，他打算号召诸侯，继承齐桓公的事业。但他生怕大国瞧不起他，就先邀约曹、邾、滕（今山东省滕县西南）、鄫（在山东省峰县东）4个小国，开个会议。到了开会当天，曹、邾两国的国君准时赴会，滕侯婴齐迟到，鄫子则根本没到场。宋襄公觉得这两个小国太傲慢了，身为小国竟不肯好好地听大国的话，简直是无礼。于是他摆出一副霸主的姿态，打算给他们一点颜色瞧瞧。宋襄公问滕侯婴齐为什么迟到。滕侯婴齐见他一脸凝重，吓得一哆嗦，低声下气地赔着不是。宋襄公瞧他如惊弓之鸟般，就有点儿过意不去，可是为了维持霸主的神气，他只好狠下心将滕婴齐关起来，不准他会盟。鄫子得到这个消息，心知事态不妙，吓得连夜启程赶来，可是已经迟了3天。宋襄公大怒。叫骂说："我刚提出会盟，小小一个国竟敢迟到3天，不好好处治他，怎么行呢？"公子目夷（字子鱼，宋国的相国，宋襄公的庶兄）一再阻挡他，可是宋襄公已拿定了主意。他杀了鄫子，把他当做祭品，祭祀睢水。别的诸侯祭祀时，只用牛、马、羊等作为祭品，宋襄公却用了活人，而且还是一个国君。他对鬼神的崇敬真叫人瞠目结舌。

　　襄公杀了鄫子后，更妄自尊大了。被拘押的滕侯婴齐千方百计地托人向宋襄公求情，又送了他一份很厚的礼，宋襄公才释放了他。

　　就因为宋襄公杀了鄫子、押了滕侯，前往与会的曹共公大为不满。不到"歃血为盟"的日子，他就不告而别了。这可恼火了宋襄公，光是会合 4 个小国，就已经是如此乌烟瘴气，怎么还能号令大国呢？宋襄公左思右想，认为要一个个地去收服小国，实在太费事了，他打算先请出一个大国来，再利用他去收服小国。但是当时楚成王已经会合了齐、鲁、陈、蔡、郑等国，订立了盟约，宋襄公还能去联络哪一个大国呢？虽然秦国和晋国还没给楚国拉过去，可是他们位处偏远，向来不跟中原诸侯会盟。怎么办呢？他摇头晃脑地思索了一会儿，突然灵机一动，自言自语地说："嘿，有了！就请楚国出来吧！"他把这个主意告诉了大臣们，公子目夷自然竭力反对，宋襄公干脆不理他。

宋襄公打发使臣带着厚礼去见楚成王，请他到宋国的鹿上来跟齐国、宋国先开个 3 国会议，商量会合各国诸侯的办法。楚成王居然答应了。

公元前 639 年初，齐孝公昭先和宋襄公在鹿上相见。齐孝公是靠着宋襄公的扶持才做了国君的，当然忘不了他的大恩，言行举止间对他特别恭敬。可是齐孝公发觉这位恩人的霸气不减他的父亲，内心就起了反感。过了几天，楚成王也到了。

3 位国君依序就座。宋是公爵，坐第一位；齐是侯爵，坐第二位；楚是子爵，坐第三位。宋襄公拱了拱手，说："我打算会合诸侯，共同扶助王室。恐怕人心不齐，意见不一致所以想借重两位的大力，一起号召诸侯，到敝国盂地（今河南省睢县东南）开个大会，日期就定在七月里吧！"然后，就请齐、楚两位国君发表意见。齐孝公和楚成王推让了许久，都不肯表达看法。宋襄公就说："两位国君如果不反对我的提议，就请在通告上签名吧！"说完，就把预备好的通告先递给楚成王，楚成王认真一瞧，上面除写明会盟的意义之外，还附带说明要学习齐桓公的办法，开的是"衣裳之会"，最后则签着宋公的名字。楚成王说："有您签名就够了，就这么发出去吧。"宋襄公说："陈国、许国、蔡国都跟你们两位订有盟约，所以要借重你们。"楚成王说："那么请齐侯先签吧！"齐孝公为了宋襄公先把那通告递给楚成王，心里已经快快不乐了，这下又见楚成王让他先签，他就赌气似地说："敝国就像宋公手下的人一样。

没有什么影响力。贵国威震八方，您不签字，事情就不好办！"

楚成王微微一笑，签了字，交给齐孝公。齐孝公酸溜溜地说："我历经颠沛流离，能保住自己的国家已是万幸！哪儿有资格号召诸侯？有了楚国签署就成了。"他对宋襄公的重楚轻齐耿耿于怀。宋襄公没觉察到这一点，把齐孝公的冷言冷语当做真心话，就将通告收了起来，请他们下半年早点来。

到了秋天，宋襄公驾着车马到盂地去开大会。公子目夷说："楚是蛮族，难以揣测他的意图，万一他心口不一致那可怎么办？主公总得带点人马去，才能叫人放心哪！"宋襄公瞪了他一个白眼，不以为然地说："什么话？约好了开'衣裳之会'，怎么可以自己失信于人？"公子目夷只好空手跟着他去赴会。

他们到达会场时，楚、郑、陈、蔡、曹、许等国已在场等候，只有齐孝公和鲁僖公还没露面。齐孝公是抱怨宋襄公，鲁僖公是不屑与蛮族打交道。宋襄公见楚成王左右全是文臣，没有一个武将，就教训公子目夷说："你瞧瞧！下次可别再以小人之心度君子之腹了！"

7国的诸侯准时开会，宋襄公以临时主席的身份拱了拱手，致开会辞说："今天诸君到敝国来开会，我们非常荣幸。我们想效法齐桓公的精神，尊重王室，济弱扶倾，大家订立盟约，息兵罢战，共享天下的太平。不知道诸君认为怎么样？"楚成王率先站起来，说："很好！很好！但不知道谁是盟主？"宋襄公理直气壮地说："这用不着多说！不是看爵位的高低，就是论功劳的大小。"楚成王说："宋是公爵，第一等诸侯，可是我已经做了多年的王了。王总比公爵高一等吧！"他就毫不客气地跑过去，大摇大摆地坐在第一个座位上，气得宋襄公暴跳起来。公子目夷扯一扯他的衣袖，叫他沉住气。可是他哪儿办得到呢？他费了九牛二虎之力，眼看就要当上霸主了，怎么能轻易让给别人哪！他挺着胸脯，说："我是正式的公爵，你是自称为王，你这头衔是假的！"楚成王脸色大变，说："既然知道我这楚王是假的，你请我这假王来干什么？"楚国的大夫成得臣（字子玉）也在一旁大声说："今天开会，只要问问众位诸侯，是为了楚国而来的呢？还是为了宋国而来的？"

陈国和蔡国的国君向来害怕楚王，齐声说："楚国！楚国！"楚王听了，哈哈大笑，指着宋襄公说："听见了没有？你还有什么话可说？"宋襄公当众受辱，气呼呼地还想争论，就瞧见成得臣和楚国大将斗勃脱去外衣，露出闪闪发亮的铠甲。他们从腰际拔出两个小红旗，向台底一挥动，一批楚国的"文官"，立刻剥去外衣，一个个全变成了武士，蜂拥扑上台来。台上的各国诸侯吓得魂不附体。楚国人不由分说地把宋襄公拖了去，公子目夷趁乱成一团时，一溜烟跑了。

后人用"欺软怕硬"比喻欺负软弱，害怕强横。

齐王赐药

典出《艾子杂说》：艾子事齐王，一日，朝而有忧色。宣王怪而问之。对曰："臣不幸，稚子属疾。欲谒告，念王无与图事者，所朝；然心实系焉。"王曰："盍早言乎？寡人有良药，稚子顿服其愈矣。"遂索以赐。艾子而归。饮其子，辰服，而巳卒。他日，艾子忧甚。王问之故，戚然曰："卿丧子可伤，赐黄金以助葬。"艾子曰："殇子不足以受君赐，然臣将有所求。"王曰："何求？"曰："只求前日小儿得效方。"

艾子侍奉齐宣王。一天，朝见宣王的时候，脸上露出了忧郁的神色。齐宣王感到奇怪，就问他是什么原因。艾子回答道："我不幸，我的孩子正在害病。我想把情况报告您并请个假，但又想到您身旁没有商量国事

齐王赐药

的人，所以来朝见您，但我心里却是惦念着孩子。"宣王说道："你何不早点儿说呢？我有一种很好的药方，你的孩子吃了它，病一下就会好的。"说罢就向手下的人把药要来赐给艾子。艾子拜受了宣王的药物，并带回家，给他的孩子吃了。

千辛万苦

典出明冯梦龙《东周列国志》第四十五回：咄！孺子不知事如此，武夫千辛万苦方获此囚，乃坏妇人之片言耶？放虎归山，异日悔之晚也。

战国时代，秦晋两国在崤山打了一仗。晋军军师先轸率领晋军打败了骄横的秦军。俘虏了孟明视等秦军3帅。得胜回朝之后，晋襄公打算将孟明视等3人献于太庙，然后施刑，以表战功。这时母夫人嬴氏听说她娘家秦国的3位将军被俘，不觉大吃一惊，于是便去劝襄公说："秦晋两国世为婚姻，相与甚欢，何不放他们回国，让秦国去处置他们。"襄公不听。嬴氏继续劝说道："败兵者死，国有常刑，秦国难道就没有军法吗？何况过去惠公被执于秦国之时，秦君以礼相待，并放他回国。别人对我们有礼，我们为什么一定要杀俘虏呢？这岂不显得我们太无情了吗？"襄公听了母夫人之言，不禁有动于衷，思前想后，他心中十分难受。不放吧，这是母亲之言，不能让母亲难过，放吧，后果又是如何？很难预料。他想到秦晋两国的旧情，终于把他们放了。那时先轸正在家里吃饭，他得知此事，怒不可遏地把刚吃进嘴里的饭吐了出来，立即去见晋襄公。他怒气冲冲地问襄公道："秦国的囚犯在哪里？"襄公回答说："母夫人请放归即刑，寡人已从之矣。"（意思是：母夫人请求放他们回去，让秦国去处置他们，我已遵照母夫人的意思把他们放了。）先轸听了，非常气愤，呸的一声，吐了襄公一脸口水，大声说道："咄！孺子不知事如此，武夫千辛万苦方获此囚，乃坏妇人之片言耶？放虎归山，异日悔之晚也。"（意思是：呸，你这小子，竟不懂事到这步田地。我们费了九牛二虎之力才把他们捉住，你竟听妇人的只言片语把他们放了，这叫放虎归山，将来你后悔就太晚了。）先轸的话一完，晋襄公马上派人去追，哪里还能追得到呢！

事后，先轸觉得唾襄公之面，实在太过分了，便去向襄公赔罪！他诚恳地说："臣忿秦帅之归，一时怒激，唾君之面，无礼甚矣。"（意思是：我对放走秦军 3 帅一事，一时非常愤怒，吐了您国君的口水，实在太无理了。）襄公非常自若地说："你为国家大事发怒，是忠于国家之情所激起的，我哪能不原谅你呢？"史臣为此以诗赞襄公道：

妇人轻丧武夫功，先轸当时怒气冲。

试面宏言无愠意，方知嗣伯属襄公。

后人用"千辛万苦"表示经历了很多辛苦。

前途亦雨

典出《笑笑录》：有徐行雨中者，人或迟之。答曰："前途亦雨。"

有一个人在雨中慢条斯理地走路。别人说他太迟缓了。他回答说："前面的路上也在下雨嘛。"

这个故事说明：遇到困难，不积极去想法克服，而采取消极拖延态度，就像这个在雨中徐行的人。